Scarlet

스칼렛

Scarlet

스칼렛

Risky contract

위험한 계약

위험한 계약

1판 1쇄 찍음 2011년 9월 30일
1판 1쇄 펴냄 2011년 10월 5일

지은이 | 지 윤
펴낸이 | 정 필
펴낸곳 | 도서출판 **뿔미디어**

기획총괄 | 이주현
기획 | 손수화
편집장 | 이재권
편집책임 | 이경순
편집 | 심재영, 문정흠, 주종숙, 이진선
관리, 영업 | 김기환, 임순옥

출판등록 | 2002년 9월 11일 (제1081-1-132호)
주소 | 부천시 원미구 상3동 533-3 아트프라자 503호 (우)420-861
전화 | 032)651-6513 / 팩스 032)651-6094
E-mail | BBULMEDIA@paran.com
카페 | http://cafe.daum.net/scarletR

값 9,000원

ISBN 978-89-6639-317-6 03810

Risky contract

위험한 계약

SCARLET ROMANCE NOVEL

지윤 장편 소설

Scarlet
스칼렛

목차

프롤로그 7

1. 칸 슈마허 21

2. 위험한 거래 53

3. 칸의 유혹 82

4. 키스, 유혹의 첫걸음 104

5. 둔한 여자, 해주 124

6. 만나다 155

7. 레이 마사코 167

8. 당신을 기다리는 동안 외로웠어요 193

9. 당신은 어떤가요? 216

10. 테일러의 반격 236

11. 내부의 적 256

12. 교통사고 280

13. 없어서는 안 될 사람 306

14. 밤하늘을 밝히는 별처럼 329

에필로그 345

작가 후기 368

프롤로그

시간이 정지한 듯 동화나 영화에서나 볼 수 있을 법한 독일 중세 시대 풍의 집이 옹기종기 모여 있는 로텐부르크에 눈이 내리기 시작했다.

굵은 소금이 뿌려지듯 싸리눈이 뚝뚝 떨어져 지면에 닿을 때마다 누군가 창문을 두드리는 듯한 착각을 할 만큼 삭풍도 소란스럽게 불었다. 앙상하게 말라버린 나뭇가지 위를 덮은 눈이 맥없이 흩날릴 정도로 바람의 세기는 강했지만 어제보다는 덜 추웠다.

바깥 풍경은 아름답고 순수한데 그녀가 발을 딛고 있는 테일러 슈마허 가의 별장, 24평 접견실의 공기는 텁텁하게 마르고 퀴퀴하기까지 했다.

해주는 커피 잔을 입에 댄 채 창밖의 거리를 황망하게 바라보았다. 그녀는 사형대에 오르기 직전, 그동안 자신이 살아왔던 과거를 회상하는 사형수의 표정을 짓고 있었다.

그녀가 바라보는 세상은 온통 새하얗게 빛나고 있었지만, 정작 자신은 암흑 속에서 비를 맞고 있었다.

뼛속까지 느껴지는 한기에 들고 있던 커피 잔을 테이블에 놓은 그녀가 두 팔로 몸을 감쌌다. 커피 잔 바로 옆에는 두 장의 서류가 있었다. 생명력을 잃는 눈빛이 독일어로 빼곡하게 채워져 있는 서류에 머물렀다. 눈으로는 읽을 수 있었지만 머릿속으로는 무슨 말이 쓰여 있는지 알 수 없었다.

단어는 잘 알지만 그 속말까지 이해하기엔 정신력이 많이 흐트러져 있었다.

그녀는 창백한 낯빛처럼 핏기를 잃어 차갑게 얼어붙은 손으로 서류를 들었다. 좀 더 가까이 들여다보면 작금의 상황을 좀 더 잘 이해할 수 있을 거라는 터럭만한 희망 때문이었다.

그러나 모두 부질없는 희망이었다.

가까이서 들여다 보아도 배신당했고, 배신자들이 남긴 빚을 떠안게 됐다는 간략한 설명만 눈으로 확인할 수 있었다. 또 그 내용을 귀에 인이 박히게 읊어댄 번의 목소리만 귓가에서 맴돌았다. 그녀는 눈을 질끈 감았다.

어떻게 이런 일이…….

고개를 푹 숙인 채 들고 있는 구기던 해주의 속눈썹이 촉촉하게 젖기 시작했다.

이깟 서류쪼가리에 인생을 저당 잡힐 줄이야.

비탄에 잠겨 눈가에서 눈물이 주룩 흘렀다. 훌쩍거리며 눈물을 닦고 있을 때 예고도 없이 문이 열리면서 테일러 슈마허가 들어왔다.

마흔의 테일러는 해주가 눈물을 닦는 모습에 움찔했다가 평정심을 찾은 음성으로 물었다.

"괜찮소?"

"아뇨, 전혀 괜찮지 않아요."

해주는 붉어진 눈시울과 금방 부은 눈두덩을 감추려는 듯 고개를 숙였다.

테일러는 입술을 오므린 채 뒤따라 들어온 비서 레온에게 눈짓을 했다. 그리고 타원형의 20인용 회의용 테이블의 상석에 앉았다. 그를 중심으로 비서가 오른쪽에 앉았고 해주가 왼쪽에 앉았다.

"변호사 입회하에 계약을 할 예정이었으나 눈이 많이 와서 정체 중이라니까 먼저 합시다."

기다리는 걸 싫어하는 테일러가 말문을 열었다. 비서가 녹음기를 테이블 중앙에 놓으며 해주에게 물었다.

"각오는 섰습니까?"

"다른 방법은 없을까요? 하지만 아직도 이해가 안 돼요. 전 한스의 약혼녀이지, 보증인이 아니거든요. 또 이건…… 인신매

매예요."

"번을 다시 불러야 하나?"

무표정하게 해주를 바라보고 있던 테일러의 입에서 번이라는 이름이 흘러나왔다. 해주의 낯빛이 화강암처럼 굳어버렸다. 잔혹한 사채업자인 번보다 테일러 슈마허 쪽이 안전했지만 경중의 폭은 그리 차이가 나지 않았다.

해주의 입장에서는 테일러나 번, 두 사람 모두 위험하고 잔인한 사람들이었다.

"번에게 다시 가고 싶다면 얼마든지 말해요. 지금이라도 계약서를 찢고 나는 다른 상대를 찾으면 그만이니까."

테일러는 여유로웠다. 팔걸이에 양 팔꿈치를 대고 깍지 낀 손을 턱에 괴며 해주를 바라보고 있었다. 파란 눈동자가 유별나게 거슬려 그녀는 얼른 고개를 돌렸다.

벌거벗겨진 채 앉아 있는 것 같았다. 수치스럽고 절망적이며 마그마처럼 들끓는 배신감이 그녀의 피부를 빨갛게 익히기 시작했다.

번에게 되팔려 간다면 지금처럼 발가벗겨진 기분을 느끼기보다 아예, 발가벗겨져 수많은 남성을 상대해야 할 것이다. 그는 매춘 사업도 하고 있으니 말이다.

이 얼마나 기가 찰 노릇인가. 다른 사람의 잘못을 대신 뒤집어쓰고 대가를 치러야 하다니. 신은 있기나 할까?

"해주, 당신이 갚아야 할 돈은 자그마치 8만 유로(약 1억2천만 원)요. 당신이 평생 벌기만 해도 못 만질 돈이지. 번에게서 그 돈을 주고 당신을 샀지만, 당신이 싫다고 한다면 난 다시 되돌려 받을 생각이오. 강요는 안 해. 다만 당신이 걱정이군."

걱정이라고?

해주는 비소가 비어져 나와 입매를 비틀었다. 고양이가 쥐를 걱정하는 것처럼 따스한 음성으로 기가 막힐 정도로 차분하게 상황 설명을 하고 있었지만, 그녀에게는 정반대로 들렸다. 소름이 끼칠 정도로 냉혹했다.

"두 가지만 훔치면 되오. 두 가지만."

두 가지라고 강조하는 입모양이 심상치 않았다.

해주는 턱을 당긴 채 눈살을 찌푸렸다. 미간에 주름이 깊이 패, 그녀가 얼마나 긴장하고 있는지 테일러와 비서가 육안으로도 확인할 수 있었다.

테일러는 깍지를 낀 손으로 인중을 부드럽게 누르며 말했다.

"하나는 내 이복동생인 칸 슈마허의 신개발 엔진이고 또 하나는…… 사랑. 그 두 가지를 훔치시오."

"사……랑?"

엔진과 같이 재산에 속하는 무언가를 훔쳐야 할 것 같기는 했다. 하지만 사랑이라니, 무슨 수로 칸 슈마허의?

푸시시.

해주는 참고 있던 실소를 터트렸다. 실타래처럼 얽혀 있던 긴장감이 풀려 한 번 터진 웃음은 쉽게 멈추지 않았다.

"웃을 일이 아니오."

"이것 보세요. 무슨 수로 사랑을 훔쳐요?"

"당신이 유혹해야겠지."

해주는 입을 벌린 채 울상을 지었지만 여전히 벌어진 입술 사이로 웃음소리가 흘러나왔다.

"하하하, 하아…… 아. 나한테 유혹을 하라고요? 난 그런 재주가 없는데요. 저기요, 전 사람들에게 시선을 끌 만큼 예쁜 얼굴도 아니고 그만한 매력도 없어요."

"없으면 만들어야지."

"생전 보지도 못한 남자를 유혹해서 사랑을 훔치는 게 가능할 것 같아요? 신개발이라는 건 어찌어찌해서 훔칠 수 있지만 사람의 마음이라고요! 사람의 마음을 훔치는 방법 같은 건 날 몰라요."

"당신이 지금 그런 걸 따질 때가 아니라고 생각하는데?"

테일러는 흥분을 감추지도, 펄펄 끓어 넘치는 분기를 주체할 줄 모르는 해주에게 그녀의 처지를 상기시켰다. 그녀는 뼈마디가 새하얗게 질리도록 주먹을 쥐었다.

테일러의 턱이 돌아가게 뺨을 날려주고 싶은 마음이 굴뚝같았다. 아니, 그전에 듀크와 한스 부자를 찾아 분이 풀릴 때까지 밟아주고 싶었다.

"할 거요, 말 거요?"

"어찌됐든 동생이잖아요. 아예 그를 망가트릴 셈인가요?"

“맞소.”

테일러는 냉랭한 어조에 어울리게 차디찬 눈빛을 하고 있었다. 그녀를 쳐다보는 차가운 시선에서 미움과 원망의 기운을 느낄 수 있었던 그녀는 비서가 테이블 중앙에 놓은 녹음기를 응시했다.

“녹음기까지…… 녹취할 거예요?”

“당신이 나중에 딴소리를 하면 안 되니까.”

“완벽하네요.”

완벽하게 나쁜 사람.

해주는 침울한 표정을 지었다.

“당신과 동생의 얘기를 듣고 싶어요.”

“칸은 바람둥이에 비열해. 날 아주 싫어하지. 우리는 서로 뺏고 뺏는 걸 좋아해. 그건 죽을 때까지 멈추지 않을 거요.”

“한 마디로 사이가 아주 나쁘다는 말이군요.”

“좋을 수가 있나. 아버지가 외도해서 나온 자식인데.”

테일러의 눈썹이 구겨졌다. 검은색에 가까운 갈색머리카락과 파란 눈동자가 고집스럽게 차가운 인상으로 보이게 했다. 눈이 작고 각이 진 턱은 남성미를 물씬 풍겼지만 여심을 흔들 정도로 미남은 아니었다.

작은 키 때문이라는 생각이 들었다. 170센티미터나 될까? 168센티미터의 해주와 나란히 서면 좀 작을 것 같았다. 6센티미터의 힐을 신어 174센티미터의 눈높이를 갖게 됐으니 무리도 아니었다.

"칸은 동양인 여자에 대한 환상이 있소."

"그래요?"

"칸은 덩치가 커서 작은 여성에게 매력을 느끼지, 가슴도 작아야 하고 허리도 잘록해야 하지만 무엇보다도 골반이 좀 작은 여자를 좋아해. 섹스를 할 때 조이는 맛이 좋다고 하더군."

듣기 민망한 소리에 그녀는 얼른 비서에게 시선을 돌렸다. 30대 중반인 그는 사장의 노골적인 음담패설에 익숙한 듯 감정이 드러나지 않는 무표정에 목석처럼 앉아 자리를 지키고 있었다.

"칸이 직접 그런 말을 하고 다닌다고요?"

"그럼 내가 하고 다니겠나?"

100% 당신이나 그런 말을 할 것 같은데? 라고 뱉고 싶은 걸 가까스로 참으며 입술을 깨물었다. 그러자 테일러가 상체를 앞으로 숙이며 뱀이 혀를 날름거릴 때 내는 소리처럼 사악한 음성으로 속삭였다.

"내일 뮌헨에서 자선 파티가 있지. 내 파트너로 참석해서 칸에게 눈도장을 찍는 건 어떤가?"

"난 아직 하겠다는 말을 하지 않았어요!"

해주가 결단을 내리지 못하고 답답하게 시간만 잡아먹자, 테일러는 지루하다는 표정을 지었다. 소매를 살짝 걷어 손목시계를 흘끗 본 그가 시간을 확인하고 비서 레온에게 지시를 내렸다.

"레온, 번에게 들어오라고 해."

"번? 번이 왔어요?"

해주는 깜짝 놀라 자리에서 일어났다. 번한테 들볶인 탓에 이름만 들어도 다리에 힘이 풀려 중심을 잃고 휘청거렸다.

순발력이 좋게 테이블의 모서리를 잡아 넘어지지는 않았지만 심장이 거칠게 뛰어 몸 밖으로 튀어나올 것 같았다. 겁에 잔뜩 질린 시선이 레온이 여는 문에 쏠렸다.

레온이 열린 문틈으로 앞에 서 있던 남자에게 들어오라고 했다. 이윽고 문이 활짝 열리면서 껄렁껄렁하고 특유의 이죽거리는 표정에 넓은 이마가 주저앉아 눈이 움푹 팬 번이 들어왔다.

프랑켄슈타인처럼 무시무시하게 생긴 199센티미터의 괴물 번이 해주에게 인사를 건네듯 손을 흔들었다. 그녀는 저도 모르게 뒤로 물러섰다. 번의 야멸친 눈빛이 숨통에 박힌 칼날 같아 숨을 꼴깍꼴깍 넘기는데 테일러가 적막감을 지우려는 듯이 헛기침을 쏟아냈다.

"큼, 큼."

"테일러 사장님, 잘 안 풀립니까?"

번은 해주에게서 시선을 돌려 테일러를 응시했다. 그는 해주가 아는 번이 아닌 것처럼 공손하고 유순한 표정을 짓고 있었다.

"다른 여성으로 준비하게. 오늘 안으로 동양인 여자를 구해 왔으면 하네. 말귀를 잘 알아듣고 제 처지에 대해서 잘 아는 여자로 말이지."

"젊고 예쁜 동양인을 찾기가 그리 쉬운가요? 그러지 말고 며칠 말미를 주시면…….”

“번.”

테일러는 눈썹을 높이 휜 채 구기며 불편해진 심기를 드러냈다.

“이년! 너 죽고 싶어? 매창굴에 가서 평생 몸이나 굴리며 살고 싶어?”

해주는 테일러에겐 공손했던 번이 본색을 드러내며 당장에 달려들 태세로 다그치자 턱을 떨었다. 요란하게 달리는 마차 안의 식기들이 덜그럭덜그럭 마찰음을 내듯이 위아래 어금니가 맞부딪쳤다.

“어서 사인해! 안 그러면 당장에 네년을 끌고 가서 그 망할 영감탱이 듀크와 한스 놈이 가져간 돈을 받아낼 테니까!”

번이 눈을 부라리며 폭풍이 부는 것처럼 강렬한 콧바람을 불어 협박하는 동안 테일러는 예의 차분함으로 그녀 앞에 펜과 서류를 놓았다.

“번은 한다면 하는 남자요.”

“예, 예. 맞습니다. 사장님. 전 한다는 하는 놈입니다. 이년아! 어서 사인해!”

테일러에게 해주의 약혼자 한스와 그 아버지 듀크가 빌려간 5만 유로와 이자 3만 유로를 받는 조건으로 해주를 넘겼던 번으로서는 그녀가 버티는 게 달갑지 않았다.

이 자리에서 가장 애가 타는 것처럼 옥수수 같은 누런 이를 드러내며 으름장을 놓기 시작했다.

"동양인 처녀 계집애라고 하면 벌떼처럼 달려들 거다. 정체도 모르는 놈들의 정액을 받아 마시고 싶으면……."

"그만, 그만해요!"

해주는 두 손으로 양 귀를 막고 몸을 웅크려 앉았다.

"그만해…… 그런 말……."

생각조차 하고 싶지 않을 만큼 섬뜩해 소름이 돋았다. 듀크와 한스, 이 두 사람이 갑자기 사라졌다. 그리고 다음 날 아침 번이 나타났다.

듀크와 한스가 벌여 놓은 화장품 사업소에서 출근해 두 사람에게 연락을 취할 방법을 찾던 해주는 그저 놀랍고 앞이 캄캄했다. 번의 비열한 표정과 차용증을 번갈아 볼 때마다, 5만 유로를 은행에서 빌렸다며 좋아했던 듀크와 한스의 얼굴이 떠올랐다.

하지만 5만 유로를 은행에서 빌렸다는 건 모두 새빨간 거짓말이었던 것이다.

은행권 대출이 어려워 번이라는 사채업자에게 급전을 빌려 무리하게 사업을 시작했지만, 사업은 불처럼 일어나지 않았다. 적자를 겨우 면할 정도였다.

적자를 면한 것에 안도해도 순익분기점에는 턱없었기에 화장품 사업은 점점 퇴락의 길로 접어들고 있었다. 그러던 차에 원금 상환일이 다가오면서 두 사람은 아무것도 모르는 해주만 남겨둔 채 연기처럼 사라졌다.

모든 빚은 해주의 앞으로 돌려놓는 치밀함까지 보이면서 사과의 편지 한 통 없이 도망친 것이다. 졸지에 해주는 망해가는 화장품 회사의 사장이 되었고, 빚쟁이에 시달리는 몸이 되었다.

신용등급도 하루아침에 바닥을 쳐 지금은 그녀의 명의로 된 건 아무것도 없었다.

약혼자였던 한스를 믿었던 결과였다. 처녀성은 지킬 수 있었지만, 그녀의 미래와 신용은 그가 엉망으로 망쳐 놓았다.

"사인해!"

번이 억지로 해주의 손을 잡아 볼펜을 쥐게 했다. 테일러는 모든 걸 번에게 맡기고 지켜보고 있었다.

해주는 울먹거리며 번의 강요에 이끌려 볼펜을 쥐고 계약서의 사인란을 바라보았다.

"칸에게서 두 가지만 가지고 오시오. 그럼 돼. 아! 한 가지 추가할까? 당신이 이번 일을 성공한다면 내가 듀크와 한스 부자를 찾아주도록 하지. 그리고 그들에게 8만 유로를 받아 당신에게 돌려주겠소."

"뭐라고요?"

해주는 기가 막힐 정도로 구미가 당기는 조건을 제시하는 테일러를 노려보았다. 그녀만큼이나 테일러도 다급한 모양이었다.

해주 같은 동양인을 찾는 데 시간이 빠듯할 것이다. 그녀는 눈치를 살폈다. 그리고 자신의 처지를 다시 한 번 돌이켜 보았다.

계산기의 숫자판을 눈으로 두드리는 것처럼 눈동자를 굴리던 그녀의 입술이 앵돌아져 구겨졌다.

"두 사람을 찾으면 8만 유로를 받아낼 수 있어요? 못 갚을 것 같으니까 도망친 거잖아요."

"찾는 것도 번이 하고 받아내는 것도 번이 할 거요. 난 약간의 보수만 챙겨 주면 되지."

해주의 눈빛이 달라졌다. 겁에 질려 있던 낯빛에도 생기가 돌았다. 테일러는 몰라도 번이라면 듀크와 한스를 찾아서 8만 유로를 받아낼 수 있을 것 같았다.

"지금 한 말이요, 녹음했으면 해요. 녹음된 내용은 내가 가지고 있을게요."

"얼마든지."

테일러는 만면 가득 승리의 미소를 피우며 녹음기의 재생 버튼을 눌렀다.

"나 테일러 슈마허는 민해주가 계약 내용을 충실히 이해할 시 듀크와 한스 부자를 찾아낸다. 테일러 슈마허의 대리인으로 번 와이스를 세우며 그가 모든 일을 대리 수행할 것이다. 그리고 민해주가 그들을 대신하여 상환한 8만 유로를 되돌려 받을 수 있도록 물심양면으로 돕니다."

테일러는 녹취 내용을 확인시켜 준 다음 테이프를 빼서 그녀에게 내밀었다.

"이번에는 당신 차례인 것 같은데?"

해주는 숨을 크게 들이마셨다가 푹 내쉬며 쥐고 있던 볼펜의 끝을 사인란에 댔다. 부드럽게 손목을 돌리며 사인을 마친 그녀가 다시 한 번 숨을 내뱉고 난 다음에 볼펜을 놓았다.

볼펜이 테이블의 지면에 닿자마자 조용하게 앉아 있던 레온이 두 장의 서류를 나란히 놓고 가운데에 슈마허 가문 문양의 인장을 찍었다.

해주는 테일러 슈마허가 조종하는 인형이 된 자신의 신세가 가엾었지만, 약혼자 한스와 그의 아버지 듀크에 대한 복수심에 온 정신을 쏟기로 했다.

그리고 또 한 가지, 칸 슈마허의 마음.

과연 바람둥이라는 칸 슈마허에게서 사랑을 훔쳐낼 수 있을까?

1
칸 슈마허

로텐부르크에서 3시간 거리의 뮌헨 국제공항에는 영국 출장에서 막 돌아온 칸이 수행원 두 명과 경호원 두 명을 대동하고 게이트를 나오고 있었다.

입국 수속을 막 마치고 무빙 워크에 올라선 그는 타블렛 pc를 켜고 오늘의 일정에 대해 설명하는 비서의 목소리에 귀를 기울였다.

"……5시부터 님펜부르크궁에서 열리는 자선 바자회에 참석하시는 걸로 오늘의 일정은 끝입니다."

지금 곧장 뮌헨에 본사를 둔 NNW에 들러 사장 안드레아스를 만나 점심 식사를 하며 새로운 엔진에 대한 협상을 해야 했다.

독일 자동차 산업 2위. 세계에서도 명품 스포츠카를 생산하는 기업으로 유명한 NNW는 테일러 슈마허가 이끄는 기업, '슈마허'와 어깨를 나란히 할 만큼 규모가 컸지만 그것도 옛날 말이었다.

NNW는 자금난에 허덕인다는 소문과 이유를 알 수 없는 자동차 급발진 사고가 연이어 터지는 바람에 하락세를 보이고 있었다. 하여 사장인 안드레아스가 칸에게 S.O.S를 친 건 한 달 전이었다.

테일러 슈마허가 회사를 인수할 의사를 밝혀 안드레아스가 다급해졌다. 테일러 슈마허의 경영 방침을 그 누구보다 잘 알고 있었기에 인수 합병이 이루어진다면 NNW는 공중분해 되는 건 뻔하디뻔한 시나리오였으니까.

안드레아스는 고민한 끝에 칸 슈마허에게 NNW를 인수합병해 줄 것을 요청하였다.

칸은 테일러 슈마허를 견제할 수 있었다. 자동차 부품 분야에서 독보적인 선두를 달리는 건 물론 매년 놀라운 성장세를 보이고 있는 칸 슈마허의 '슈마허 모터스'라면, 어제까지나 자동차 부품만 만들고 있을 것 같지 않다는 게 그의 생각이었다.

그리고 그것은 정확하게 맞아떨어졌다. 마치 기다렸다는 듯이 칸은 긍정적인 반응을 보였다.

안드레시아가 칸에게 접근했다는 소문은 이미 빠르게 퍼진 다음이었다. 그가 잠깐 영국으로 출장을 간 사이 이미 인수합병 서류에 사인을 했다거나, 자금난을 깔끔하게 해결해주었다는 등의 출처를 모를 소문들이 급물살을 타고 독일 전체를 술렁이게 했다.

사이가 나쁘기로 아주 유명한 테일러, 칸 슈마허 형제가 자동차 사업을 두고 치열한 전쟁을 치르게 되었으니 호사가들에게는 최고의 먹잇감이었다.

물론 이러한 소문을 비웃음으로 종식시키는 칸의 반응은 뜨겁게 달아오른 감자에 얼음물을 부은 격이었지만, 테일러는 그들의 바람대로 제대로 달아올라 있었다.

칸은 즐거웠다. 테일러가 열을 올리며 흥분하는 모습은 상상하는 자체만으로도 걸음걸이에 흥이 돋을 정도였다.

새로운 엔진 개발도 이제 막바지를 향하고 있었다.

영국, 프랑스, 포르투칼의 유명 자동차 회사에 신개발 엔진의 납품 계약을 성사시키고 온 칸의 얼굴에는 하늘을 찌르는 자만심이 가득했다.

아직 세상에 나오지도 않은 신개발 엔진으로 칸 슈마허가 이끌고 있는 슈마허 모터스라는 이름과 믿음으로, 계약 달성이라는 목표를 이루었으니 자만심은 하늘을 뻗어 그가 좋아하는 별까지 닿고도 남았다.

자신감이 넘치는 걸음걸이로 뮌헨 국제공항을 빠져나온 칸은 대기하고 있던 의전차량에 탑승했다.

테일러와 달리 칸은 금발에 초록색 눈동자를 가진 전형적인 미남이었지만 눈매와 입매, 눈썹이 난 모양이 매섭게 보일 만큼 날카로웠다. 그러나 그를 돋보이게 하는 건 얼굴 생김새가 아니라 특유의 분위기였다.

그를 보고 있으면 견고하게 지어진 철옹성을 닮았다고 하는 이들이 있었다. 듣고 보면 모두가 동감할 정도로 그는 건장하고 육골이 튼튼했다. 또한 190센티미터의 장신에 고등학교 시절 테니스 선수로 활약해 어깨와 팔, 다리가 발달했고 걸음이 빨랐다. 그러나 결코 경박하다거나 촐랑거리는 느낌은 없었다.

32살 젊은 나이에 독일의 부호이며 잘생긴 칸은, 명품 브랜드의 모델로도 활약하는 등 스타 못지않은 대우를 받고 있었다.

어디 그뿐인가. 그는 독일인이 가장 사랑하는 사업가로 선정될 만큼 머리가 좋고 사업 수완이 좋았다. 그러나 이것은 어디까지나 칸 슈마허의 장점이면서도 치명적인 독이 될 때가 종종 있었다.

그 단적인 예로, 칸 슈마허의 주변에 흩뿌려져 떠도는 루머들.

인기가 하늘을 찌를수록 루머 역시 악의적이고 듣기에도 비위가 상할 만큼 불쾌한 내용이 주를 이루었는데 단연 돋보이는 루머는 여자문제였다. 미녀 킬러, 바람둥이, 사생아 생산의 일등공신이라는 불명예스러운 소문들이었다.

그에 못지않게 스캔들도 자주 나, 칸은 아예 드러내놓고 자신을 바람둥이라고 소개하며 루머를 확산시키는 자들에게 거름이 되고 있었다.

하지만 그것이 결코 나쁘지만은 않았다. 가장 효과를 본 것이 허영심에 찌들어 칸에게 청혼하던 여자들을 떨쳐낸 것이었다. 바람둥이라고 스스로 밝히며 윙크를 보내면 독일 여성의 인구 중 절반이 칸에게 관심을 뚝 끊는 효과와 함께 그에게 접근하던 여자들이 말끔하게 그의 주변에서 사라졌다.

예전 같았으면 칸이 공항을 빠져나오기가 무섭게 빨간 스포츠카가 기다렸다는 듯이 멈추어 섰을 것이다. 그리고 가슴골을 훤히 내민 여자가 뇌쇄적인 미소를 지으며 그를 유혹하고자 윙크를 날렸을지도 몰랐다.

그러나 칸이 뮌헨 국제공항을 나오자 아름다운 미녀가 아닌 시커먼 남성이 보낸 차량이 그의 눈에 들어왔다. NNW사에서 보낸 의전 차였는데 세계 3대 명차라고 불리는 롤스로이드의 팬텀 세단이었다. 6.75ℓ V12 엔진을 장착한 팬텀은 부의 상징이자 사업가의 자존심으로 불리고 있었다.

"안드레아스가 롤스로이드까지 보내다니, 눈물이 다 나오는군."

칸이 이죽거리자 보조석에서 내린 남성이 예의를 갖추며 자신을 소개했다.

"안녕하십니까, 칸 슈마허 사장님. 저는 NNW사의 비서실장 세바스찬 짐머라고 합니다. 칸 슈마허 사장님을 편안하게 모시고자 기다리고 있었습니다."

"회사로 가나?"

"아닙니다. 얘기가 길어질 것 같아 님펜부르크궁 근처로 모실까 합니다. 5시에 자선 바자회에 참석하신다고 들었습니다."

칸은 비서 기제라에게 설명을 요구하듯 차가운 눈빛을 보냈다.

"죄송합니다. 일정을 알려달라고 하셔서…… 제가 알려드렸습니다."

"장소가 바뀌었다는 보고는 없었지 않아?"

"저도 그건 생각을 못했습니다."

"기제라는 이만 퇴근해. 미하엘이 맡아."

"사장님!"

기제라는 목에 차가운 칼날이 닿은 것처럼 소스라치게 놀랐지만 칸의 차갑고 이미 결단을 내린 듯한 시선에 입술을 질끈 깨물었다.

"죄송합니다. 오늘은 일찍 퇴근하겠습니다."

"판단력이 흐려진 건 피곤한 탓이라고 생각하지. 오늘은 푹 쉬고 내일은 평소의 기제라로 돌아와."

칸은 미하엘에게 타블릿 pc를 건네는 기제라를 어깨너머로 흘끗 본 다음에 미하엘이 움직이기도 전에 롤스로이드 팬텀 세단의 뒷문을 열었다.

미하엘이 기제라의 뺨에 입을 맞추고는 칸과 동승했다. NNW사의 비서실장인 세바스찬도 탑승한 다음에야 롤스로이드의 시동이 걸리고 잠시 후 기제라만을 남겨두고 뮌헨 국제공항을 빠져 나갔다.

칸의 경호원들도 곧장 준비된 의전 차에 탑승해 뒤를 따랐다. 그는 사이드 미러에 비친 기제라에게서 시선을 떼지 않고 세바스찬에게 경고했다.

"다시는 내 비서에게 일정을 묻는 무례를 저질러서는 안 될 거요."

"죄송합니다, 칸 슈마허 사장님."

"사과는 받아들이겠소. 하지만 두 번은 없다는 걸 명심했으면 합니다."

칸은 눈을 감으며 심드렁한 목소리로 상대를 가볍게 찍어 눌렀다.

세바스찬은 백미러로 뒷좌석에 앉은 두 남자의 안색을 살폈다. 제일 먼저 칸을 보았다. 눈을 감고 있는 모습에 안도한 듯 숨을 돌리고 나자 미하엘과 눈이 마주쳤다.

백미러를 통해 마주친 시선이었지만, 칸만큼이나 똑 부러지고 영리한 눈빛의 건장한 남성이 자신을 쳐다보고 있어 그는 헛기침을 뱉었다.

"흐, 흐흠!"

일부러 기침을 토한 그는 스르르 눈을 떠 자신의 뒤통수를 날카로운 눈빛을 하고 쏘아보는 칸과 눈이 마주쳤다. 당혹스러움에 얼굴이 붉어졌다. 마치 사냥을 나선 짐승의 눈빛 같았다. 보지 않아도 느낄 수 있는 섬뜩함은 등골을 타고 땀방울이 흐르게 할 만큼 무시무시했다.

칸 슈마허, 어리다고 만만히 볼 상대가 아니구나.

마흔 살의 테일러 슈마허도 아버지뻘인 안드레시아 사장을 압도하는 기세와 패기를 드러냈지만, 칸 슈마허가 자아내는 위압감을 주진 않았다.

세바스찬은 칸의 얼굴을 남몰래 뜯어보며 조심스레 숨을 내뱉었다. 고압 전선의 위를 달리는 기분이 들었다. 실체가 없는 유령과 마주한 것처럼 어깨가 뻐근했고 가슴이 두근두근 거세게 뛰었다. 손바닥까지 흥건하게 땀에 젖었다. 그만큼 겁에 질린 자신이 한없이 초라하게 느껴졌지만, 곧 자조적인 미소를 지으며 척척하게 젖은 손바닥으로 턱을 쓸었다.

테일러가 남동생을 미워하는 게 반쪽 피만 섞였다는 것 때문만은 아닌 것 같군.

* * *

오후 5시가 가까워지면서 해주는 숨이 차올랐다. 전신거울에 비친 제 모습에 겁을 먹은 게 그 이유였다.

값비싼 명품 드레스에 만 유로가 넘는 고가의 다이아몬드 목걸이와 반지, 귀걸이로 화려함을 한껏 살렸으며 화장도 세련되게 해서 인형처럼 아름다웠다.

하지만 그녀의 처지에서는 감히 꿈도 꿀 수 없는 것들이었기에 스스로 민망하고 수치스러울 정도였다.

"이건 내가 아니야."

흑발을 높이 틀어 올리고 방울이 달린 중국식 비녀로 뱀이 똬리를 틀듯이 말린 머리카락을 고정했다.

눈가에 점이 있으면 한층 돋보일 거라며 테일러가 제멋대로 점을 찍지를 않나, 여러모로 피곤하고 불쾌해 도망치고 싶었다. 지금도 그 충동은 그녀를 놓아주지 않고 엉덩이를 들썩이게 했다.

도망칠 수 있기는 할까?

그녀는 대기실 주위를 살피며 문을 살짝 열었다. 테일러의 비서 레온이 숍의 주인과 대화를 나누며 커피를 마시고 있었다. 그녀는 문을 조심스럽게 닫았다.

그녀는 오동나무로 만들어 진갈색의 중세시대의 것으로 추정될 만큼 오래된 느낌이 물씬 나는 전신거울 앞에 섰다.

움직일 때마다 가슴골이 여실히 드러나는 드레스가 부스럭 소리를 내면서 나풀거리고 결대로 물결쳤다.

그녀는 생전 처음으로 입어보는 드레스를 손가락으로 장난치듯이 눌렀다.

젖가슴을 끌어올린 탓에 물을 가득 넣은 풍선을 살짝 누른 것처럼 탱글탱글했다.

그녀는 등을 다 드러낸 뒤태를 거울에 비추었다. 실처럼 가는 끈을 교차해 느슨하게 묶어 남자들의 시선을 사로잡을 만한 훌륭한 무기가 보였다.

실을 끌어당기고 싶어서 안달할 사내들의 벌게진 눈빛을 짐작할 수 있을 만큼 야했다. 섹시한 것과는 거리가 멀었다. 노예 시장에 팔려가는 하녀처럼 혹은 침대를 뜨겁게 데울 성노예처럼 헐벗은 느낌이었다.

하지만 자꾸 보니까 처음의 낯선 기분이 차츰 사라지고 있었다.

불안에 떨던 눈동자가 이질적인 빛을 띠며 반짝였다. 그녀는 고개를 틀어 도도한 표정을 지었다. 고개를 요리조리 돌리며 숨을 크게 들이마셔 보았다.

가슴이 더욱 크게 부풀어 도드라지고 입꼬리가 올라갔다.

처음에는 불편했던 드레스가 안 입은 것처럼 편했고, 과장된 표현을 빌리자면 피부처럼 부드럽기도 했다. 그녀는 차갑지만 이지적인 느낌이 물씬 풍기는 보라색 드레스의 겉감을 어루만졌다.

"한스가 이런 내 모습을 본다면 어떤 반응을 보일까? 이렇게 변한 모습을 보여주고 싶긴 한데……."

바보. 이 와중에도 한스에게 예쁜 모습을 보이지 못했다는 자괴나 하고 있다니. 그렇게 당하고도 왜 이렇게 모질지 못한 거지? 독하게 마음을 먹고 한스를 잡으면 가만히 안 두겠다고 복수의 칼을 좀 갈아보라고!

해주는 악의를 드러낼 줄 모르는 제 성격이 답답해 울상을 지었다. 착하게 살면서 남에게 피해를 주지 않으면 행복하게 살 수 있을 거라는 헛된 꿈을 꾸었던 자신을 어젯밤에도 실컷 욕해주었지만, 태생은 그리 쉽게 바뀌지 않았다.

한스를 미워하고 증오하기보다 오죽하면 도망쳤을까, 어딘가에 몸을 숨기고 있다가 돌아올 거라고, 돌아와서 이 상황에서 구해줄 거라고, 해주는 굳게 믿고 있었다.

쪽지 한 장 남기지 않고 사라진 남자인데 말이다. 헛된 꿈은 여전히 진행 중이었다.

"하……."

해주는 천장이 무너지게 한숨을 내쉬었지만 예쁘게 화장한 얼굴을 망가트리고 싶지 않아 창문을 활짝 열었다.

로텐부르크의 하늘보다 흐린 파란색. 신선하고 달달한 바람의 기운보다 텁텁한 기분이 들었다.

짹 짹 짹.

새하얗고 작은 새 두 마리가 하늘에 수를 놓듯이 힘찬 날갯짓을 하며 날아올라 해주의 시선을 사로잡았다. 멍하게 두 마리의 새가 어디론가 자취를 감출 때까지 바라보고 있던 그녀는 다시 한 번 창밖의 푸른 하늘을 더듬듯 바라보며 숨을 크게 들이마셨다.

아까보다는 기분이 나아졌다. 숨을 크게 들이마셨다가 내뱉을 때마다 청량감이 젖가슴을 부풀리는 것 같았다. 그녀는 다시 한 번 숨을 들이마시고 하얀 치열이 드러나도록 활짝 웃었다.

괜찮아. 번한테 넘겨져서 이상한 곳에 끌려가지 않는 게 어디야.

스스로를 독려하듯 해주는 입술을 꾹 공기도 맑고 하늘은 공기보다 더 맑았다. 구름 한 점 없이 깨끗한 날씨에 그녀의 미소를 머금은 입술과 볼록하게 솟은 뺨에 생기가 돌았지만, 그것도 잠시 눈가에 찍힌 점이 실룩 움직였다.

"내가 정말 그 남자를 유혹할 수 있을까?"

* * *

바이에른 후비 헨리에테 아데르하이트의 여름 별장으로 독일 뮌헨 교외에 세워진 이궁 님펜부르크 궁전의 정문에는 세계의 명차들이 줄을 지어 서행하고 있었다.

로코코 양식으로 유명한 궁전은 평소 관광객을 위해 개방하나 오늘은 부유층의 자선바자회장으로 이용되어 초대장을 지참한 자에 한하여 출입이 가능했다.

본궁의 현관 앞에서는 자선바자회를 주최한 회장인 독일 항공의 콘라드 회장이 나와 지인들을 맞이하고 있었다. 마치 님펜부르크 궁전의 소유주인 양 만면 가득 여유가 넘쳤다.

그의 뒤로는 선글라스를 쓴 경호원들이 내빈들의 안전을 위해 경계를 늦추지 않았다.

자선바자회는 주로 유명 인사들이 내놓은 애장품을 유명 인사들이 사는 형식을 하고 있다. 물론 비싼 가격으로 사고 그 수익금은 모두 기부를 하고 있어 '기부 모임'이라는 별칭이 붙었다.

그러나 기부 모임이라는 이 자선 바자회에는 알만 한 사람만이 알음알음 통해 들어갈 수 있는 밀실이 있었다. 그곳은 사교계를 주름 잡고 있는 재벌가, 정치인, 유명한 배우, 가수들의 만남의 장이었다.

모임의 창시자 콘라드 회장이 차에서 내리는 유명인사와 파트너에게 악수를 청하며 반갑게 맞던 중 칸을 발견했다. 그는 백년 손님이라도 맞는 것처럼 활짝 핀 얼굴로 박수를 치며 환영했다.

"칸 슈마허!"

칸은 콘라드 몰래 안으로 들어가려다 입매를 비틀었다.

젠장, 귀찮게 됐군. 저 늙은이 몰래 들어가려고 했는데, 역시 무리였나?

칸은 콘라드의 과장된 몸짓에 어깨를 으쓱이는 것으로 응대했다.

"안녕하십니까."

"자네, 또 먼 길을 걸어서 왔군."

콘라드가 악수를 청하며 손을 내밀었지만, 칸은 바지주머니에 찔러 넣은 양손을 빼지 않고 대꾸했다.

"기다리다가 손자 보겠어서 걸어 왔습니다."

콘라드는 허례허식에 질린 양 입매를 비틀었다. 콘라드의 개별 환영인사의 차례를 기다리려면 족히 1시간은 차 안에 꼼짝

없이 갇혀야 했기에 아예 대놓고 조롱을 한 것이다.

"소, 손자?"

"너무 오래 기다리게 하는 것 같아서 하는 말입니다."

"하, 하…… 하하하."

"회장님은 당황할 때마다 호탕하게 웃네요. 좋습니다. 다만 앞으로는 다른 사람을 위해 시간을 알뜰하게 쓰셨으면 합니다. 우리 같은 사람들에게 1시간의 공백은 100년을 낭비하는 것처럼 느껴지지 않습니까."

"그, 그렇지. 하하하. 알았네. 참고하지. 근데 정말로 손자라도 보았나?"

무안한 탓에 화제를 돌리고자 물은 말이겠지만 칸은 눈살을 찌푸렸다. 웃자고 던진 농담을 진담으로 받아들이는 콘라드의 진지함이 괜한 오해를 사겠구나 싶어 그는 얼른 말을 정정했다.

"농담입니다. 아들도 없는데 무슨 손자입니까."

"하, 하. 자네……."

"그럼 저는 이만 들어가겠습니다."

칸은 시간을 길에 뿌리는 부자들의 허세를 비꼬듯 콧방귀를 뀌며 님펜부르크의 현관으로 쏙 들어갔다.

콘라드는 칸에게 내밀었던 손에 땀이 차 손수건으로 닦으며 어색한 미소를 지었다. 매년 100만 유로 이상의 거액을 펑펑 쓰고 가는 칸은 바자회의 VVIP 회원이었다. 그런 탓에 콘라드는 칸이 자신을 무시하는 태도를 보여도 사람 좋은 웃음을 유지해야 했다.

"콘라드 회장님!"

등진 콘라드를 돌아보게 한 이는 바로 칸의 이복형 테일러였다.

"테일러, 어려운 걸음을 했군. 요즘 신차 개발로 바쁘다던데 어떤가?"

"하하, 늘 그렇습니다."

"아름다운 파트너를 대동했군."

콘라드는 테일러의 팔에 손을 살짝 올린 해주에게 시선을 옮겼다. 호색한으로 유명한 콘라드의 시선이 음흉한 빛을 띠고 해주의 몸을 훑자 테일러가 앞으로 나서며 그녀를 뒤에 숨겼다.

"칸은 왔습니까?"

"어, 어. 지금 막 왔네. 근데 이런 미인은 어디에서 찾았나? 묘한 매력이 있어."

콘라드는 해주를 위아래로 훑어보다가 저돌적으로 자신을 쏘아보는 테일러와 눈이 마주치자 정신을 차렸다.

"이해하게, 너무 아름다워서 그만. 칸도 막 도착했네. 아마 포커를 치고 있겠지."

"알겠습니다. 그럼 나중에 뵙지요."

테일러는 해주에게 계산된 눈짓을 보내고 걸음을 옮겼다. 해주는 등 근육이 빽빽하게 굳을 만큼 긴장한 채 테일러에게 이끌려 님펜부르크궁의 현관을 넘어 넓은 홀에 들어섰다.

해주는 바깥보다 더 환한 실내조명 불빛에 입을 벌리고 소리 없이 감탄했다.

크리스탈 샹들리에가 화려하고 찬란한 빛을 쏟아내 마치 우주에서 이글이글 타오르는 태양을 끌어온 듯한 착각을 불러 일으켰다.

여기에 이렇게 큰 샹들리에가 있었나?

님펜부르크 궁전은 관광객에게 개방을 해 해주도 2년 전에 관광을 온 적이 있었지만, 샹들리에를 보지는 못했던 것 같았다.

샹들리에에 온 정신이 팔려 천장을 응시하고 있던 해주는 테일러 이끌려 넓은 홀을 가로질렀다. 그러다 한 순간, 우뚝 멈추어 섰다. 그녀의 시선이 환하게 불을 밝힌 샹들리에의 뒤로 보이는 남자의 초록색의 시선과 뒤엉켰다.

"……!"

2층 난간에 선 남자는 양손을 바지주머니에 넣은 채 아래를 주시하고 있었는데 마치 그녀를 관찰하는 것처럼 느껴질 정도로 시선을 고정하고 있었다.

깨알 같은 소름이 드러난 팔과, 가슴, 등에 돋아나 그녀는 다른 곳으로 보는 척하면서 두 손을 맞잡았다. 심장이 미친 듯이 뛰기 시작했다. 왜 이렇게 가슴이 뛰지? 이 두려움은 뭘까? 뱃속을 차갑게 얼리는 공포심과 불안함.

딴 사람처럼 꾸민 모습을 간파한 듯, 예리한 칼날로 얼굴 가죽을 도려내는 듯한 싸늘한 눈빛에 그만 압도되었다. 입안이 바싹 말라 숨을 들이마시면서 벌린 입술을 혀로 축이는데 테일러가 중얼거렸다.

"왔군."

"네?"

"칸."

해주는 테일러의 대답에, 그의 옆얼굴을 응시했다. 그의 시선이 2층에 머물렀다. 방금 그녀가 보고 있던 그 남자를 불쾌하고 더러운 오물을 발견한 것처럼 쏘아보고 있었다.

"칸…… 슈마허."

"당신의 동생이요?"

"그렇지, 빌어먹게도 녀석과 내 관계가 그렇지."

테일러는 입매를 비틀며 자조적인 대답을 했다.

해주는 표정을 일그러트린 테일러에게서 시선을 떼고 숨을 고른 다음에 고개를 들었다. 숨을 그러모으듯 용기를 모은 그녀가 가슴을 폈다. 그제야 그녀의 가죽을 벗길 듯, 무시무시한 눈빛으로 보던 남자를 정면으로 볼 수 있었다.

테일러와 반대로 칸은 우수한 외모를 지녔다. 테일러에 비해 젊기도 했지만 머리부터 발끝까지 시선을 놓을 수 없을 만큼 강렬한 매력을 풍기고 있었다. 2층에 있어서 그가 얼마나 큰지 정확하게 가늠할 수는 없었지만 긴 다리, 넓은 어깨로 보아 테일러보다 머리 하나는 더 큰 것 같았다.

금발머리에 초록색 눈동자, 수려하고 둥그런 이마와 날렵하게 뻗은 높은 콧날, 거기다 턱은 남성미가 물씬 풍겨질 정도로 단단하게 보였다. 고집도 셀 것이고 눈치도 엄청 빠를 것 같은 성격을 잘 보여주는 외모였다. 테일러에게 칸에 대한 정보를 듣고 사진까지 보았지만, 실물로 보니 사진은 그저 우스울 뿐이었다.

촬영 기술이 아무리 좋다한들 칸 슈마허의 외모와 분위기를 그대로 재현할 수는 없을 것이다. 은회색의 슈트에 보라색 타이를 멘 그가 양팔을 벌려서 난간에 대고 그녀를 내려다보고 있는 모습은 영화의 한 장면을 연상케 했다. 천장벽화 또한 훌륭한 배경이 되어서 말이다.

"칸이 당신을 발견했으니 일이 수월해지겠군. 찾아다니는 것보다 낫잖아?"

수월하기는…… 난 죽겠는데.

해주는 '칸을 유혹할 수 있을까?' 라는 의구심을 깨끗하게 지웠다. 어떻게 유혹해? 가까이 다가가는 것만으로도 눈빛에 타 재가 될지도 모르는데.

해주는 자신감을 잃어 풀죽은 표정을 지었다. 고개를 푹 숙이고 천장도 무너트릴 기세로 한숨을 내쉬는데 테일러가 허리를 끌어당기며 놀라게 했다.

"왜, 왜 그래요?"

"자연스럽게 행동하자고."

그는 그녀가 걸치고 있는 밍크 볼레로 밑으로 손을 넣으며 음흉한 미소를 지었다.

"저, 저기…… 이건 아니잖아요."

"허리에 손을 얹은 게?"

"그게 아니라, 닿았어요."

해주는 얼굴을 붉힌 채 수줍게 말했다.

"닿다니?"

테일러는 고개를 돌려 그녀의 허리를 응시했다. 그의 손은 허리에 닿았지만 손가락은 그녀의 부드러운 살을 어루만지고 있었다. 그때서야 그녀의 몸이 얼어붙은 이유를 깨달은 듯이 거만한 미소를 지었다.

"우리는 연인처럼 행동해야 해."

"아는데요. 불편해서 그래요."

"……미안하지만 당신 참 부드러워."

"네?"

이건 또 무슨 소리냐는 식으로 쳐다보자, 해주의 시선을 느낀 테일러가 일부러 속삭여 대답했다.

"당신의 살결. 한스라는 놈은 멍청이가 틀림없어."

"무슨 소리를 하는 거예요?"

"나라면 당신을 두고 도망가지 않았을 텐데."

해주는 두 손으로 입을 틀어막는 동시에 비명을 삼켰다. 하마터면 테일러의 뺨을 올려붙이면서 쇳소리를 질러댈 뻔했다.

"그렇게 놀랄 것 없어."

"어, 어떻게 그런……. 사람들도 알고 있어요?"

"뭘?"

"테일러 슈마허가 파렴치한이라는 걸요."

"흥, 그런 걸 알려서 좋을 게 있나?"

테일러의 손가락이 등허리를 두드리며 장난을 치자 해주는 몸을 홱 돌렸다. 그리고 그의 품에서 빠져나오며 입을 가린 손을 치웠다.

"저, 저…… 화장실에 좀 다녀올게요."

"얼마든지."

해주는 테일러의 야릇한 시선과 칸의 찍어 누르는 듯한 시선이 부담스러워 자리에서 도망치듯이 잰걸음을 걸었다. 우선 사람들이 없는 곳에 가서 마음을 진정시키고 싶었다. 하나둘 님펜부르크의 본궁으로 들어오는 사람들이 늘어나면서 공기가 탁해지는 기분이 들었다.

그녀와는 아주 먼 세계의 사람들 틈에 있으려니 적응하기 어려웠다. 그녀처럼 아름답게 치장한 여자들이 한둘이 아니었다. 값비싼 화장품을 치덕치덕 바르고, 향수를 뿌린 여자들이 모인 곳을 지나칠 때면 코끝이 얼얼한 충격을 받기도 했다.

해주는 뒤를 흘끗 보며 테일러를 찾았다. 다행히 그는 어느 남자와 얘기 중이었다. 그녀는 잰걸음으로 테라스로 나갔다. 본궁의 후원은 정말 기가 막히게 넓었으며 정리가 잘된 느낌을 주었다. 뮌헨에는 눈이 내리지 않았는지 깨끗했다. 추위에 수로가 얼었지만, 그것도 한 폭의 그림 같았다.

싱그럽고 풋풋함이 살아서 꿈틀거리는 녹음의 계절, 여름에 자선 바자회를 열었다면 그 풍경이 오늘과는 또 달랐을 거라는 생각이 들 정도였다. 드레스를 입고 다이아몬드 목걸이에 귀걸이 반지를 끼고 궁전의 후원을 바라보니 마치 자신이 공주가 된 것 같았다. 그녀는 밍크로 된 볼레로를 목까지 끌어올리며 계단을 내려가기 시작했다.

앞부분은 가슴 밑까지 내려오지만 뒷부분은 허리선을 살짝 덮을 정도로 길었다. 드레스와 한 쌍인 양 보라색인 스웨이드 장갑을 클러치 지갑에서 꺼낸 그녀는 걸음을 내딛으며 끼었다. 차가운 공기를 들이마셨더니 기분이 한결 나아졌다.

“아, 기분 좋아!”

클러치 백을 든 채 두 손을 머리 뒤로 쭉 뻗은 해주가 눈을 찡그리며 상체를 좌우로 비틀었다.

“아, 역시 사람은 놀던 물에서 놀아야지……. 나 같은 송사리가 대서양에 와서 뭘 할 수 있겠어? 무섭기만 하지.”

윙크를 하듯이 눈을 찌푸리고 기지개를 하던 그녀가 숨을 크게 들이마실 때였다.

“송사리 치고는 너무 아름답군.”

기지개를 켠 채 숨을 크게 들이마신 그녀가 뒤를 돌아보자, 바지주머니에 양손을 넣은 칸이 하얀 입김을 후루루 쏟아내고 있었다.

칸! 칸이잖아!

그녀는 너무 놀라 비명도 못 지르고 입만 벌렸다. 그의 시선이 그녀의 몸을 위아래로 훑고 있었다. 골프 선수가 공을 높이 쳐 올릴 때처럼 몸을 비튼 채 굳어 있는 그녀의 모습이 퍽 흥미로운지 그가 말했다.

"테일러에게 동양인 애인이 생기다니. 와우, 정말 믿기지 않아. 아주 꽉 막힌 백인 우월주의자인 줄 알았는데 그것도 아닌 모양이군. 파트너로 대동한 걸 보면 잊지 못할 밤이라도 선사해 줬나 봐?"

해주는 머릿속이 하얗게 비어져 칸이 한 말을 이해하는 데 시간이 걸렸다. 잊지 못할 밤? 눈을 끔뻑거리며 고개를 갸웃거리던 그녀의 머릿속에 비상등이 켜졌다. 불이 번쩍 하더니 흐릿하고 맹물 같던 정신이 퍼뜩 들었다.

"전 그런 여자가 아니에요!"

"오호."

"잊지 못할 밤이라니……. 그런 기술 따윈…… 모른다고요."

"울 것 같은 얼굴이군."

칸의 지적에 해주는 등을 돌리고 두 손으로 얼굴을 감쌌다.

"그냥 좀…… 음, 저기. 저는 이만."

일단은 후퇴다.

마음의 준비도 못했는데 칸을 상대하는 건 버겁기도 했고 심장이 부서질 것처럼 뛰어 있어 표정 관리가 힘들었다.

그녀는 칸에게서 최대한 멀리 떨어지려는 것처럼 속도를 내

걷기 시작했다. 자신이 어디로 가는지 전혀 모른 채 무작정 걷기만 했다.

내게서 도망치려는 건가?

칸은 테일러의 파트너인 동양인 여자를 보자마자 정신이 아찔했다. 그녀가 님펜부르크 궁전으로 들어서는 순간부터 시선이 확 꽂혀버렸다. 수줍은 표정을 짓고 자신을 흘끗흘끗 쳐다보는 게 주눅이 든 강아지 같았다. 소유하고 싶은 갈망이 심장과 아랫도리를 뻐근하게 조였다.

물론 작고 호리호리하며 수줍음이 많은 동양인 여성에 대한 환상도 있었지만, 무엇보다도 테일러의 파트너라는 점도 흥미로웠다. 테일러의 것은 다 빼앗아야 했고, 빼앗을 때의 쾌감은 이루 형용할 수 없이 행복하고 짜릿했다.

아, 그러고 보니 레이 마사코도 테일러의 여자였지.

그러나 곧 좋지 않은 과거의 여자를 떠올린 자신을 책망하며 칸은 다시 여자를 응시했다.

테일러와 여자의 분위기로 보아 사랑하는 연인 같지는 않았다. 팔짱을 끼고 있었지만 표정이나 행동이 많이 어색했다. 뭐, 연인이고 아니고는 칸에게 문제가 될 건 없었지만.

그저 칸은 자신을 유령 보듯이 보고 인적이 드문 숲으로 도망치고 있는 테일러의 파트너에 대한 강렬한 호기심이 들끓어 제정신이 아니었다. 철 조각을 끌어당기는 자석처럼 칸도 그렇게 이끌리고 있었다.

오랜만에 느껴보는 설렘을 안고 멀리 도망치려는 여자를 사냥하듯이 뒤를 쫓기 시작했다.

고목의 나뭇가지가 얼기설기 얽혀 하늘을 덮은 길에 들어서자 주변이 컴컴해졌다. 그녀는 그때야 정신이 들어 사방을 살피기 시작했다. 본궁에서부터 꽤 멀리 떨어진 것 같아 당혹스러웠다.

"여기는 어디지?"

"너무 깊이 들어간다고 생각했지만 당신은 참 대책이 안 서는 여자군."

해주는 기다렸다는 듯이 나무 밖으로 모습을 드러내는 칸의 등장에 두 손으로 입을 가렸다. 칸이 자신을 왜 따라왔는지 이해할 수 없었다.

"테일러와 정말 사귀나?"

"그, 그게 왜 궁금해요?"

"테일러는 백인이 우월하다고 생각해. 동양인은 머리가 나쁘다고 말했거든."

"그, 그랬나요? 사실 테일러에 대해서 전혀 몰라서요."

"연인이 아니야?"

칸은 지금 의심하고 있구나.

해주는 칸의 눈빛에 스친 의구심의 섬광을 읽을 수 있었다. 그 섬광에는 거짓말을 했다가는 두 번의 기회도 없으리라는 경고가 담겨 있었다.

날은 아까보다 더 어두워졌고, 본궁에서도 꽤 멀리 떨어져 있어 칸에게 매질을 당해도 그 누구 하나 도우러 올 수 없었다.

그녀는 말라버린 입술에 생긴 가스라미를 초조한 듯 새하얀 치아로 뜯었다. 가스라미를 뜯을 때마다 따끔한 통증과 비릿한 피 맛이 느껴졌지만, 오히려 정신은 맑아졌다.

"8만 유로 때문에요."

"8만 유로?"

"말하자면 테일러에게 전 인형이에요. 8만 유로에 그 사람이 절 샀으니까요."

칸의 낯빛이 어두워졌다. 전혀 생각지도 못한 대답에 당혹스러운 모양인지 눈썹을 찡그리고 있었다.

"8만 유로에 사기엔 당신은 좀…… 그만한 가치가 없어 보이는데?"

"알아요. 제가 못났다는 걸. 하지만……."

"하지만?"

"테일러는 다르게 생각해요. 밀실이라는 곳에서 절 팔겠다고 했어요."

해주는 테일러의 계획을 술술 불었다. 거짓말로 꾸며댔다가 나중에 밀실에서 그와 마주치는 바에는 아예 처음부터 그에게 자신의 처지를 알려주는 게 나을 것 같았다.

그런데 왜 이렇게 눈물이 고이는지 모르겠다.

해주는 고개를 푹 숙인 채 클러치 백을 가슴에 꼭 끌어안았다.

"날 자선 경매에 붙이겠대요."

자선 경매에 이 여자를 내놓을 생각인가?

칸은 조소를 흘렸다. 테일러가 무슨 생각으로 여자를 경매에 내놓았는지 이해가 안갔지만, 그만한 사정이 있을 거라는 생각이 들었다.

또 밀실의 멤버라면 이 여자를 사고도 남을 것이다. 그들은 스캔들을 두려워해 외도는 감히 꿈도 꾸지 못했다. 하지만…….

칸은 손가락으로 해주의 턱 밑을 들어 자신을 바라보게 했다. 갑작스러운 행동에 놀란 그녀가 눈을 똥그랗게 뜨고 숨을 쌕쌕 내쉬자, 재미있다는 듯이 중얼거렸다.

"역시 테일러답군."

그의 눈빛은 먹잇감을 고른 맹수의 그것처럼 초록색 안광을 뿜어대고 있었다.

무서워……. 테일러보다 더 위험한 것 같아.

그녀는 겁을 잔뜩 집어먹은 강아지처럼 커다랗게 뜬 눈의 눈동자를 떨었다. 하얗게 질린 낯빛과 빙설이 내려앉은 듯 차갑게 얼어붙은 흰자위가 점점 그 영역을 넓히고 있었다.

못 할 것 같아. 이 남자를 유혹하는 건 절대 못 해. 아니……해서는 안 돼. 물건을 훔치는 건 더욱 더 그래.

해주는 입술을 파르르 떨었다. 아까보다 더 말라붙은 입술은 가뭄에 갈라진 논밭처럼 생기를 잃어 먹물을 바른 것처럼 검었다.

칸은 입매 끝을 미끄러지듯이 올리며 턱을 당겼다. 그녀를 처음 본 순간부터 느낀 건데, 그녀는 겁쟁이다. 또 순진하고 부끄러움을 잘 타는 여린 성격이기도 했다.

일부러 강한 척하지도 자존심을 내세워 도도하게 콧대를 세우는 그런 여자와 거리가 멀었다. 눈물이 많고 겁을 주면 바로 꼬리를 내려 순응할 줄 아는 성격이었지만 방심해서는 안 될 만큼 솔직할 것 같았다.

그 솔직함이 그녀에게는 독이 될 수도 꿀이 될 수도 있겠지만. 지금 현재로서는 꿀처럼 향긋하고 달콤하게 느껴져 칸의 입가에 스민 미소가 깊어졌다.

꼭 벌을 서는 아이처럼 얼어붙어서 손가락 하나에 턱을 내놓은 해주를 지그시 바라보던 칸이 입술을 뗐다. 후르르 가슴을 떠는 그녀의 입술을 뜯어먹을 것처럼 응시했다. 치직. 모래 알갱이가 밟히는 소리가 나는 동시에 그녀가 뒷걸음을 치기 시작했다.

칸이 고개를 숙여 키스를 할 것 같으니 해주가 뒤로 물러선 것이었다. 그가 그녀를 몰듯이 움직일 때마다 흙이 밟히는 소리와 삭정이가 파삭, 하고 눌리는 소리가 연거푸 들렸다.

"왜, 왜요……."

해주는 두 손으로 가슴을 꾹 눌렀다. 칸이 얼굴을 들이밀 때, 아니 정확하게는 입술을 대려고 할 때마다 청량한 향수 냄새가 후각을 자극했다.

가슴이 콩닥콩닥 뛰고 얼굴에는 열기가 확 끼치는 건 물론 입안이 텁텁하게 마르기도 했다. 부지런하고 왕성하게 활동하던 침샘도 충격과 두려움에 그만 제 기능을 상실한 것 같았다.

"저, 저기…… 어, 엄마야!"

뒷걸음을 치던 해주의 뒷덜미를 잡듯이 닿은 나무의 차가운 기운에 놀란 그녀가 고개를 들었다.

"읍!"

칸은 그 짧은 순간을 노린 것처럼 정확하게 해주의 입술을 포식하며 가슴으로 밀어붙였다. 제법 허리가 굵은 나무와 넓은 가슴 사이에 낀 그녀는 비명을 내뱉지 못하고 도로 삼켰다. 목울대가 파도처럼 너울졌다 사라졌다.

툭.

들고 있던 클러치 백이 떨어져 발등을 찍었지만 통증을 전혀 못 느꼈다. 아니 클러치 백을 놓친 사실조차 까맣게 모르고 있었다.

칸은 노련했다. 밀어붙이는 속도만큼 입안 깊숙하게 들어온 혀가 육체와 영혼을 분리시키기 시작했다. 입천장을 분주하게 자극하고, 가지런한 치열을 고르듯이 더듬었다.

훅, 후욱, 우후…….

칸의 키스가 깊어지고 강도를 올릴수록 해주는 눈이 튀어나올 만큼 크게 뜨고 콧구멍을 벌렁거렸다. 가슴이 터질 것 같았다. 그가 그녀를 몸을 민 것으로 모자라 한 손은 나무에 대고 다른 한 손으로는 아까 들었던 턱을 단단하게 고정하고 있었다.

해주는 어떻게 해야 할지 몰랐다. 입을 벌린 채 타액이 흘러

촉촉해진 입술을 떨기만 했다.

칸도 그녀의 반응에 놀란 듯 눈빛이나 표정을 슬쩍 보더니 곧 고개를 뒤로 젖혔다.

"생각보다 더 숙맥이군."

"예? 아, 아니…… 키스…… 왜 한 거예요?"

해주는 울상을 지으며 물었다. 왈칵, 눈물이 솟구쳤다. 칸을 유혹해야 하는 입장임을 까맣게 잊고 눈물을 보이기까지 했다.

"이봐, 우는 거야?"

"키스했잖아요! 허락도 없이."

"키스하는 데 허락을 구해야 하나?"

"네!"

해주는 손등으로 입술을 문지르며 훌쩍거렸다. 눈물이 흘러 난감했다. 마스카라와 아이라이너가 눈물에 번질까 봐 손으로 부채질을 하며 눈물을 말리는데 칸이 손수건을 내밀었다.

"닦지?"

"됐어요."

"하! 그쪽은 키스할 때 일일이 허락하나?"

"네! 전, 전요. 상황이 좀 이상해져서 이런 모습으로 여기까지 왔지만 그런 여자가 아니란 말이에요!"

해주는 손가락으로 눈가의 눈물을 닦으며 훌쩍거렸다.

해가 지면서 낮 기온보다 훅 떨어진 기온은 바람을 타면서 칼날로 돌변해 살을 에었다. 추위 탓에 코가 빨개졌다. 무척 밉게 보일 것 같았지만 칸이 얄미워서 견딜 수가 없었다.

"테일러만큼이나 당신도…… 비열하고 나빠요. 피는 못 속이나 보네요."

"말조심하지? 나도 테일러도 피 얘기는 민감하거든."

"나도, 나도 민감해요!"

해주는 화장이 번지거나 말거나 인상을 잔뜩 구긴 후 두 손으로 뺨을 감쌌다가 뗐다. 그러자 눈가에 찍었던 점이 깨끗하게 지워졌다.

칸의 눈매가 가늘어졌다.

"만든 점이군."

"네, 눈가에 점이 있어야지 신비스럽다고……. 훌쩍."

신비? 하! 테일러는 이 여자를 몰라도 너무 모르는 것 같군.

점 하나를 찍었다고 신비스러움이 생길 성격이 절대 아니라는 걸 그렇게 몰라?

칸은 팔짱을 끼고 해주가 울음을 그치고 평정심을 찾길 기다렸다. 그녀의 훌쩍거림이 잦아들자 기다렸다는 듯이 부엉이가 조심스럽게 울기 시작했다.

칸은 팔짱을 낀 채 슈트의 소매를 살짝 들어 손목시계의 시간을 확인했다.

6시 30분. 벌써 시간이 이렇게나 됐나.

그는 소매를 내리며 팔을 가볍게 털어 주름을 폈다.

춥다.

코트를 걸치지 않고 나와 숲에서, 땅에서, 하늘에서 뿜어내는 한기가 그의 뼛속까지 파고들었다. 이제 그만 본궁으로 돌아가 따뜻한 커피나 차를 마시며 몸을 녹이고 싶었다.

칸은 바닥에 떨어트린 클러치 백을 주워 품에 꼭 끌어안고 한껏 경계하는 해주를 응시했다. 그가 만났던 여자들과는 너무 달라 물었다.

"어디서 왔지?"

"루텐부르크요."

"어쩐지 촌스럽더라니."

"갑자기 키스하는 건 도시적인 거예요?"

입술을 비죽거리며 응수하는데 그 모습이 귀엽게 느껴졌다. 촌스럽다는 말에 빨개진 코만큼이나 빨개진 눈을 부라리는 모습이 신선했다. 그러나 그는 내색하지 않고 그녀가 어떤 반응을 보이든 가볍게 무시했다.

해주도 입을 다물고 두 걸음 앞서 걷기 시작한 칸의 뒤를 따랐다. 부엉이가 우는 소리가 오늘따라 구슬프게 들렸다. 보름달이 보였다. 언제 나타났지? 해가 지면 당연히 달이 뜬다는 걸 알면서도 쓸데없는 의문을 품다가 깜짝 놀랐다.

그녀는 칸이 들을 만큼 큰 소리로 숨을 들이마시며 기함했다.

"왜 그래?"

칸이 뒤돌아 물었다.

해주는 또 울상을 짓고 있었다. 짜증이 난 칸이 미간을 한껏 구기고 물었다.

"왜, 왜 그러냐고!"

"아니에요."

"뭐 흘렸나?"

"아뇨, 그게 아니라……."

이번에는 칸에게 억지로 키스 당한 기억이 새하얗게 비어졌다. 대신 칸을 유혹해야 하는 막중한 소임이 있었다는 게 전구에 전원이 들어오듯이 머릿속에 번뜩였다.

어쩌지? 기회를 날려버렸어…….

칸이 키스했을 때 적극적으로 행동했어야 했는데.

이제 어쩌지?

해주는 자신을 짜증스럽게 바라보는 칸에게 아쉬움이 듬뿍 담긴 시선을 보내며 울먹거렸다.

"저…… 오늘 절 사주시면 안 될까요?"

겁에 질린 음성은 무척 떨렸지만 구슬프게 우는 부엉이 울음소리보다 더 간절하게 들렸다.

칸의 대답에 모든 것이 달렸다. 그리 생각하며 눈동자를 불안하게 떠는데 그가 쌀쌀맞은 투로 대답했다.

"도망쳐."

2

위험한 거래

야외보다 실내의 공기는 텁텁하기는 했지만 확실하게 따뜻했다.

당연한 소리 같지만 피부로 느끼는 온기가 아니라 마음까지도 훈훈해져 든 생각이었다. 표정에 여유가 넘치는 사람들을 구경하고 있어서 그럴지도 몰랐다. 하지만 정신이 쏙 빠져서 저렇게 살아보고 싶다는 부러움은 없었다.

님펜부르크 궁전의 본궁, 그중에서 왕비의 침실 앞 복도를 서성이던 그녀는 연회장에서부터 울리는 선율에 콧노래를 불렀다. 마음이 번잡한 탓에 자신이 콧노래를 부르고 있다는 사실도 까맣게 잊은 그녀의 발걸음이 미인화가 진열이 된 벽 앞에서 멈추었다.

루트비히 1세가 궁정 화가에게 뮌헨의 미인 36명을 그리게 해 만들어졌다는 이 미인도 갤러리에는 감탄사를 자아낼 만큼 아름다운 여인의 초상이 걸려 있었다.

아름다움이란, 기록이 되는 만큼 사랑을 받는다.

해주는 제 얼굴이 부끄럽다는 생각이 들어 두 손으로 뺨을 감쌌다. 창피한 생각이 들었다. 젊고 멋진 남자를 유혹하려면 적어도 초상으로 그 아름다움이 기록된 여인과 비슷한 느낌이라도 주어야 할 텐데, 그녀에게는 그 비슷한 힘도 없었다.

같은 사람으로 태어났는데…… 어쩜 이렇게 차이가 날까.

해주는 미인들의 이목구비에 홀린 듯이 서 있다가 한숨을 푹 쉬었다. 시선은 아름다운 미인에 머물러 있음에도 뇌리에는 칸의 음성이 메아리쳐서 울렸다.

"도망쳐."

자신을 사달라는 말에 그런 대답을 할 줄은 몰랐다. 도망치라고? 도망칠 수 있었다면 예전에 독일을 떴을 터였다. 한 푼도 없는 가난뱅이에 신용불량자인 그녀에게 도망갈 곳은 어디에도 없었다.

아버지가 있었지만, 그는 마리라는 프랑스계 독일 여자를 만나 재혼해 함부르크에서 정육점을 하고 있었다. 그녀의 친모는 한국에 있었지만 6살에 헤어져 얼굴도 기억이 나지 않았다. 괜히 새어머니 마리에게 눈총을 받고 아버지를 곤란하게 하고 싶지 않아 혼자의 힘으로 해결하려고 했지만 결국 이 사단이 나고야 말았다.

가장 중요한 것은 어디로 도망을 쳐도 테일러는 반드시 자신을 찾아낼 터였다.

칸의 말에 눈앞이 캄캄해졌다.

"난 아무런 이득이 없이 여자를 사는 짓은 하지 않아. 내가 당신을 테일러한테서 산다면, 그는 기다렸다는 듯이 내 뒷덜미를 물 준비를 하겠지. 미안하지만 8만 유로를 엉뚱한 곳에 쓰고 싶지 않군. 그리고 한 가지 더…… 당신을 8만 유로에 산다는 놈이 있다면 그놈은 변태일 거요."

날 사는 남자는 변태라고?

당연히 제정신을 갖춘 남자는 아니겠지.

도망쳐야 할까? 일을 망쳐 놓았으니 그 편이 바람직하려나? 어쨌든 후회한다. 지나치게 다급함을 보였다. 생각나는 대로 내뱉었다. 성급했다는 후회가 막심했다.

"휴, 이제 어쩌지? 테일러한테 뭐라고 해야 하지? 작전은 실패다?"

테일러의 표정이 눈에 선했다.

칼만 들었다면 살인이라도 저지를 듯 인상을 험악하게 구기고 씩씩거릴 게 뻔했다. 그녀에게 닥친 불행과 고난을 비웃듯이 궁전의 휘황찬란한 아름다움은 밤이 무르익을수록 절정에 이르렀다.

해주는 두 손으로 얼굴을 감싼 채 한숨을 깊이 내쉬었다. 테일러에게 칸을 만난 사실을 털어놓아야 했다. 그녀는 얼굴에서 두 손을 내리고 호흡을 가다듬었다. 그리고 연회장으로 향했다. 때마침 테일러가 연회장을 가로질러 다가오고 있었다.

테일러는 그녀를 한참을 찾은 양 얼굴에는 짜증이 덕지덕지 붙어 있었지만, 생각처럼 불쾌한 표정을 짓고 있지는 않았다. 아무래도 표정 관리가 필요할 것이다.

"어딜 그렇게 다녀? 화장실 간다는 사람이 사라져서 얼마나 당황했는지 아나?"

"미안해요."

"도망친 줄 알았다."

도망…….

그녀는 어색한 미소를 지으며 입술을 뗐다.

"……칸을 만났어요."

칸의 이름이 나올 때마다 신경질적으로 구겨지는 눈썹과 입매, 테일러는 칵테일 두 잔을 들고 해주의 입술을 주시했다. 칸과 만나 어떤 얘기를 주고받았는지 몹시 궁금한 모양이었다.

"칸에게 절 사달라고 했어요."

"뭐?"

"그 사람한테 사달라고 했다고요."

"미쳤나?"

"죄송해요."

"칸은 뭐라고 했나?"

테일러는 오만상을 구기고 있었다.

"안 사겠대요. 변태가 되고 싶은 마음은 없다고."

도망치라는 말은 쏙 빼고 간략하게 대답했더니 테일러가 들고 있던 칵테일이 잔 밖으로 넘칠 정도로 동요하기 시작했다.

"우리의 계획을 다 말하면 어쩌자는 거야!"

"미안해요. 이제 어쩌죠?"

"어쩌긴! 그건 앞으로 당신이 할 탓이지."

테일러는 목이 타는지 칵테일을 모두 비우고 늑대가 분노하는 것처럼 들끓는 소리로 겁을 주었다.

"오늘 밤에 당신이 칸의 마음을 잡지 못한다면 8만 유로를 고스란히 뱉어야 할 거야."

"네?"

"1년 동안 받아낼 테니 잘 생각해."

"8만 유로를 무슨 수로 1년 안에 갚아요? 그리고……."

"돈으로 못 갚으면 몸으로라도 갚아야지."

테일러는 이죽거렸다. 그 이죽거림에 해주는 심장이 철렁 내려앉다 못해 대악마가 지옥에서 잡아끄는 듯한 통증을 느꼈다. 습관적으로 가슴에 두 손을 올린 그녀가 눈물을 글썽거리자 그가 콧방귀를 뀌었다.

“그런 눈을 할 것 없어. 네가 날 유혹하려고 하나 본데 난 안 넘어가니까.”

“유, 유혹이요?”

“나한테 무언가를 바라지 말라는 말이다.”

테일러는 쌀쌀맞게 대꾸하고는 해주의 손목을 아프게 낚아챘다. 놀란 그녀가 눈을 휘둥그레 뜨고 눈동자를 떨자 비웃음을 머금은 그가 속삭였다.

“지금 그 겁먹은 표정 참 좋아. 남자들은 이런 여자에게 묘한 매력을 느끼거든.”

“무, 무슨 소리를 하는 거예요?”

“숫처녀의 두려움은 남성의 거만함을 자극하는 법이야.”

테일러의 말에 소름이 돋은 해주는 팔을 뿌리치려고 했지만 소용없었다. 그녀가 팔에 힘을 주고 주먹을 쥐자, 헛된 저항이라며 테일러가 덧붙였다.

“숫처녀를 찾아보기 힘든 요즘 너처럼 잘 익은 여자를 안으면 꿀맛 같을 거야.”

“이, 이것 보세요.”

“오늘 밤에 칸을 유혹하지 못하면…… 내 침대를 데워야 할 거다.”

해주는 테일러의 눈빛이 불타올라 단순히 겁을 주려는 말이 아님을 느낄 수 있었다. 턱을 쳐들고 그녀의 손가락을 억지로 펴게 해 제 뺨에 댄 그는 욕정을 느끼고 있었다.

"놔, 놔주세요. 테일러 사장님. 사람들이 보고 있어요."

겁에 질린 해주가 울먹거리자 테일러는 한쪽 입매를 일그러트리고 비웃음을 쳤다. 그리고 그녀의 손목을 놓았다. 손목을 감싼 채 뒤로 물러선 그녀가 경계심을 날카롭게 세우고 테일러에게 등을 돌리려다 움찔했다.

"……!"

대각선 방향에 칸이 있었다. 그는 테일러와 해주의 대화를 들은 것처럼 조소를 머금고 있었다. 놀란 그녀가 당혹감에 얼굴을 붉혔다. 칸은 그마저도 우스운지 팔짱을 낀 채 벽에 기대고 있던 등을 떼고 발소리를 죽여 어디론가 향했다.

테일러는 칸의 기척을 전혀 못 느낀 모양이었다. 해주가 어쩔 줄 몰라 하는 표정을 지어도 제 할 말만 해댔다.

"화장을 고치는 게 좋겠…… 근데 점은 어디로 사라졌지?"

"그렇게 됐어요."

"다시 찍어."

"……네."

"화장 고치고 와. 이제 곧 밀실에 내려가야 하니까."

밀실이라는 단어에 숨이 콱 막히는 것 같았지만 지금은 테일러의 야릇한 시선이 더 견딜 수 없어 종종걸음으로 파우더룸으로 향했다.

도망칠까? 어떻게 하지?

칸이 자신을 사는 일은 없을 것 같았다. 칸이 자신을 사지 않으면 테일러의 말대로 억지로 몸을 내주어야 할지도 몰랐다.

몸을? 말도 안 돼! 싫어! 약혼자와도 잠자리를 하지 않았던 건 확신이 서지 않은 탓이었는데, 테일러라고? 숫처녀라는 말을 입에 달고 사는 남자에게?

해주는 머리를 절레절레 흔들며 혼잣말로 중얼거렸다.

"생각하자. 어떻게 해야 하는지 방법을 찾아야 해!"

파우더룸의 문손잡이를 잡고 힘껏 밀치려는데 그녀의 손등을 뜨겁고 커다란 손이 꾹 눌렀다. 흠칫 놀란 그녀가 옆을 돌아보자, 칸이 미소를 짓고 있었다.

"왜, 왜요?"

"따라와."

"네?"

"따라오라고."

칸은 해주의 손을 잡아끌었다. 그녀는 그의 완력에 자석에 달라붙은 철 조각처럼 이끌렸다. 그의 손은 뜨거웠다. 그 온기가 심장에 닿았는지 피가 소용돌이를 치며 끓었다. 얼굴에 열기가 확 올라 후끈거렸다.

해주는 칸에게 손목을 잡힌 채 계단을 내려갔다. 휘청거리며 다급하게 계단을 밟는데 반해 시선은 칸의 뒷모습에 꽂혀서 다른 건 아무것도 안 보였다.

정신을 차렸을 때는 차가운 겨울바람이 잔잔하게 불고 있는 정원이었다. 누렇게 뜬 잔디밭을 가로지르고 있었다.

"어, 어디로 가는 거예요?"

"도망치는 거다."

"도망이요?"

깜짝 놀란 그녀가 주저앉듯이 무릎을 구부리자, 칸이 돌아섰다.

"테일러한테 잡힐 거예요!"

"내가 보호해주지."

"네?"

"생각을 해 봤어."

"무, 무슨 생각이요?"

"테일러의 속을 확 뒤집을 수 있는 방법 말이야."

칸은 아무것도 못 들은 걸까? 의외의 말에 해주는 숨을 죽이고 그의 표정을 주시했다.

"테일러와 난 사이가 아주 나빠. 그 정도는 알고 있겠지."

"들었어요."

"그게 이유다. 너로 인해 테일러가 곤경에 처할 수만 있다면 얼마든지 숨겨주지."

뜻밖의 말을 들어 믿기지 않았다. 테일러가 싫어서 자신을 숨겨주겠다는 발상 자체가 이해가 안 갔다. 테일러 못지않게 칸도 제 형이 잘 되는 꼴을 못 보는 모양이었다.

해주는 입술을 꾹 다물었다. 그녀가 할 수 있는 말은 없었다.

영악할 정도로 임기응변에 능했다면 어땠을까? 칸의 입에 든 혀처럼 행동한다면 그를 유혹하는 게 쉬울까? 아니야. 지금은 그런 걸 생각할 때가 아니잖아.

테일러가 꾸민 계획은 틀어졌지만, 목적에는 근접한 꼴이 되었다.

그래, 칸을 따라가자.

해주는 결심을 굳힌 듯이 고개를 들었다.

"가지. 잡히면 곤란해지니까 말이야."

칸은 해주의 손을 잡고 뛰었다. 굽이 높은 구두를 신고 뛰려니 쉽지 않아 뒤뚱거렸다.

"어, 어! 넘어지겠어요!"

"정말이지."

해주가 구두와 발목을 걱정하며 난처한 표정을 짓자, 칸이 짜증이 난 목소리로 투덜거렸다.

"이렇게 높은 굽은 잘 안 신어서 그래요."

"벗어."

"네?"

"구두 말이야. 벗으라고."

"그럼 전 뭘 신어요?"

해주가 깜짝 놀라 물었지만 성질이 급한 칸은 그녀가 말을 마치기도 전에 구두를 벗기기 시작했다.

"어, 어! 왜 이래요."

"가만히 있어!"

칸은 그녀가 신고 있던 구두를 벗기더니 본궁 쪽으로 힘차게 던졌다.

"그걸 왜 던져요!"

"테일러에게 보이는 거지, 당신이 도망쳤다는 걸 말이야!"

"네? 앗!"

해주는 구두를 날린 칸이 자신을 번쩍 들자 깜짝 놀랐다. 그가 두 팔로 가볍게 그녀를 들어 제 품에 안겼다.

"왜 이래요!"

"맨발로 뛰라고 하지는 못하지."

칸은 해주를 안은 채 긴 다리를 힘차게 뻗어 보폭을 넓혔다. 커다란 남자에게 안겨 바람이 쌩쌩 불 정도의 속도감을 느끼던 그녀는 손을 어디에 둘지 몰라 머뭇거리다가 조심스럽게 그의 목에 올렸다. 그리고 고개를 푹 숙인 채 깍지를 끼며 주절거렸다.

"떠, 떨어질 것 같아서요."

아, 떨려. 떨어질 것 같은 건 몸이 아닌 심장 같아.

해주는 밍크 볼레로를 걸치지 않았음을 까맣게 잊을 만큼 정신이 혼미했다. 추위를 못 느낄 만큼 몸에서 열이 난 탓도 있겠지만, 모든 게 꿈결 같았다. 그녀는 오직 칸에게 온 신경을 집중했다.

칸도 겉옷을 걸치지 않은 채였다. 은회색 슈트가 달빛을 받아

반사광을 발산했다. 칸의 얼굴에서 후광이 비쳤다. 영혼을 흡수 당하는 것처럼 그의 옆얼굴에 도취되어 있던 해주는 일순간 칸의 시선과 마주쳤다.

칸은 해주의 어리숙하고 멍청한 표정이 흥미로운 듯 이지적인 미소를 지어 보였다. 그녀의 얼굴이 붉어졌다.

재미있군.

칸은 새털처럼 가벼운 여체를 꼭 끌어안고 악마적인 성향이 짙은 미소와 눈빛을 보였다. 테일러가 수상쩍기는 했지만, 이처럼 생각을 행동으로 옮길 줄은 꿈에도 몰랐었다. 그것도 여자를 이용하는 진부한 방법을 선택하다니.

어리석은 건 제 어미를 지독하게도 닮았군.

칸은 보기 좋게 입매를 비틀었다. 그리고 뒤를 흘끗 돌아보며 비틀었던 입매에 아름다운 미소를 피었다.

테일러, 네가 보낸 선물은 잘 받았다. 다음에는 내가 보내는 선물에 뜨거운 눈물을 흘리리라.

해주가 도망쳤다.

테일러는 해주가 구두만 남겨 놓고 감쪽같이 사라진 게 믿기지 않아 분노하기 시작했다. 님펜부르크 본궁 앞에서 발견된 해주의 구두에 그는 주먹을 불끈 쥐었다.

지나치게 겁을 준 탓일까? 겁쟁이에 멍청이!

테일러는 급히 슈트 안주머니에서 휴대폰을 꺼내 번에게 전화를 걸었다.

–이 밤에 무슨 일이십니까?

시끌시끌한 걸 보아 번은 술집에 있나 보다. 목소리도 작게 들려 테일러는 짜증을 부렸다.

"조용한 곳으로 나가!"

–예, 지금 옮기고 있습니다. 근데 무슨 일입니까?

"도망쳤다."

–누가요?

"누구겠나? 해주지!"

–경호나 감시를 안 붙였습니까?

번의 물음에 테일러는 아랫입술을 질끈 깨물었다. 이제야 경호나 감시원을 붙이지 않은 제 불찰을 탓해도 해주는 사라진 다음이었다. 그녀를 너무 믿은 탓이었나? 왜 믿었지? 어떻게 무방비한 상태로 믿을 수 있었던 걸까?

테일러는 자신을 조롱하듯이 버려진 구두를 발로 걷어차며 콧김을 훅 불었다.

"찾아와! 멀리는 도망치지 못했을 테니까 당장 찾아!"

–사장님, 전 지금 루펜부르크에 있습니다. 뮌헨까지 거리를 생각하면 오늘 밤은 텄습니다.

젠장!

테일러는 욕지거리를 토하며 콧등을 구겼다. 성난 고양이처럼 눈빛을 번뜩인 그는 괜한 화풀이를 하듯이 발을 찼다. 덕분에 구두가 제법 멀리 날아갔다.

"찾아! 망할! 젠장, 찾으라면 찾으라고!"

테일러는 목을 어깨에 파묻고 휴대폰을 쥔 손이 부들부들 떨릴 만큼 분노하며 고함을 질렀다.

"찾아서 데리고 와!"

그르릉, 푹!

오렌지색이 인상적인 람보르기니 가야르도 비콜로레의 뜨겁게 달구어졌던 엔진이 꺼지는 소리와 함께 안전벨트가 풀렸다.

칸은 운전석의 문을 힘차게 열어 긴 다리를 우아하게 뻗었다.

해주는 그 모습을 바라보다가 얼른 안전벨트를 풀고 뒤따라 차에서 내렸다. 맨발이 차가운 바닥에 닿자, 꽁꽁 얼었던 얼음이 산산조각 날 정도의 충격이 전신에 확 끼쳤다.

그녀는 치마를 쥔 두 손에 힘을 주고 발가락을 꼼지락거렸다. 그러자 칸이 다가와 두 팔을 앞으로 내밀었다.

"네?"

해주가 고개를 갸웃거리자 칸이 한쪽 입술을 비틀어 미소를 지었다.

"매달려."

"어, 어디에요?"

"내 몸에."

칸의 대답에 해주의 얼굴을 새빨갛게 익었다. 그녀는 당혹감을 감추고자 시선을 피했다. 그녀의 시선이 오렌지색 스티치에 머물렀다.

람보르기니 가야르도 비콜로레의 위풍당당하고 세련미를 강조한 디자인이 꼭 칸의 분위기와 닮았다는 생각이 들었다. 입술을 꼬물거리며 귀까지 붉히던 그녀가 조심스럽게 말문을 열었다.

"어, 어떻게 그래요."

"그러다 동상 걸린다."

"아!"

"맹하군."

칸은 손바닥으로 이마를 살짝 눌렀다가 떼며 해주를 번쩍 들었다.

"끼앗!"

깜짝 놀라 비명을 지르는 동안 종이처럼 가볍게 들린 몸이 그의 어깨에 걸쳐졌다.

"맹한 여자는 흥미 없지만, 정말 한심할 정도로 맹해서 신경 쓰이는군."

"자꾸 맹하다는 말 좀 그만해요. 기분 나쁘게."

"그럼 멍청하다고 해주지."

"뭐로 불려도 좋은데…… 멍청이, 바보, 숙맥 같은 말은 실례가 아닌가요?"

해주는 짐짓 화가 난 어조로 불만을 드러냈지만, 칸은 듣는 척도 하지 않았다. 그녀도 그에게 따지는 걸 포기하듯 한숨을 푹 쉬고 어깨에 매달린 채 사방을 둘러보았다.

값비싼 차를 들판에 세워둔 채 손톱보다 더 작은 불빛을 좇아 걷고 있었다. 몇 백 년은 훨씬 넘게 산 듯 연륜이 드러나는 침엽수가 숲을 이루며 일대에 군림하고 있어 을씨년스러웠다. 하지만 칸은 아주 익숙한 길을 걷는 것처럼 느긋하게 앞만 보고 걸었다.

"저기…… 칸. 여긴 어디예요?"

"집."

"집? 집이 어디에 있는데요?"

해주는 고개를 들고 집을 찾아보았지만 어둠뿐인 들판이었다.

"집은 안 보이는데요."

"곧 드러날 거다."

칸은 그렇게 말하며 깊숙한 곳으로 들어갔다. 넓고 거대한 숲을 벗어나자, 환한 빛을 환히 밝히고 있는 대저택이 눈에 들어왔다.

거짓말. 아니 내가 지금 꿈을 꾸고 있나?

3층 높이의 대저택은 낯선 이의 방문을 쉽게 받아들이지 않을 것처럼 이질적이고 중세적인 분위기를 자아내고 있었다. 마치 독일 왕가의 숨겨진 별장 같은 느낌이 들었다.

님펜부르크 궁전처럼 넓고 화려한 거대한 저택의 규모에 그녀는 입을 다물 수 없어 얼뜬 표정을 짓고 있었다.

"여기가…… 어디예요?"

"내 집."

"당신의 집이라고요?"

"왜 그렇게 놀라나. 뭐가 잘못됐나?"

해주는 고개를 도리도리 흔드는 동시에 대꾸했다.

"집이 아니라 궁전 같은데요?"

"궁전은 무슨, 부자들의 집은 보통 이래."

"……."

"돈을 펑펑 써야 하지. 그러고 싶어서 부자가 되는 사람도 있고 상류사회에서 잘난 척을 하려고 부자가 되기도 하지. 아까 그 모임에 있던 사람들 모두 이런 집에서 살고 종종 제 집이나 재산의 규모를 자랑하듯이 가든파티를 열지."

"……네."

칸은 어깨를 으쓱거리며 한껏 잘난 척을 해댔지만 해주는 그의 말을 듣고 있지 않았다. 명화를 감상하듯이 사방을 둘러보기 바빴다. 그러다 그녀가 시선을 돌렸다. 대저택의 현관 앞의 분수대에 시선을 고정하고 있었다.

큐피드 동상이 하늘을 날듯이 날개를 펼칠 채 화살을 들고 있었다. 물줄기는 춤을 추듯이 너울지며 뿜어졌다. 겨울인데도 분수를 틀어놓다니……. 신기하면서도 이질적인 기분이 들어 시무룩한 표정을 짓는데 칸이 말했다.

"부자는 다르네요, 확실하게."

"다르지. 좋은 것도 많고."

칸은 그렇게 말하며 코끼리 무리가 들어갈 수 있을 정도로 넓은 현관문을 열쳤다. 후끈하고 향기로운 공기가 그녀를 맞았다. 그녀는 숨을 크게 들이마셨다. 추위가 가시는 것 같았다.

칸이 그녀를 내려주었다.

"신발이 없는데……."

"내일 퇴근길에 사오지."

"옷은요? 이러고 자요?"

"그런 차림으론 불편하겠군."

칸은 해주를 위아래로 훑으며 빙그레 웃었다. 그 웃음이 너무 음흉하고 노골적이라 그녀는 두 팔로 몸을 감쌌다.

"내 시선이 부담스럽나?"

해주는 고개를 끄덕였다. 발그레 홍조를 피운 뺨이 보들보들하게 익었다.

"나 같은 남자가 당신을 보고 있다…… 기분 좋은 일이 아닌가?"

엄청난 자신감. 잘생긴 건 인정하지만 제 입으로 스스럼없이 저런 말을 할 수 있다니. 테일러와 형제가 맞긴 하다. 거만하고 제멋에 사는 걸 보면.

"기분이 안 좋아? 어이, 대답을 하라고."

"어, 어떻게 기분이 좋겠어요? 노골적이잖아요. 창피하단 말이에요.”

“별게 다 창피하군. 역시 숙맥이야.”

“그런 말 좀 그만하라고요!”

칭찬도 계속 들으면 화가 나는 법인데 자꾸 못났다고 하고 멍청하다고 조롱하니 부아가 끓어 말투가 꽤 불퉁거렸다.

“화났나?”

“네.”

고개를 팍 숙이고 시선도 안 마주치려고 하는 해주를 지그시 바라보던 칸이 손을 내밀었다. 그의 손이 그녀의 뺨을 살포시 감쌌다. 이건 또 무슨 의미일까, 싶어서 고개를 들었다.

칸의 시선이 끈적끈적하게 변했다.

왜 저런 눈으로 보지?

“왜, 왜요?”

“난 마음에 드는 여자한테 그렇게 말하지.”

“네?”

“반어법이라고 할까? 예쁜 여자, 금방 질리잖아?”

“몰라요. 난 잘생긴 남자와 살아도 평생 질릴 것 같지 않으니까요.”

팩 토라진 해주의 화가 덜 풀렸다. 어조는 여전히 냉랭했다. 마음에 드는 여자에게 반어법을 쓰건, 직설법을 쓰건 그녀와는 상관없을 것 같았다. 그저 지금 그녀는 무척 기분이 상했다는 거다.

"그래?"

"앞으로는 못났다고 하지 마세요. 못났다고 하는 건 좋아하는 사람한테 하는 거라면서요. 그런 말을 왜 나한테 해요? 정말 이상한 사람이야."

"이해를 못 하는 거야?"

"뭘요, 뭘요."

"내가 좋아하는 사람에게……."

"알아요. 그러니까요, 그런 말은 좋아하는 여성한테 하시라고요. 전 그런 말 듣기 싫으니까요."

이 여자…… 생각 그 이상으로 멍청하다.

칸은 해주의 반응에 기가 차 헛웃음을 치며 팔짱을 끼었다. 그의 시선이 그녀의 얼굴에 머물렀다. 물기를 촉촉하게 머금은 눈빛은 선하고 맑았다.

테일러의 자신감에 박수를 쳐야 할까?

상대를 골라도 너무 잘못 골랐다는 생각이 드는 동시에 오히려 형의 아둔함에 눈물이 날 지경이었다.

칸은 이마에 손을 짚고 한숨을 푹 쉬었다가 목석처럼 둔한 여자의 등장에 묘한 설렘을 느끼고 있다는 걸 깨달았다. 말도 안 되게 가슴이 뛰고 있어 곤혹스러웠다. 그동안 너무 무료한 탓이었을까, 그녀의 맹한 모습에 지금부터 즐거움을 찾은 것 같았다.

어쩌면, 아주 희박한 가능성이겠지만 테일러의 목적이 이것일 수도 있었다.

지나치게 완벽한 남자에게 눈치가 둔하고 손이 많이 갈 것 같은 여자를 붙여 놓은 것. 이것만큼 시선이 가는 일도 없을 테니 말이다.

"저…… 샤워를 하고 싶은데……."

"안내하지."

칸은 넓은 현관을 지나 중문을 활짝 열었다. 그러자 넓은 응접실이 그녀의 시선을 사로잡았다. 얼굴이 비칠 만큼 반질반질하게 잘 닦인 대리석 바닥을 덮은 붉은 카펫은 화려했지만 시선을 어지럽히지는 않았다.

그녀는 카펫 위를 총총 걸으며 응접실의 한가운데에 있는 난로를 신기하게 바라보았다.

"난로가 왜 거실 한가운데에 있어요?"

"멋있으니까."

대답은 간단했고 그녀는 쉽게 이해했다. 다른 이유는 없는 것 같았다. 그리고 난로는 그저 멋을 위한 소품에 불과했다.

"욕실은 2층에 있어."

"네……. 근데 집이 아주 조용하네요?"

일하는 사람들이 전혀 보이지 않았다. 집은 깨끗하고 훈훈한데 사람의 체온은 느껴지지 않았다.

"우리 둘뿐이니까."

"이렇게 큰데요?"

"일하는 사람들은 대부분 6시에 퇴근하지."

"상주하는 집사라든지, 메이드라든지…… 그런 건요?"
"상주하는 사람은 없다. 불편하거든."
"아! 알았다."
해주는 불편하다는 말의 의미를 이해한 듯 손뼉을 쳤다.
"데이트를 할 수 없으니까?"
"뭐?"
"여자를 데리고 와서 이것저것 다 해야 하는데 누가 있으면 불편하잖아요."
해주의 해맑은 표정과 말투에 칸은 피곤이 몰려 한숨을 푹 쉬었지만 그것도 잠시, 곧 음흉한 미소를 지었다.
"네 말대로라면 우리는 지금 단둘이고 난 이것저것을 다 할 수 있다는 말이군."
"네, 그렇겠죠."
해주는 고개를 끄덕거리다가 곧 흠칫 놀랐다.
"자, 잠깐만요. 전 그런 뜻이 아니라…… 그러니까!"
"키스, 그 이상의 것을 할 수도 있다는 거군."
"저한테는 안 돼요!"
해주는 두 손으로 입을 막았다.
"흥."
"그렇게 웃지 마세요. 절대로 마음대로는 할 수 없어."
"누가 한데?"
칸의 무덤덤한 대답에 해주의 얼굴이 새빨갛게 익었다. 그녀는 얼른 화제를 돌리고자 생각나는 대로 물었다.

"음, 저기…… 으, 음식은 어디서 해 먹어요?"

"주방이지. 무슨 그런 질문을 하나?"

"아, 그냥 궁금해서요."

"분위기 바꾸려다가 분위기를 아주 썰렁하게 하는 성격 같아."

해주는 대꾸하지 않았다. 정곡을 찔린 탓에 입술이 말라붙어서 떨어지지 않았다. 그저 조심스럽게 뜬 눈을 내리깔고 거울처럼 자신의 모습을 투영하는 대리석만 원망스럽게 응시했다. 그러다 문득 꼴이 엉망이라는 걸 깨닫게 되었다.

틀어 올렸던 머리가 헝클어져 목과 어깨를 덮었고 방울 비녀는 어디론가 사라졌다. 아마 칸이 습격하듯이 안았을 때 반동의 충격에 그만 떨어진 모양이었다.

처량하고 볼품없는 제 모습을 확인하면 할수록 저도 모르게 한숨이 쏟아져 걱정이었다. 이러다 한숨을 내쉬는 게 습관이 되는 건 아닌지.

후.

저도 모르게 한숨을 내쉬던 그녀는 찰칵 문이 열리고 눈앞에 보이는 모습에 내쉬었던 한숨을 도로 들이마셨다.

흡!

순간 이동을 한 것처럼 정신을 차려보니 욕실 앞이었다. 문이 열린 욕실의 내부는 그야말로 기가 막힐 정도로 넓고 화려했다.

수영장을 방불케 하는 커다란 욕조는 정사각형의 모양이었고, 검은색 대리석으로 만들어져 있었다. 성인 남자 10명이 들어가도 물이 넘치지 않고 좁지도 않을 정도로 제법 깊고 넓었다.

하지만 그녀가 감탄한 이유는 욕조 너머의 테라스였다. 욕실에 테라스가 있다니 정말 믿기지 않았다. 테라스에는 진짜 수영장이 있었는데 훈김이 수면 위로 낮게 깔려 있어 수온을 가늠할 수 있었다.

욕실에 놓은 식물들이 눈의 피로도 함께 풀어주는 역할을 하면서 실내의 습기를 조절하는 역할도 하는 것 같았다.

부자들은 정말…….

넓은 욕조와 테라스의 수영장, 감각적인 디자인의 세면대를 넋을 잃고 훑던 그녀의 시선이 마지막으로 칸에게 닿았다. 그는 슈트의 재킷을 벗고 있었다.

보라색 넥타이도 풀어 욕실 내의 옷장에 걸었다. 커프스단추도 빼서 서랍에 넣고 와이셔츠의 단추는 풀었다. 그녀는 그가 뭘 하려고 저러나 싶어서 고개를 옆으로 숙인 채 물었다.

"저기, 먼저 씻게요?"

"아니, 같이 씻으려고."

"누구하고요?"

"거기, 당신."

"나요?"

해주는 뒤로 물러섰지만, 칸에게 잡혀 옴짝달싹도 할 수 없었다. 그녀의 팔을 잡은 손이 아닌 다른 손으로 와이셔츠의 단추를 차례로 풀어 탄탄한 가슴을 드러내기 시작했다.

"왜, 왜 그래요?"

"내가 당신을 왜 데리고 왔겠나?"

"왜요?"

"단순히 도운 거라고 생각하나?"

"그럼 아니에요?"

"절대 아니지. 난 손해 보는 장사는 안 하는 놈이니까."

칸은 와이셔츠의 마지막 단추를 모두 풀며 한껏 여유를 부렸다.

"왜, 왜 그런 말을 하는 거예요?"

"왜가 아니야. 당신을 데리고 도망친 건 단 하나의 이유지."

"그게 뭔데요?"

칸은 어깨를 으쓱이는 걸로 대답을 대신했다. 여전히 그녀는 겁을 잔뜩 집어먹은 토끼처럼 눈만 휘둥그레 키우고 입안에 고인 침을 꼴깍꼴깍 넘기고 있었다.

그는 그런 그녀의 반응이 재미있어서 푸시시 웃다가 셔츠를 훌렁 벗어 던졌다. 탄탄하고 넓은 가슴에 자리한 근육이 드러났다.

욕실의 조명을 받아 음영의 경계가 두르러질 정도로 알이 꽉 찬 느낌이었다. 고개를 숙인 탓에 금발이 이마와 눈을 가려 그가 어떤 눈빛을 하고 표정을 짓고 있는지 알 수 없었다.

이 사람이 왜 이래…….

해주는 팔에 돋는 소름과 발바닥을 찌를 듯이 찾아온 전율, 이 두 가지 감정이 낯설어 등골이 서늘했다. 가슴이 터질 것 같았다. 숨을 고르게 내쉬며 당혹감을 감추려고 했지만, 입술이 파르르 떨렸다.

"카……안."

칸을 부르자, 금발머리카락 사이로 초록색의 불빛이 번쩍했다. 그녀의 심장이 발작하듯이 튀어 올랐다가 추락한다.

"이름이 뭐지?"

그러고 보니 그에게 이름을 가르쳐주지 않았다. 그 역시 묻지 않아 깜빡하고 있었다.

"해주."

"해주……."

"저기요, 팔이 아파요."

칸은 손의 힘을 풀었다. 해주는 두 손을 꼭 잡고 가슴을 지그시 눌렀다. 얼굴을 빨갛게 태운 그녀의 시선이 그의 가슴과 어깨와 팔을 차례로 훑었다. 정말 훌륭한 몸매였다. 유아적이고 밋밋했던 한스의 몸과는 확실하게 달랐다.

왜 한스에게 몸을 만들어보라는 말을 못 했을까? 하지만 그가 몸을 좋게 만들었다고 한들 지금 상황이 바뀌지 않았을 터다. 그런 아쉬움을 버리자. 지금 내가 그런 걸 신경 쓸 때가 아니잖아.

한스가 만들어 놓은 문제를 해결하느냐, 이대로 도망자의 신세로 전락하느냐, 정하지 않으면 안 되는데 그깟 한스의 몸이 문제야? 나도 참 바보 같다니까.

해주는 칸의 맨가슴에 커다란 구멍을 뚫을 듯, 강렬하게 쏘아보며 곰곰이 생각했다.

유혹하느냐, 이대로 도망치느냐.

어쩌면 이대로 쥐 죽은 듯이 살다보면 테일러의 마수에서 벗어날 수 있을지도 모르겠다는 생각이 들었다. 감쪽같이 사라진 그녀보다 한스 부자를 찾는 쪽을 선택하는 게 현명할지도 모르니 말이다.

하지만 생각대로 되는 게 있어야지.

"날 유혹하는 게 당신의 임무가 아니었나?"

"흡!"

"그렇게 놀랄 것 없어. 다 알고 있으니까. 그렇게 가까운 거리에서 못 들었을 거라고 생각했나?"

"그럼 알고……."

음폭이 극명한 차이를 보일 정도로 떨리는 음성, 불안에 떠는 눈동자와 파리하게 질린 낯빛을 재밌다는 구경하던 칸이 고개를 끄덕였다. 턱이 위에서 아래로 그어졌을 뿐인데 심장이 파열되는 것 같았다.

"어, 어떻게……."

"테일러가 날 유혹하라고 했을 텐데? 그 조건으로 8만 유로라는 빚을 갚은 거 아닌가?"

"어떻게 알고……."

"지나치게 솔직한 당신의 그 입 때문이지."

칸은 해주의 턱에 손가락을 대고 살짝 눌렀다가 목까지 미끄러트렸다. 그녀가 침을 넘길 때를 기다린 것처럼 빗장뼈를 가볍게 누른 그가 가슴골에 손가락을 슥 넣었다.

"이러지 마세요!"

"날 유혹하는 데 다른 방법이 있을까?"

"그, 그래도 이건 아니잖아요. 다 알고 있으면서 어떻게……."

"몰랐다면 당신을 내 집에 데리고 오지도 않았어."

"도망치라고 한 것도 그런 이유에서였어요? 우리의 의도를 다 알고요?"

해주는 뭐가 어떻게 돌아가는지 전혀 짐작할 수 없어 필사적으로 대답을 요구했지만 그는 대답 대신 손가락을 꼼지락거리며 되레 질문을 던졌다.

"시작할 텐가? 아니면 내가 해야 하나?"

"시, 시작이라니요?"

"……유혹."

해주는 칸의 손가락이 풍선처럼 부푼 가슴의 가장자리를 원을 그리듯 손장난을 쳐도 아무것도 느낄 수 없을 만큼 충격을 받은 상태였다. 그의 손가락이 가슴을 희롱하다가 어깨와 등에 나선을 그리듯 연결이 된 끈을 잡아당겼다. 그러자 한쪽 어깨끈이 풀리면서 어깨가 무방비 상태로 드러났다.

칸은 해주의 어깨에 제 얼굴을 묻으며 다른 손으로, 그녀의 목을 가볍게 눌렀다가 풀며 속삭였다.

"내가 널 유혹하는 편이 빠를 것 같지만, 당신이 하는 편이 재미있을 것 같군."

입술이 달라붙어서 떨어지지 않아 '당신이 날 유혹하면 무슨 이득이 있나요?' 라는 질문을 던지지 못했다.

테일러보다, 번보다 더 무서운 상대가 칸이라는 걸 에메랄드 빛 눈동자를 통해 처음으로 인식하게 되었다. 빛이 강할수록 어둠 또한 진하고 깊다는 걸 비로소 체험하게 되었다.

칸은 충격을 받아 입술을 떼지 못하고 얼어붙은 해주의 어깨에 입술을 내려 키스를 하며 한쪽 입매 끝을 올렸다.

3

칸의 유혹

뜨거운 입김이 어깨에 닿았다. 곧이어 입술에서 비죽 나온 혀가 그녀의 살결을 어루만지듯 맛을 보았다.

미끄덩거리는 타액이 어깨를 적시기 시작했다. 뜨겁고 물컹거리는 이물감이 어깨의 여린 살갗을 타고 침투해 심장과 이어진 핏줄을 자극하고 있었다.

핏줄이 탱탱하게 당겨질 때마다 심장은 발작을 일으키듯이 이리저리 튀어 오르며 비명을 질러댔다.

두근두근, 두근두근.

해주는 곁눈을 한 채 칸이 제 어깨에 키스를 하는 걸 지켜볼 수밖에 없었다. 여기에서 멈춰 달라고 말해야 하는데 핏속을 돌며 비명을 지르는 아드레날린 때문에 입술이 열리지 않았다. 그가 주는 강한 자극을 느끼고 싶다는 충동적인 욕망이 고개를 든 탓이었다.

"선택해. 네가 할래, 내가 할까?"

남자의 유혹을 받아본 적이 없어서 어떨지 모르겠다. 칸의 유혹은 어떤 느낌을 줄까? 궁금했다. 그리고 더없이 위험했다.

"말하지 않으면 네가 하는 걸로 생각하겠어."

"유, 유혹해주세요."

해주의 대답에 칸의 눈빛이 달라졌다. 그는 콧바람을 훅, 뿜으며 그녀를 흘끗 본 다음에 고개를 들었다. 유혹해 달라? 자신이 하겠다고 말할 줄 알았는데. 역시 의외였다.

"테일러한테 혼날 텐데?"

"……대신 내가 진 빚을 갚아줄래요?"

"빚?"

"빚을 갚아주겠다고 하면, 지금의 나에게 그것보다 더한 유혹이 어디에 있겠어요?"

해주의 대담한 대답에 칸은 야릇한 기운을 느꼈다. 맹한 것 같은데 의외로 당차고 제 할 말은 다 하는 성격 같았다.

"말을 했을 텐데? 난 테일러의 주머니에 내 돈을 쑤셔 넣을 생각이 없다고 말이야."

"테일러가 그랬어요."

"뭘?"

"내가 당신의 심장을 가져야 한대요. 내가…… 당신에게 배신감을 안겨주어야 한대요. 당신이 날 사랑하게 만들고 난 뒤 당신을 버려야, 그래야 당신이 망가질 거라고요."

이왕 이렇게 된 거 다 털어내고 싶었다. 어차피 칸도 모든 사실을 알고 있다면 양단의 결단을 내리지 않으면 안 되었다. 그녀는 숨을 크게 들이마셔 가슴을 부풀리고 용기를 키웠다. 그리고 그를 똑바로 쳐다보며 덧붙였다.

"난요, 남에게 해를 끼치고 싶지 않아요. 상대의 마음을 아프게 하고 싶지 않아요. 더구나 당신의 심장을 망치고 싶지도 않아요."

"내 심장은 그 누구도 망가트리지 못하지."

"맞아요. 저도 그렇게 생각해요. 근데…… 당신이 제 빚을 갚아주지 않는다면, 난…… 당신을 아프게 할 거예요. 그렇게 해야만 해요."

"테일러와 한 계약은 유효하다는 말이 되겠군."

"다, 당신이 그걸 원하는 거잖아요. 아니에요?"

칸은 표정에 감정을 드러내지는 않았지만 내심 움찔했다. 맹하고 둔하다고 생각했었는데 허를 찔려 초록색의 눈동자가 흔들리기 시작했다.

"생각해 봤어요. 왜 나한테 도망치라고 했는지, 왜 당신이 날 데리고 이 집에 왔는지……. 다 알고 있다면서, 이용당하겠다고 하는 것도 전부 이상하잖아요."

"그래서? 하고 싶은 말이 뭔가?"

"당신하고 테일러는 사이가 나빠요. 당신은 때를 기다리는 거예요."

이건 테일러가 말버릇처럼 한 말이었다. 칸은 언제나 때를 기다리며 생각이나 행동을 드러내지 않는다고. 그때는 무슨 소리를 하나 싶었는데…… 테일러가 칸을 그토록 싫어하는 이유를 이제는 조금, 아주 조금 이해할 수 있을 것 같았다.

뒤통수나 치고…… 이래서는 한스나 칸이나 다를 게 없잖은가.

해주는 이제야 정신이 번쩍 들었다. 한스와 칸의 얼굴이 겹쳐 보였다. 마음을 주면 이런 남자는 분명히 그녀를 배신할 거라는 것도, 아니 칸은 애초에 그녀와 다른 인생을 사는 별나라 생물이기에 처음부터 계약을 하는 게 좋다고 말이다.

테일러와 한 계약보다 더 위험한 계약이 될지 모르겠지만, 이제부터라도 남자에게 멍청하다는 말을 듣는 건 사양하고 싶었다. 뻔뻔해지자. 한스가 그랬던 것처럼, 테일러가 그랬던 것처럼 지금 눈앞에 있는 칸이 하는 것처럼.

"난 당신을 유혹하지 않을 거예요. 한다고 해도 당신이 모르게 할 거예요!"

"나 모르게, 날 유혹한다고?"

"그래야 실패해도 당신에게 조롱당하는 일은 없을 테니까요."

"이상한 논리군."

"알게 뭐야, 그딴 거."

해주는 칸에게서 도망치듯이 뒤로 물러섰다. 그리고 풀린 어깨 끈을 잡았다.

"난 몸치에 박치고 또 둔치예요. 눈치도 없어요."

"그런 건 굳이 말하지 않아도 알아."

"그래서 영악하지 못해요."

"그것도 이미 알아."

"그러니까 당신 쪽이 더 빠를 거예요. 날 유혹하는 거."

물론 그것도 내가 넘어가야 가능한 말이겠지.

해주는 도도하게 눈썹을 치켜들었다. 이왕 뻔뻔해지기로 마음을 먹었으니 할 말은 다 하고 싶었다.

"난 몸을 이용해서 당신을 유혹하지 않을 거예요. 그러니까 당신도 내 몸에 손대지 마세요."

"이봐, 그건 내가 알아서 할 문제야. 그리고 유혹을 어떻게 손을 안 대고 하나?"

"내가 당신의 침대에서 발가벗고 안겨 있다고, 그게 당신에게 굴복한 건 아니잖아요. 유혹이라는 건 누군가를 내게 넘어오게, 날 사랑하게 만드는 과정이 아닌가요? 육체적인 사랑은 한순간에 지나지 않아요. 난……."

"피곤한 여자군."

칸은 새끼손가락으로 귀를 후비적거리며 눈살을 찌푸렸다. 없던 눈주름이 눈가에 골을 만들었다. 그녀의 절박한 심정이 그의 눈과 귀에는 닿지 않아, 무척 따분한 표정을 짓고 있었다.

"피곤하다니요?"

"벗기지 말고, 안지도 말고…… 정신적인 유혹을 하라는 주문을 하는 여자를 남자들은 그렇게 생각해."

"그건 짐승들이나 하는 거예요."

"그럼 나는 짐승으로 살겠어."

칸의 대꾸에 해주는 두 손으로 가슴을 가렸다. 이기지도 못할 걸 알면서 한 말이지만 역시 무리였다. 아무런 힘도 없으면서 뻔뻔해지겠다고 혼자 다짐해 보았자 발악에 지나지 않았다.

"절대 싫어요."

"8만 유로를 갚아줄 수도 있고, 너와 테일러를 고소할 수도 있지."

"고, 고소요?"

해주의 목소리가 팍 쉬었다. 그녀는 8만 유로의 빚과 고소라는 말에 지치고 또 지쳐 신경 쇠약에 걸려 있었다. 또다시 가슴이 답답해졌다.

"이리 와."

칸은 손을 내밀었지만 해주는 고개를 저었다.

"싫어요."

"좋아, 그럼 마음대로 해."

"유, 유혹한다면서요!"

"방금 네가 거부한 걸로 아는데?"

칸은 팔짱을 끼고 거드름을 피웠다. 팔짱을 끼자, 근육질의 팔이 이제 막 따끈따끈하게 나온 식빵처럼 부풀었다.

"생각이 바뀌었어. 내가 먼저 당신을 유혹하는 건 일단 보류하고, 지금은 당신이 날 유혹하는 게 좋겠는데?"

"제가요? 아, 저…… 저는……."

"방법을 모르겠다면, 내가 일러주지. 우선 나란 놈은 키스부터 하는 유혹을 좋아하지."

칸의 음성은 달콤한 시럽이 끈적끈적하게 굳는 것처럼 쉰 듯이 가라앉아 허스키했다. 눈빛은 그윽했으며 입술 끝은 부드럽게 말려 올라가서 그가 지금 이 상황을 무척 즐기며 장난을 치고 있다는 걸 여실히 보이고 있었다.

얼굴을 붉히고 안절부절못하는 해주를 구경하는 게 무척 재미있는지 칸이 재촉하기 시작했다.

"키스는 할 줄 알잖아. 설마, 가르침이 필요한가?"

"싫어요. 그건 거부할 거예요!"

해주는 울기 직전이었다.

결국 몸인가? 몸이 아니면 유혹할 수 없는 거야? 난 창녀가 아닌데……. 신혼 첫날밤 남편에게 내 처음을 주고 싶었는데.

해주는 울먹거리며 눈썹을 밑으로 내렸다. 절망적이었다. 그러나 지옥에 떨어진 것처럼 괴로운 해주에 비해 칸은 그런 그녀를 놀리는 게 퍽 재미있어 쿡, 하고 웃었다.

정색을 하고 울 것 같은 얼굴을 하면서도 제 할 말은 다 하는데, 너무 겁을 집어먹어서 머리가 어떻게 된 건 아닌가 하는 의

구심이 들 정도였다.

“어서 날 유혹해 봐, 내 안에서 사납게 날뛰고 있는 짐승을 길들여보라고.”

“저는, 그러니까…… 저는…… 몸은 말고요. 다른 걸 해드리면 안 될까요? 밥! 청소!”

“청소부와 요리사는 넘쳐나.”

“그럼, 그럼…… 몸 말고 다른 걸로 제게 우선…… 응?”

“무슨 소리를 하는지 모르겠군. 가사도우미가 되라는 말이 아니야. 날 유혹해 보라니까?”

“알고 있지만…….”

해주의 음색은 더없이 처연했다.

칸은 그녀의 얼굴에 스친 상처를 읽은 듯 입술을 꾹 다물고 생각에 잠겼다. 눈빛이 어두워졌다.

이거 꽤 고달픈 유혹이 되겠군. 답답한 여자다. 제 처지가 어떤지 아는 거야, 모르는 거야? 8만 유로를 갚아준다고 하면 나 죽었소, 하고 납작하게 엎드려 눈치나 보며 몸이든 혀든 다 내놓아야 하는데 알량한 자존심을 세우다니…… 저런 여자는 지나치게 진심을 드러내서 나중에는 골치 좀 아프겠는데.

칸은 심드렁하게 한숨을 푹 내쉬고는 고개를 숙인 해주의 턱을 들었다. 맹하고 눈치가 없다고 무시하면서도 어느 한 순간부터 휘둘리고 있었다. 다른 사람도 아니고, 칸 슈마허가 테일러의 끄나풀인 여자에게 말이다. 이래서는 자존심이 허락지 않는다.

그는 이참에 그녀의 발언권과 행동반경에 제한을 두고자 쐐기를 박았다.

"왜 그렇게 아끼지? 8만 유로를 갚을 수 있는 방법은 하나밖에 없다고. 지금 당장은 말이지."

"그건……."

"착각하지 마, 당신은 지금 내게 이런 것, 저런 것을 따질 입장이 아니라는 걸. 난 분명히 말했어. 당신이 날 유혹하든, 내가 당신을 유혹하든, 둘 중 하나는 해야 한다고. 당신이 날 유혹하는 데 성공한다면 8만 유로를 갚아주지. 단, 내가 당신을 유혹한다면…… 테일러에게 내가 주는 서류를 가져다 줘."

해주는 깜짝 놀랐다. 이 사람은 대체 어디서부터 어디까지 알고 있는 걸까?

"테일러는 내가 개발 중인 엔진에 욕심을 내고 있지. 아니, 칸 슈마허의 슈마허 모터스를 뺏고 싶어 해."

"처음부터 다 알고 있었군요……."

"난 테일러를 슈마허의 사장직에서 물러나게 할 거다. 그 자식은 내게 패를 빼앗긴 거야. 그 패를 적절히 써 먹을 생각이다. 테일러에게 천국과 지옥을 오가는 맛을 보여주면서 말이야."

"당신 참…… 무섭네요. 아무리 그래도 형인데……."

"형 걱정할 때가 아닐 텐데?"

칸은 그렇게 말하며 해주의 허리를 한손으로 안아 번쩍 들었다. 그리고 무서운 기세로 고개를 숙여 이마를 대고 속삭였다.

"잘 생각해 봐. 처녀도 아니면서 뭘 그렇게 소중히 여기나? 8만 유로야. 날 만족시킨다면 80만 유로도 만질 수 있어. 어느 쪽을 선택하겠나. 미래야, 자존심이야?"

해주는 칸과 눈을 마주쳤다. 이마가 꼭 맞닿아 있어서 눈과 눈의 사이가 꽤 가까웠다. 가슴이 뛰었다. 초록색 눈동자, 보석처럼 빛나는 시선과 엉킨 검은 눈동자에 불꽃이 이글이글 타오르기 시작했다. 진정되지 않는 감정이 들끓었다.

"아니야, 아니지. 머리 아픈 얘기는 접어두고 솔직하게 말하지."

"뭘요?"

"테일러와 들어오는 순간부터 가지고 싶었다."

"뭘 가지고 싶었는데요?"

"너란 여자."

칸의 대답에 해주는 얼굴을 붉혔다. 심장이 거세게 뛰기 시작했다.

"네가 혼자가 될 때까지 기다렸다가 뒤를 밟았지. 네 입술을 맛보고 싶어서 말이야."

"그래서 갑자기 키스를 한 건가요?"

"응. 아주 좋았어. 생각 이상으로 달았어."

"……."

"당신의 부탁대로 내가 경매에 나온 당신을 살 수도 있어. 테일러의 계획에 충실히 따라주는 인형노릇을 할 수 있었지만, 그런 건 짜릿하지 않잖아."

칸은 노골적으로 제 성욕을 드러내며 속삭였다.

"남녀가 사랑을 나눌 때는 욕망의 지배를 받아야만 불타오르거든."

욕망의 지배…….

"뻣뻣하게 누워 있는 여자는 흥미가 없지."

"당신은 그런 것도 다 계산할 줄 아는군요."

해주의 음성은 칼바람에 휘날리는 나뭇가지처럼 떨렸다.

"물론이지, 공을 들이지 않으면 무엇이든 맛있게 먹을 수 없으니까 말이야."

지그시 내리깔린 눈썹 사이로 초록색의 눈동자가 반들거렸다. 해주는 칸이 걸어놓은 마법에 걸린 양 이성의 끈을 놓고 있었다. 몸과 자존심을 지켜보겠다는 결심이 흔들리고 있었다.

"당신은 날 만져보고 싶지 않아? 날 느끼고 싶은 욕망이 안 드나?"

"……."

"흔들린다면 주저 없이 모험을 해 봐. 무엇을 상상하든 그 이상의 쾌감을 보장할 수 있으니까 말이야."

칸은 해주의 눈빛이 흔들리자 야누스적인 매력을 발산하며 속삭였다.

"이제 대답할 차례야……. 네 대답을 들려줘."

꿀꺽 마른 침을 삼키던 해주는 게슴츠레 풀린 시선을 감추듯 눈을 감으며 힘겹게 대답했다.

"그럼…… 가져요."

해주의 대답에 칸은 회심의 미소를 지으며 그녀의 드레스를 순식간에 벗겨 바닥에 떨어트렸다. 그리고 자신도 실오라기 하나 걸치지 않은 몸을 하고 그녀를 번쩍 들어 찰랑찰랑하게 차올라 훈김을 퍼트리는 욕조에 들어갔다.

"당신은 이제부터 절정이란 게 어떤 느낌인지 깨닫게 될 거야."

두 사람이 욕조에 들어가자 물이 넘쳤다. 출렁, 파도가 크게 이는 것처럼 물보라가 일어났다. 따뜻한 물이 피부를 덮는 동시에 칸의 손이 그녀의 허벅지를 벌리며 깊숙하고 예민한 곳을 지그시 눌렀다. 그녀가 몸을 튕겨 저항했으나, 그는 키스를 퍼부어 경계심을 흩트리기 시작했다.

말캉거리는 혀 놀림, 입안 곳곳에 퍼지는 홧홧하고 생경한 기운에 그녀는 자지러지고 있었다. 처음이라는 말을 해야 할지, 말아야 할지 고민스러웠다. 하지만 지금 그에게 처녀라고 말해 봤자, 조롱만 당할 것 같아서 조심스럽게 부탁했다.

"아프지 않게…… 해 줘요."

별 말이 아닌데, 칸은 해주가 수줍게 뱉은 말에 코끝이 시큰해지고 찡해져 당황했다.

"걱정하지 마. 아프게 하지 않아."

"믿어도 될까요?"

"믿어. 밤새 계속해 달라고 울지나 마."

칸은 대단한 자신감과 함께 눈빛을 또릿하고 선명하게 밝히며 해주의 입술을 다시 빼앗았다. 그리고 그는 자신의 욕망이 서서히 고개를 드는 것을 느끼며 그녀를 바스라지게 안았다.

자신의 승리는 예감하며…….

칸은 노련했다. 또 거대한 무기를 품고 있었다. 물속에서 유영하며 자유롭고 부드러운 몸짓을 보여주었다. 수영을 못 하는 그녀는 얕은 욕조에서도 버둥거리며 어쩔 줄 몰라 했다.

욕조 난간에 손을 올린 채 중심을 잡고 있던 해주는 어깨로 수면을 누르며 신음했다.

칸이 발바닥을 혀로 간질이고 있었다. 그의 행동은 대담했다. 발가락에 일일이 입을 맞추더니 발등과 발바닥을 혀로 핥았다. 그리고 종아리에 올라타더니 간헐적인 신음을 흘리는 그녀가 무릎을 세울 때를 기다린 듯 미소를 지었다.

무릎 안쪽의 예민한 살을 이로 잘근잘근 씹으며 자극을 줄 때마다 해주는 입술을 깨물어야 했다.

칸은 마술을 부리고 있었다. 아랫배가 팽팽하게 부푸는 게 느껴졌다. 수중에서 떠돌던 전기뱀장어가 그녀의 몸속에 들어온 것처럼 따끔거리고 짜릿짜릿했다. 두 눈을 질끈 감고 미간에 주름이 생길 정도로 인상을 찌푸린 그녀가 고개를 뒤로 젖히며 허리를 들썩거렸다.

몸의 기운이 쭉 빠질수록 부표처럼 수면 위에 떠오른 몸을 따뜻한 물이 매끄럽게 감쌌다. 그리고 유리구슬처럼 수면 위에 솟아오른 유두를 칸이 날름 집어 입에 넣고 게걸스럽게 맛을 보았다. 그는 한 마리의 짐승이었다.

"아, 아핫."

분홍 꽃물이 든 것처럼 익은 구슬이 괴수의 송곳니에 씹히고 핥아질 때마다 그녀는 뇌가 녹는 것 같았다. 이런 기분은 처음이었다. 가슴이 들썩거릴 만큼 기대되었다.

왜지? 한스와는 왜 다른 거지? 한스가 집에 가지 말라며 손을 잡고 안으려 할 때는 소름이 돋았는데, 칸은 그렇지 않았다.

그는…… 왜 다른 거지?

궁금했다. 밤새 안아달라고 울게 될 거라는 그런 말을 들어서 그런지 모르겠지만 사뭇 기대가 될 정도니 묘한 일이었다. 그녀는 마른 입술에 침을 축였다. 신음을 흘리던 입술이 벌어졌다.

"하아!"

칸은 허리를 움찔거리는 해주의 반응에 저도 모르게 웃고 있었다. 숙맥이라고 생각했는데 남자 경험이 전혀 없는 건 아닌 모양이었다. 방금 잔의 모습과 딴판이라 할 만큼 그녀는 느끼고 있었다. 그녀의 몸은 부드러웠고 따뜻했다.

칸은 그녀의 허리와 옆구리를 손끝으로 쓸었다. 수면 위에 떠 있던 그녀가 몸을 뒤틀었다.

"좋아?"

칸이 물었다. 목소리가 많이 가라앉아 있었다.

"……네."

새치름하게 뜬 눈이 그를 응시했다. 고개를 쳐든 채 쳐다보는 시선에서 그는 욕정이 극에 달했음을 인식하기 시작했다.

"아직 시작도 안 했는데, 벌써 좋아서 되겠나?"

"자신만만하군요."

"특히 여자를 다루는 면에서는."

"바람둥이."

"바람둥이라서 좋은 것도 있지."

그게 뭘까, 고민하던 해주에게 답을 알려주듯이 칸은 친절히 대답했다.

"여자의 마음을 잘 알고 있다는 것."

"여자의 마음……."

"난 상처를 주지 않아."

"어떻게 안 줘요?"

칸은 해주를 제 품에 안으며 귓불을 핥았다. 그녀의 등이 그의 가슴에 맞닿았다. 두근거림이 살갗을 뚫고 팽팽한 신경줄을 넘나들고 있었다.

"사랑하지 않으면 되지."

"당신은 사랑한 적 없어요?"

"있었지."

"그런데 왜 그런 말을 해요?"

해주의 물음에 칸은 미묘한 미소만 지었다. 대답하기 싫어 도망치는 거다.

"사랑하는 사람을 왜 놓쳤어요? 당신이라면……."

"그만하지."

칸의 음색은 신경질적이었다. 해주는 자신이 또 말실수를 한 것 같아 입술을 깨물었다. 그는 이제부터 입을 다물고 그녀를 맛보는 일에만 집중할 생각인 듯 분주하게 손과 입술을 움직인다.

그가 그녀의 젖가슴을 쥐었다가 펴서 문지르는 동작을 반복하면서 손가락 사이에 끼운 분홍 진주를 비틀었다.

진주알을 비틀 때마다 그녀가 숨을 훅 들이마시며 몸을 숙였지만 그의 다음 공격에 놀라 고개를 들었다. 배를 앞으로 내밀며 발가락을 쭉 뻐고 물속에서 첨벙첨벙 담금질을 시작했다.

"아, 아…… 아아, 아."

목소리가 자지러지기 시작했다. 그는 젖가슴을 움켜쥐고 있던 손을 배 밑으로 미끄러트렸다. 벌어진 다리에서 손놀림이 분주해졌다. 해파리처럼 흩어진 음모를 밀친 그가 물살을 가르듯이 예민한 살점을 자극하기 시작했다.

"아, 거긴 안 돼……."

허벅지를 한껏 모으며 도망치려고 하던 그녀의 허리에 강한 힘에 찰싹 감겼다. 옴짝달싹도 할 수 없을 만큼 그의 팔에 잡혀 있었다.

"도망치지 마."

"칸! 나, 나는!"

"느껴."

"그러니까 나는……. 끼아악!"

해주는 손가락이 몸 안으로 쑥 들어와 비명을 질렀다.

"다치게 하지 않아."

칸은 그렇게 말하며 그녀의 등에 입을 맞추고 정수리에 입을 맞추었다. 그는 그녀의 다리를 넓게 벌리게 한 다음 제 허벅지 위에 앉혔다.

그리고 이미 자리를 잡아 삽입한 손가락을 한 마디만 넣은 그의 행동이 다음 동작으로 이어지는 데 불과 1초도 걸리지 않았다. 다른 손이 갯벌에 묻힌 듯이 숨어 있는 또 다른 진주를 찾아 탐사에 나섰다.

해주가 열띤 끙끙 앓는 신음을 토하며 자지러지기 시작했다.

"아흑!"

옅은 선홍빛을 띤 그곳은 자주 얼굴을 해주의 성격을 닮은 듯이 익어 있었다. 그는 부드러우면서도 탄력이 강한 그곳의 돌기를 찾아 외접원을 그리며 문질렀다. 그가 손가락을 돌릴 때마다 공기방울이 부글부글 끓기 시작했다.

체온이 달아오른 여체의 내면에도 욕망의 소용돌이가 치고 있었다.

해주는 젖은 몸에 벼락을 맞는 것처럼 떨기 시작했다.

"카, 카안…… 아하, 아…… 그만…… 흥."

숨 넘어 갈 듯이 울어 젖히며 애원하는 해주의 눈가에서 눈물이 주룩 흘렀다. 그녀는 그가 부리는 기교에 정신이 반쯤 나가 있었다. 그의 팔을 손톱으로 긁으며 도망치려고 안간힘을 썼다.

"그만해요, 터질 것 같아…… 앗!"

칸은 해주가 자지러질 때마다 오르가즘에 도달해 더없이 기분이 좋았다. 다른 건 맹하고 둔한 것 같은데 그녀의 몸은 전체가 성감대인 양 자극을 주면 주는 대로 흔들리고 떨리는 등의 격렬한 반응을 보였다.

칸은 해주를 번쩍 안아 욕조 밖으로 나왔다. 그녀는 축 늘어져 있었다. 그의 손가락이 몸 밖으로 나간 것에 대한 안도와 공허함이 충격적이라 그 어떤 말도 할 수 없었다.

가슴만 푸시시 꺼졌다가 부풀었다. 그마저도 힘에 겨운 듯 눈을 감고 있는데 찌직, 하는 소리가 났다. 그녀의 시선이 반사적으로 소리의 근원지를 찾았다.

네모난 포장지를 입으로 뜯던 칸이 콘돔을 꺼냈다. 익숙하지는 않았지만 그것이 무엇에 쓰는 용도라는 건 잘 알고 있었기에 그녀의 눈이 함지박만 하게 뜨였다.

그는 그녀의 앞에서 콘돔을 끼웠다. 그때야 그녀의 시선이 칸의 심벌을 발견했다.

"으핫!"

놀란 그녀가 소스라치게 놀라자, 거대한 그것에 콘돔을 씌우던 그가 물었다.

"그것도 참 힘들겠어."

"네?"

"내숭 말이야."

"내숭으로 보였다면 할 말 없지만……."

해주는 남자의 성기를 보는 게 처음이었기에 징그러웠다. 도망쳐 봤자 그의 손바닥 안이고 안 보자니 엄청난 기세로 파고들 그것에 대한 공포심 때문에 발가락에 쥐가 날 것 같았다. 꽉 오므린 채 울상을 짓던 그녀를 칸이 다시 안았다. 그는 그녀를 안자마자 키스부터 퍼부었다.

오늘은 입술이 호사를 누리거나 고문당하는 날인 모양이다. 싫지 않았지만, 두렵고 떨어지면 곧 아쉬운 그 감정이 싫었지만 해주는 뿌리치지 않았다.

칸은 해주를 안고 다시 욕조에 들어갔다. 샤워기에 고였던 물이 똑똑 떨어지더니 곧 적당하게 차가운 물이 쏟아졌다. 그는 노련한 만큼 능숙하게 그녀를 조련하고 있었다. 그는 그녀의 입술을 벌리게 하고 혀를 목구멍 깊숙하게 파묻었다. 그녀의 허리와 등선을 따라 손끝으로 자극하던 그가 엉덩이를 꽉 쥐고 살짝 들었다.

"으흐."

해주가 고개를 저었다.

"숫처녀처럼 굴 것 없어."

"난!"

"지금까지 넌 아주 좋았어."

"좋다니요?"

"끝까지 맹한 척하는 거 말이야. 숫처녀 연기를 하면 남자들이 미쳐 날뛴다는 걸 잘 알고 있잖아."

칸은 그렇게 말하며 해주의 그곳에 제 분신을 대고 문지르기 시작했다. 그는 행복한 표정을 짓고 있었다.

"아까 물었지? 사랑 말이야. 난 아무나 안는 몸은 아니야. 그렇다고 반드시 사랑이 있어야지만 여자를 안을 수 있다는 지고지순한 순정파도 아니지. ……아, 좋군."

해주는 숨을 참았다. 칸의 분신이 몸을 채우기 시작했다. 이미 한껏 자극을 받은 여체는 남성의 침입에 두려움과 환영의 인사를 동시에 하듯이 파르르 떨고 있었다. 그가 점점 자신을 더 깊이 묻었다. 그는 고개를 뒤로 젖히고 눈을 감았다.

"뜨거워…… 좋아."

해주는 아랫입술을 깨물었다. 그녀 역시 뜨거웠지만 좋지는 않았다. 아팠다. 면도칼로 속살을 난도질당하는 것처럼 따끔거리고 아려서 눈물이 고일 정도였다.

그러나 이것은 고통의 시작을 알리는 것에 불과했다. 칸이 제 분신을 해주의 몸에 점점 깊숙하게 묻을 때마다, 그녀는 허리가 끊어지는 통증에 시달리며 가파른 등선을 오르는 것처럼 가쁜 신음을 쏟아내야 했다.

“테일러와도 잤나? 테일러가 왜 제 침대를 데우게 할 거라고 말했는지 이제야 알 것 같군.”

칸은 만족의 미소를 지으며 천천히 움직거렸다.

해주는 눈을 감은 칸을 바라보았다. 아픔도 컸지만, 자신의 첫 남자가 칸이라는 게 서글펐다. 지금은 신혼 첫날밤도 아니고 사랑하는 남자의 품에 안겨 있는 것도 아니었다.

친구들이 자유롭게 섹스를 할 때마다 해주는 생각했었다. 자신을 아끼지 않는 행동이라고 말이다. 그렇다고 그들의 가치관이나 사생활에 대해 비난하거나 불만을 드러내지는 않았다.

그 순간만큼은 우주의 별들이 제 머리 위에 쏟아지는 듯한 황홀경을 겪기 때문이라는 고백 때문이었다. 물론 우주의 별들이 자신에게 쏟아지는 경험도 단발적이기는 해도 사랑이라는 원대한 힘의 작용이 있어 가능할 것이다.

해주와는 정반대인 상황에서만 별을 보는 게 가능할 것 같았다.

“아아, 아!”

하지만 그건 여태까지 해주의 편견이었나 보다.

칸이 움직일 때마다 욕실의 천장이 날아가는 것 같았다. 아팠지만 머리가 팽팽 돌았다. 현기증이 나면서 입안에서 단 냄새가 퍼졌다. 발가락에 경련이 일어나서 제멋대로 꼬여 쥐가 날 정도였다.

그녀는 통증을 참아 볼 생각에 그의 팔을 꽉 잡았다. 앉은 채로 그것을 받아들이기엔 많은 인내심이 필요했다.

그것이 몸속에 들어와 휘젓기 시작할 때였다. 우지직, 하고 무언가 찢어지는 느낌이 들었다. 그리고 무언가 뜨겁고 미끄덩거리는 것이 몸 밖으로 배출되는 기운을 느꼈다.

잠시 후에 욕조의 물이 연한 다홍색으로 물들기 시작했다. 물과 피의 경계가 극명하게 나뉘고 있었지만 그것은 곧 그가 넓게 퍼지며 선혈 특유의 비릿한 향을 퍼트렸다.

열심히 몸을 하체를 튕기던 칸의 움직임이 뚝 멈춘 것도 그때였다. 물의 색이 와인처럼 붉어졌을 때.

"……!"

해주는 고개를 푹 숙였다. 칸의 팔을 잡은 손이 무섭게 떨리고 있었다.

칸의 팔 근육도 돌처럼 단단했다. 당혹감을 감추지 못하겠는지 그가 그녀를 번쩍 들어서 밑을 살피기 시작했다. 그의 인상이 험악하게 일그러졌다. 그는 핏물에 불쾌감을 드러내는 듯 콧등을 구겼다가 숨을 들이마시며 차근한 어조로 물었다.

"처녀였나?"

4

키스, 유혹의 첫걸음

다그치듯이 물어서 그런지 흐리멍덩하던 정신이 개운하게 맑아졌다.

그리고 성질이 나서 죽겠다는 표정을 짓고 있는 칸의 얼굴을 정면으로 볼 자신감이 붙었다.

"처녀면 안 돼요?"

"안 돼."

"이상한 논리네요."

"이 욕실에서, 이렇게 안아서는 안됐다는 소리다."

섭섭한 마음을 한 방에 무너트리는 윽박에 해주는 정신이 번쩍 들었다. 방금 자신이 잘못 들은 건 아닌가, 하는 착각까지 들 정도로 어안이 벙벙했다.

"당신을 몰아붙인 내 잘못도 있어. 인정하지. 그런데 당신 왜 그렇게 멍청하나? 덜 아프게 해달라고 할 게 아니라 처녀니까 좀 더 부드럽게 다뤄 달라고 했어야 했어!"

"당신이…… 들어줄 것 같지 않았어요."

"내가 그렇게 모진 사람으로 보이나?"

"스스로를 짐승이라고 하는 사람한테 뭘 어떻게 말해요."

쿵!

옷장에서 가운을 꺼내던 칸의 표정이 굳었다. 구시렁거리듯이 대답한 해주의 말에 충격을 받은 것 같았다.

"그래도 말해야 했어."

"말하지 못하게 애초에 입을 막아놓고 죄책감 느끼니까 말 안 했다고 추궁하는 거예요?"

해주는 가슴과 음부를 손으로 가리며 몸을 틀었다. 칸의 시선이 그녀의 손동작에 따라 움직였다. 눈썹을 꿈틀거리는 커다란 타월을 들고 그녀에게 다가왔다.

"피가 나잖아."

"그래서 어쩌라는 거예요."

"어쩌긴, 닦아야지."

무덤덤한 표정과 감정을 깨끗하게 정리한 듯 차가운 음성.

칸은 평정심을 되찾은 것 같았지만 해주에게는 오히려 상처가 되었다.

"각오했던 일이에요."

"망쳤잖아."

"망쳐도 어쩔 수……."

"그렇게 생각하지 마. 난 사내다. 말 많은 여자처럼 곰살갑지 못해. 그래서 호들갑 떨어가면서 말할 수는 없지만, 처음이라는 건 중요한 거다."

"하고 싶은 말이 뭐예요?"

불만이 그득한 시선과 수치심에 물들어 삐딱해진 음성. 그녀는 칸이 자신을 배려하는 게 싫어 쏘아붙였다.

"소중하게 대하라고요? 아무리 멍청해도 그 정도는 알아요. 그런데…… 상대가 어마어마한 기세로 몰아붙이는데 누가 제 몸을 챙길 용기를 내겠어요? 손해를 봐도, 억울해도 참아야지 어떻게 해요?"

해주가 악다구니를 친다고 해도 눈 하나 깜짝하지 않을 것 같았던 칸이 한쪽 무릎을 꿇고 그녀의 몸에 수건을 두르며 대답했다.

"앞으로는 참지 마라."

"내겐 그런 걸 정할 힘이 없어요!"

"그럼 적어도 내 앞에서는 허세를 부리지 마."

"허세요?"

"아닌 척하지 말라는 거다."

칸은 해주를 수건으로 감싸 안았다. 그녀는 그가 뭘 하려나 싶어서 따지는 것도 저항하는 것도 포기하고 지켜보았다. 몸이 가볍게 떴다. 그는 그녀를 앉고 샤워 부스로 향했다.

샤워기를 틀어 미지근한 물로 그녀의 가랑이 사이에 남은 흔적들을 깨끗하게 씻긴 그가 다시 한 번 그곳에 닿았다.

쓰라리기도 했지만 익숙하지 않은 침입에 놀란 그녀가 하체에 힘을 주었지만 그는 능숙하게 물을 흘려보내 그곳을 쓰다듬듯이 헹구었다. 한쪽 눈매를 찌푸리고 그가 뒤처리를 모두 마칠 때까지 얌전하게 안겨 있던 그녀의 귓가에 따스한 입바람이 닿았다. 곧 그의 음성이 들렸다.

"꿈이 있었겠지. 여태까지 잘 지킨 건…… 로맨틱한 첫날밤을 보내고 싶어서였잖아. 안 그래?"

"……!"

"왜 그렇게 놀라나? 내가 정곡을 찔러서?"

"……네."

"왜 그런 바보 같은 소리를 해. 누구나 '처음' 하는 것들은 소중한 법이야. 첫사랑, 첫 키스, 첫 관계. 모두 소중하지."

해주는 고개만 끄덕였다. 칸의 이면을 발견한 것 같아 은근히 기쁘면서도 뒷말이 궁금하고 불안했다.

"나도 그랬다. 나도…… 사랑하는 여자를 안을 때, 그런 말을 했었다. 결혼식을 무사하게 치르고 나서 신혼 첫날밤에 보냈더라면 더 좋았을 거라고."

"그 여자분은 지금…… 곁에 없어요?"

"떠났지."

그는 수건으로 음부와 허벅지를 닦으며 씁쓸한 미소를 지었다.

"내게 그 여자는 첫사랑이었다."

"……마지막이길 바랐겠죠?"

"그랬지. 그렇게 되리라 믿었지."

"그런데 왜……."

해주는 말끝을 흐렸다. 칸과 눈이 마주쳤는데, 그 눈빛에는 여러 가지의 감정이 실려 있어 제 빛을 잃고 흐렸다. 그건 영락없이 실연의 빛이었다. 그리고 그는 차인 게 틀림없었다.

칸을 찬 여자는 누구일까? 부와 명성, 외모까지 훌륭한 남자를 찰 정도라면 그 이상으로 부자이거나 아름다울 것 같다는 생각이 들었다.

그리고…….

믿고 사랑했던 상대가 등을 돌렸을 때의 기분을 잘 알고 있었던 해주였기에 한숨을 푹 내쉬었다. 그녀의 한숨소리에 그가 눈동자를 흘끗 위로 떴다.

"동정할 생각은 안 하는 게 좋아."

"동정하지 않았어요."

"현명한 대답이다."

"다, 당신이 생각하는 것처럼 멍청하기만 한 건 아니니까요."

해주의 대답에 칸은 잠시 멍한 표정을 짓다가 무언가 생각이 났는지 물었다.

"선물을 하지."

"왜요?"

"네 꿈을 산산조각을 낸 보상이라고 생각해. 뭘 원하나?"

칸의 내민 호의에 해주의 만면 가득 갈등의 빛이 엇갈렸다.

받아들여야 할지, 거부해야 할지 고민스러웠다. 그가 내민 도움의 손길을 덥석 잡았다가 테일러보다 더한 냉혈한에게 휘말려 고통의 나락에 빠지는 건 아닐까, 라는 의구심도 고개를 들었다.

해주의 낯빛이 새하얗게 질렸다가 새카맣게 어두워지자, 속내를 읽은 것처럼 칸이 물었다.

"내가 테일러처럼 당신을 몰아붙일 것 같아서 겁이 나?"

"그게……."

"말해 봐. 들어주지."

"……."

"겁내고 경계할 필요가 뭐 있나?"

"……없어요."

"나라면 빚을 갚아 달라……."

"테일러의 주머니를 채워줄 돈은 없다면서요?"

해주의 대답에 칸은 고개를 끄덕거렸다.

"그럼 안 되는 거잖아요. 안 되는 걸 억지로 해달라고 할 만큼…… 난 뻔뻔하지 못해요. 그리고 무서워요."

"그런 것 같군."

"미안해요."

"좋아, 그럼 앞으로 어떻게 할 생각인가? 노선을 확실하게 하지 그래? 내가 주는 선의의 도움도 뿌리친 당신은 위험한 상태이니 말이야."

칸의 말이 맞다. 위험한 상태이고, 테일러나 번은 호락호락하게 해주를 놓아주지 않을 것이다. 그 점은 그 누구보다 잘 알고 있어 소름이 확 끼쳤다. 각오는 수도 없이 세우는데, 마음먹은 대로 행동하는 건 쉽지 않았다.

"당신은 나를 그저 테일러 뒤에서 조종당하며 당신을 유혹하려던 값싼 여자라고 생각했다가 처녀였다는 사실에 당황한 거예요. 그래서 나중에 문제가 없도록 소원을 들어주겠다고 말한 거잖아요. 그런 거라면 안 받겠다는 말이에요. 내가 당신한테 돈이나 도움을 받으면…… 정말 그런 여자가 되니까요."

칸은 해주의 대답을 이해했다는 듯이 고개를 끄덕거린 후, 그녀를 안은 채 욕실을 나왔다. 가운을 조른 허리끈이 느슨하게 풀려 가슴이 드러났다.

그녀는 그의 맨가슴에 뺨에 닿자, 화들짝 놀랐다.

"방으로 갈 거다."

"가면…… 쉴 수 있을까요?"

"쉬어야지."

"고마워요."

칸은 대꾸하지 않았다. 그녀는 고개를 숙였다. 그의 얼굴을 볼 용기가 나지 않았다. 처녀임을 말하지 않은 게 미안하긴 또 처음이다. 그리고 생각하지 못했던 전개에 맥이 풀렸다.

화를 내기보다 처녀를 안았다며 좋아할 줄 알았는데 칸의 성격을 종잡을 수 없어서 가슴이 답답할 지경이었다. 그는 어떤 사람일까? 테일러의 말대로라면 바람둥이에 차갑고 계산적인 성격이라고 했는데 아닌 것 같았다.

욕실을 나오자 넓은 계단이 나왔다. 20여 개의 계단을 모두 오르고 나니 긴 복도가 나왔다. 복도에는 드문드문 문이 있었다.

칸은 그중에서 제일 넓은 문을 열었다. 문을 열자 거실이 드러났다. 커다란 창문을 제하고는 책장이 빽빽하게 있었다. 수 천 권의 책이 내뿜는 종이와 잉크 냄새에 그녀는 서점에 온 듯한 착각에 빠졌다.

잎이 넓은 알로카시아가 거실 중앙에 자리를 잡고 있었다. 초록색의 생기를 머금은 잎이 천장에 닿을 만큼 길게 뻗어 있는 모습이 힘차 보였다.

그 옆으로는 소형 샹들리에가 천장에서 길게 늘어져 소파와 티 테이블을 비추고 있었다. 힘을 주지 않고 화려하지 않은 북유럽 디자인의 소파와 티 테이블에서 차를 마신다면 무척 달 것 같은, 그런 분위기를 자아내고 있었다.

서재 같은 거실의 복도를 꺾자, 이번에는 침실이 드러났다. 통유리로 침실의 내부가 훤히 비쳐졌는데 침대 외에는 아무것도 없었다.

거실의 대형 창문에 비해 침실의 창문은 작았다. 마치 수도사의 방처럼 느껴질 정도였다. 창문이 작은 대신에 곳곳에는 간접 조명등이 켜져 있었다.

인테리어 잡지에서도 이런 분위기는 본 적이 없어 벌어진 입을 다물지 못하고 감탄하는데 그가 그녀를 침대에 눕혔다.

"내 침실이다."

"여, 여기가 전부요?"

"집에 있을 때는 대부분 이 방에서 잘 안 나가지. 그 말은 이 방에 기밀문서가 많다는 뜻도 된다."

"그런 정보를 왜 알려주는 거예요?"

"네가 찾아야 할 게 여기에 있다는 거야."

해주는 입술을 비죽거렸다. 말을 해도 참 예쁘게 해서 한 대 때려주고 싶은 마음이 굴뚝같다.

"기다려. 곧 오지."

"어디 가요?"

"이대로 보낼 수는 없을 테니까."

"네?"

"기다려."

칸은 혼잣말로 중얼거리더니 돌아섰다. 그녀는 고개를 갸웃거린 채 앉아 있다가 이불 속으로 들어갔다. 폭신폭신한 이불을 덮고 베개에 머리를 댔더니 피곤이 확 몰려 왔다. 눈꺼풀에 모래주머니를 단 것처럼 묵직해지더니 곧 감겼다.

첫날밤의 꿈이 사라졌다. 그런데 허무하다는 생각 외에는 슬프다든지, 괴롭다든지 하는 등등의 감정은 일절 들지 않았다. 자신이 처량하다는 생각은 더욱 더 들지 않았다.

기대를 많이 한 만큼, 두려움에 떤 만큼 눈물이라도 흘릴 거라고 생각했었는데 그냥 지금은 잠만 자고 싶었다. 마음을 짓누르고 있던 무게감이 사라진 것 같았다.

칸이 한 말 때문일까?

아니면 생각보다는 칸이라는 남자가 덜 잔인하고 짐승 같으며, 다정해서 그런 걸까.

그런데…… 칸을 버린 여자는 어떤 사람일까?

갑자기 궁금해진다.

고다, 에담, 까망베르, 체다, 에멘탈 치즈를 종류별로 잘라서 접시에 담은 그는 얼음을 가득 부은 유리 볼에 와인 병을 담그고 둥그런 와인 잔을 꺼냈다.

집에서 와인을 즐겨 마시는 취향 탓에 냉장고를 열면 각종 치즈와 올리브 같은 안주가 있었다. 삶아서 차게 얼려놓은 방울토마토를 꺼내 그 역시 유리 볼에 담던 중 그중에 한 개를 입에 넣었다.

차갑게 언 방울토마토가 입안에서 아이스크림처럼 부드럽게 녹아내렸다. 그는 그것을 적당한 때에 질겅질겅 씹었다.

아일랜드 식탁의 가장자리에 두 손을 올린 채 방울토마토를 씹던 그의 시선이 와인 잔에 머물렀다. 이 집에 여자를 데리고 와서 와인과 안주를 준비한 게 얼마만이지? 레이와 헤어진 것도 3년이 넘어가니, 3년 만이겠다.

레이가 좋아하는 와인을 고루고루 갖추고 공연을 마친 그녀가 독일의 집으로 돌아올 때마다 이렇게 주방에서 앞치마를 둘렀었다. 그리고 그녀만을 위한 요리를 준비하며 콧노래를 흥얼거렸었다. 그때는 세상을 다 얻어서 이제는 이룰 게 딱히 없다, 라고 단정 지을 무렵이었다.

그런데…… 그녀가 떠났다.

아름다운 꿈은 끝이 났다. 행복했던 일상에 종지부를 찍으며 그녀가 말했다.

"칸, 날 사랑하지? 그럼 내가 꿈을 이룰 수 있게 놓아줘. 날 정말 사랑한다면, 날 너의 품에서 떠나보내 줘."

칸의 꿈은 레이였지만, 그녀에게 있어 꿈은 그가 아니었다. 그런데도 그녀가 돌아올 거라고 굳게 믿으며 그녀가 좋아했던 와인을 마시는 자신이 참 안쓰럽게 느껴졌다.

처녀라니…….

처녀였다니.

테일러한테 한 방 먹었군.

훗.

* * *

새벽 4시.

해주는 고요한 방이 아닌 창밖에서 나는 소음에 눈을 번쩍 떴다. 그리고 꽉 눌려 있던 스프링이 튕겨 오르듯 상체를 일으키고 사방을 둘러보았다.

잠깐 잠이 들었다고 생각했는데 시계를 보니 새벽 4시였다. 그녀는 푸시시하게 엉킨 머리카락을 손가락을 차분하게 빗질했다. 그러다 문득 옆자리를 보았다. 칸의 흔적은 없었다. 다행스러웠지만 마음 한편으로는 섭섭하기도 했다.

이유는 모르겠지만, 어렴풋이 위로를 받고 싶었던 건 아닐까, 라는 의구심이 들었다. 요 며칠 테일러와 번에게 시달릴 대로 시달린 탓에 심신이 많이 지쳐 있었다.

그래서 칸처럼 진심으로 걱정하는…….

응? 칸이 날 걱정했나?

해주는 고개를 갸웃거리며 곰곰이 생각하다가 푸시시 웃었다.

걱정하기는. 절대로 그럴 사람이 아닌데.

"근데 이건 무슨 소리지?"

자동차 배기 소리?

부아앙, 부앙, 부아앙.

지면에 바싹 달라붙어서 달리는 경주용 스포츠카의 엔진 소리 같았다. 제법 소리가 커서 귀머거리가 아닌 이상은 알 수 있을 정도였다.

해주는 이불을 걷어내고 자리에서 일어났다. 그리고 막 일어나려는데 침대 발치에 속옷과 티셔츠가 놓여 있었다. 속옷은 그녀가 입었던 것을 세탁했는지 보송보송하게 말라 있었다. 그녀는 속옷을 챙겨 입고 티셔츠를 입었다. 무릎까지 내려오는 반팔 티셔츠였는데 아마 칸에게는 딱 맞는 사이즈가 아닐까 짐작했다.

그녀는 옷에서 맡아지는 향긋한 향기에 안도하며 숨을 달게 들이마셨다. 이 남자, 의외로 섬세하네? 해주는 저도 모르게 마음을 열고 있었다. 그녀는 까치발을 하고 총총걸음으로 침실을 나와 엔진 소리가 집채를 삼킬 만큼 크게 울리는 거실로 향했다.

예상한 대로 대형 TV가 켜져 있었고, 칸이 소파에 앉아 있었다. 그는 잠이 든 것처럼 고개를 푹 숙이고 있었다. 그녀는 그의 상태를 살피고자 가까이 다가갔다. 술을 마신 모양이다. 티 테이블에는 마시다가 남은 와인과 먹다가 남아서 굳은 치즈가 있었다.

혼자 마셨나……? 라고 생각할 때 와인 잔이 눈에 들어왔다. 두 개였다. 하나는 붉은 빛의 와인이 남아 있었고, 하나는 깨끗했다. 설마 같이 마시려고? 그녀는 깨끗한 와인 잔을 유심히 바라보았다.

그는 낮게 코를 골며 잠들어 있었다. 앉은 채로 쿠션을 끌어안고 자는 모습이 보기 안쓰럽고 측은한 정도라, 최대한으로 기척을 내지 않고 옆에 앉았다.

그리고 손가락으로 칸의 팔을 꾹 누르며 이름을 불렀다.

"칸, 일어나요. 이렇게 자면 불편해요."

해주가 칸을 흔들어 잠을 깨웠다. 그는 한쪽 눈을 슬그머니 뜨고 푹 가라앉은 음성으로 물었다.

"으음……. 깼나."

"정신이 들어요?"

"잘 자는 사람은 왜 깨워?"

"왜 여기에서 자요? 불편하잖아요."

해주는 등을 숙이고 쿠션 하나에 의지해서 잠자는 칸이 너무 가엽게 느껴져 울상을 지었다. 무척 공허하고 외롭게 느껴졌다.

그녀는 칸 슈마허라는 부호가 아닌 평범한 남자를 만난 듯 그저 바라보았다. 지금 그는 잠에서 막 깬 탓에 머리카락을 긁적거리며 하품을 하는 남자에 불과했다.

"뭘 좀 보다가 잤지."

"뭘요?"

"저거."

그는 턱으로 대형 TV의 화면을 가리켰다. 그녀는 그의 턱짓에 따라 고개를 돌렸다. 자동차 경주 대회를 보던 중에 잠이 든 모양이었다.

"뉘르 24시(장거리 레이싱 테스트 중 하나. 독일 뉘르브르크링 노르드슐라이페에서 24시간 레이스를 펼치며 성능 테스트를 한다) 레이싱을 보고 있었다."

"늬르?"

"모르나?"

"전 자동차는 탈 줄만 알지, 그 외에는 무지한 걸요."

"24시간 동안 레이싱을 하는 거야."

칸은 짧게 설명하며 하품을 크게 하다가 해주를 응시했다.

"기분은?"

"그냥 그래요."

해주는 어깨를 으쓱였다. 기분을 묻는데 좀 창피한 기분이 들어 얼굴이 다시 붉어졌다. 안면 홍조증에 걸렸나? 왜 이리 자주 얼굴에 열기가 차오르는지 모를 일이었다. 평소에는 이렇게까지 열기가 끼치지 않는데 말이다.

후끈해진 뺨을 숨기려고 고개를 숙인 그녀를 묘한 시선으로 보던 칸이 말문을 열었다. 그 역시 해주가 별것 아닌 말에 얼굴을 붉혀 낯설고 어색했던 모양이었다.

"와인을 준비했는데, 자고 있더군. 그래서 혼자 마셨지."

"왜요?"

왜요?

칸은 휴, 하고 한숨을 내쉬었다. 정말이지 이렇게 말귀를 못 알아듣는 여자는 처음이다.

"당신의 처음을 가진 남자로서, 와인 대접 정도는 해야 예의가 아니겠나."

칸의 대답에 해주는 얼굴이 화끈거려 고개를 숙였다.

"왜?"

"고마워요."

"뭘?"

"챙겨줘서요. 당신이 그렇게 섬세한 사람인 줄은 몰랐어요."

"누구나 처음은 중요하니까."

칸은 어깨를 으쓱거렸다. 아닌 척하려고 딴청을 부리듯이 와인 병을 집어 코르크 마개를 땄지만, 해주가 그의 손등을 가볍게 누른 탓에 동작이 멈추었다.

"마시지 마세요. 새벽인 걸요."

"이런, 당신을 위해 준비했는데 헛고생한 건가?"

"그런 건 없어도 돼요. 지금은 아무리 값비싼 술을 마셔도 위로가 되지 않아요. 어제로 모두 끝이 난 걸요. 내 환상도, 꿈도……. 사실, 약혼자가 배신한 이후로 꿈은 어딘가 멀리 숨어버린 건지도 몰라요. 다시 찾으려면 시간이 걸리겠죠."

상실감이 큰 듯 울먹이는 해주의 대답에 칸은 코르크 마개를 더 깊이 밀어 넣고 와인 병을 놓았다. 대신 그윽한 시선으로 그녀를 바라보며 쿠션에 팔꿈치를 깊이 파묻었다.

팔을 괸 손에 턱을 대고 피곤이 가셔 보송보송한 아기처럼 순한 얼굴을 하고 있는 그녀의 이목구비를 감상했다.

"왜, 왜 그렇게 봐요?"

칸의 시선이 부담스러웠는지 해주가 시선을 피했다. 여전히 뺨을 붉힌 채였다. 욕실에서 보인 반응을 생각하면 같은 사람이 맞나, 라는 의문이 들 정도로 분위기가 확 바뀌었다.

"그런 남자는 잊어. 나 싫다고 떠난 남자에 무슨 미련이 있나? 어디에선가 잘 먹고 잘 살겠지. 자신 때문에 상처 받은 사람은 죽은 사람처럼 제 기억에서 지웠을 거다."

"알지만 자꾸 생각이 나요."

난 피해자니까. 그 사람 때문에 이 지경이 되었으니까.

"억울해서 그렇겠죠?"

"차인 사람은 누구나 억울하고 화가 나지."

"당신도 그랬어요?"

칸은 대답하기 싫은지 말없이 다리를 꼬았다. 자세를 바꿔 뒤척거리는 칸의 행동에 대답을 재촉하기보다 포기를 선택했다. 굳이 듣지 않아도 알 것 같다. 대신 그녀는 자신이 겪었던 통증을 허심탄회하게 드러냈다.

"그래도 다음에는…… 지금보다 나은 사랑을 하겠지, 그런 생각을 하니까 좀 낫더라고요."

"다음에는 지금보다 나은 사랑을 할 수 있을 것 같나? 그런 희망이 생기기는 해?"

"비관만 할 수 없잖아요. 사실 지금 제게 남은 선택이라는 건…… 자살밖에 없을 거예요. 여러 가지 일에 휘말리게 됐지만 살아남아야 하니까…… 이제 후회하지 않아요."

후회하지 않는다…… 라.

칸은 해주를 오랫동안 바라보았다. 처음 만났을 때보다 많이 홀가분한 모습이라 마음이 놓이기는 했지만, 그녀의 모습이 그에게는 혼란스럽게 다가와 시선을 뗄 수 없었다.

머리카락을 귀에 꽂은 그녀의 옆얼굴은 샹들리에가 뿜는 다채로운 빛을 받아 뽀얗고 생기가 돌았다. 그는 손가락을 들었다.

손가락 모양의 그림자가 그녀의 얼굴에 드리워졌다가 곧 길이를 좁혀 살갗을 살포시 누르고 있었다.

그녀가 눈을 똥그랗게 떴다. 여전히 자주 놀라는 성격에 신기한 마음이 들었다. 이제는 체념하며 상황에 익숙해질 만도 할 텐데, 아이처럼 자주 얼굴을 붉혀 장난기가 샘솟을 정도로 자극적이었다.

칸은 손가락으로 포동포동, 동그랗고 부드러운 뺨을 문질렀다가 입술까지 한 번에 그었다. 가벼운 손짓이었으나 입술을 벌리는 손가락의 위압은 가히 유혹적이었다. 소스라치게 놀란 그녀가 도망칠 시간적인 여유는 없었다. 곧바로 벌어진 입술에 뜨거운 입김이 닿았다.

흡!

그녀의 눈이 더 커졌다. 드라이한 와인 맛을 느낀 그녀가 입술을 오므렸지만 허사였다. 그는 그녀의 반응보다 빨랐다.

키스가 시작되었다.

촉촉하게 젖은 입술의 침입이 부드러워졌다. 그녀는 받아들였다. 달콤하지 않은 키스. 묵직하지만, 무언가 색다르다는 생각이 들었다. 이미 거부할 수 없는 감정이 소용돌이치며 그녀의 심장을 쥐락펴락하고 있었다.

그녀는 칸의 어깨에 손을 올렸다. 부끄럽고 수줍어 손가락 마디가 떨렸다. 어깨에 닿았던 손가락이 맥없이 미끄러져 두근거림이 강해져 더욱 튼실하게 근육이 잡힌 가슴을 어루만지기 시작했다.

술을 마시지 않았는데, 칸이 자신을 위해 위로주까지 준비를 해 고마웠다. 칸이 무슨 마음을 먹고 준비한 건지 모르겠지만, 의심을 거두자 폭풍우가 몰아치듯 가슴이 척척하게 젖기 시작했다.

진심으로 칸을 느껴보고 싶다는 욕망의 불씨가 점화되었다. 칸이 섹시하게 느껴졌다. 그의 시선에 정신이 혼미할 정도로 야릇한 기운을 느껴 홀리고 있었다.

해주는 과감하게 칸의 입술에 제 입술을 대고 힘을 줘 꾹 눌렀다. 맞붙은 입술이 벌어지면서 목을 쭉 빼고 어미 새의 부리 깊숙한 목구멍까지 제 부리를 넣고 먹이를 뺏어먹는 새끼 새처럼 저돌적이기까지 했다.

첫날밤은 아쉽게 끝이 났지만, 아직 그들의 밤은 완전히 거치지 않았다.

해주의 키스가 변하기 시작했다. 활어가 강물 위로 탱탱한 몸체를 자랑하듯이 튀어 오르는 듯, 그녀는 주저하지 않고 욕망에 몸을 내맡겼다. 그녀는 몸을 일으켜 그를 깔고 앉았다.

두 다리 사이에 그의 허리를 묻고 가슴을 밀어트리는 동작으로 소파에 칸을 묻었다. 그리고 제 몸으로 그를 누르며 입술을 분주하게 움직였다.

드디어 시작인가?

칸은 만족스럽게 미소를 지었다. 평소에는 울먹거리고 수줍어서 얼굴을 발그레 붉힐 정도로 숫기가 없어 보이지만, 그녀의 몸을 달아오르게 하면 사람이 달라진다. 행동이 과감해진다는 건 자신감이 붙었다는 증거였다.

이런 여자, 처음이다. 종잡을 수 없다. 맹한 건지, 영악한 건지 감을 잡을 수 없어서 곁에 두고 관찰하고 싶어진다. 이런 감정은 참으로 오랜만에 느껴본다.

그리고 이렇게 달콤하고 호기심이 많은 키스도 처음이었다.

5
둔한 여자, 해주

키스는 자연스럽게 섹스로 연결이 되었고 자연의 섭리에 따라 아침을 맞이했지만, 칸의 침실은 어두침침했다.

그렇다고 해서 아주 음침한 건 아니었다. 창이 작기는 해도 해사한 빛이 들어와 숙면을 취할 수 있게 일조량이 적당하다고 여기면 될 정도였다.

그래서 알람시계를 따로 맞춰 놓거나 습관적으로 정해진 시간에 일어나지 않으면 며칠이고 잘 수 있을 만큼 고요했다.

해주는 코까지 끌어올린 이불 밖으로 크게 뜬 눈의 눈동자를 좌우로 굴리며 방안의 분위기를 탐색했다. 그리고 고개를 들어 칸이 있나, 없나 확인하기 시작했다.

다행히 그의 기척은 느껴지지 않았다.

처음에는 쓰라리고 뻐근하기만 하던 여성도 단 두 번의 관계로 통증을 씻을 수 있었다. 그리고 칸과 리듬을 맞출 때마다 자신이 변하는 걸 확실하게 느꼈다.

한껏 채워졌다는 느낌이 주는 안온함이 행복이 충만한 기쁨으로 다가올 줄은 전혀 예상하지 못했기에 해주는 계속해서 애원했었다.

칸은 그런 그녀의 이면에 놀란 듯 의아한 표정을 짓다가 미친 듯이 웃어젖혔다. 하얗고 고른 치열이 환하게 드러나게 웃는 칸 때문에 해주도 덩달아 웃었다. 섹스를 하다가 큰 웃음을 내고 웃기는 처음이라는 칸의 말에 괜히 어깨가 으쓱거려졌다.

낯선 경험 후의 기분은 사뭇 달랐다. 묘하게 생기가 돌고 웃음이 비어져 나왔다. 또 자신감마저 붙어 어제의 민해주와 지금의 민해주가 다르게 느껴졌지만, 무엇보다도 마음이 홀가분해졌다.

처음 느꼈던 그 느낌대로, 테일러가 질이 나쁜 사람이었다면 칸은 좀 달랐다. 바람둥이라서 그런지 몰라도 친절했고 자상했다. 피로 이어진 형제라서 성격도 비슷할 줄 알았는데 딴판이었다.

칸은 성격 차체가 근본적으로 당당하고 거짓이 없었으며 여유로웠다. 그런 건 꼬치꼬치 캐묻지 않아도 칸에게서 가진 자의 도량 같은 게 느껴졌다.

"테일러가 마음을 열고 동생한테 져준다면 한결 좋을 텐데."

테일러 생각만 하면 머리가 지끈거려 마냥 이불을 말고 눕고 싶었지만, 언제까지 게으름을 피울 수는 없었다.

해주는 이불 속에서 나와 바닥에 두 발을 내렸다. 그리고 슬리퍼를 신고 침실의 유리문을 열었다. 거실은 침실과 달리 아주 환했고 넓은 창문 너머 펼쳐진 전경이 두 눈을 찌를 듯한 기세로 펼쳐져 있었다.

"아름……답다."

여름이었다면 울창한 숲으로 대자연의 웅장함을 한껏 드러냈을 넓은 정원이 끝도 없이 펼쳐져 있었다.

해주는 자연경관에 흠뻑 취해 넋을 놓고 바라보다가 입고 있던 가운의 끈이 느슨하게 풀리자 얼른 바싹 조였다. 가운을 입은 채로 잠들었는데도 불편한 것 하나 못 느끼고 숙면을 취한 탓에 자신의 차림새가 어떻다는 걸 뒤늦게 깨달았다.

그녀는 창문을 열었다. 바람 하나 없이 평온한 낮이었다. 하늘을 보니 해가 서쪽 방향으로 조금 기울어 있었다. 점심시간은 훌쩍 지난 것 같았다. 오랜만에 악몽에 시달리지 않고 푹 자 몸도 마음도 개운했다. 그녀는 하품을 늘어지게 하다가 문득 맹하다며 놀릴 칸의 얼굴이 떠올라 얼굴이 다시 화끈거렸다.

두 손으로 얼굴을 감싸며 난감한 표정을 짓는데 똑똑, 노크소리가 났다. 그녀가 대답하기도 전에 거실 문을 열리더니 메이드 복장을 한 여자가 들어왔다. 그녀는 옷걸이에 걸린 아이보리 앙고라 스웨터와 체크 모직 바지를 들고 해주에게 인사를 했다.

"안녕하세요, 푹 주무셨나요?"

메이드는 인상이 좋아 보이는 50대 중년 여성이었는데 빨간 머리카락이 아주 인상적이었다. 제법 살집도 있어 퉁퉁한 몸을 뒤뚱거리며 들고 있던 옷을 소파에 놓은 그녀가 두 손을 모으고 해주를 응시했다. 대답을 듣고 싶은 모양이었다.

해주는 멀뚱하게 짓고 있던 표정을 지우고 해맑은 미소를 보이며 인사했다.

"아, 안녕하세요."

"사장님께서 보내셨어요. 오늘은 이 옷을 입으시래요. 급하게 준비해서 사이즈가 잘 맞을지 모르겠다고 하시던데 제가 보기엔 사이즈 걱정은 안 해도 될 것 같군요."

"칸이요? 지금 어디에 있어요?"

"당연히 회사에 계시죠."

메이드의 대답에 해주는 고개를 끄덕거리며 수긍하다가 물었다.

"아…… 사람을 시켜서 보낸 거예요?"

"네. 식사 준비를 할 테니까 옷을 갈아입고 나오세요. 식당은 1층에 있습니다."

"지금 몇 시예요?"

"2시 30분 정도 됐어요."

"벌써 그렇게 됐어요?"

끽해야 점심시간 정도나 됐을 거라고 미루어 짐작했는데, 그

짐작이라는 것이 보기 좋게 빗나갔다. 그녀는 입을 벌린 채 소파에 걸쳐진 스웨터와 바지를 응시했다.

"그럼 바로 내려오세요."

메이드의 친절한 음성에 해주는 빙그레 미소를 지었다. 그녀는 메이드가 나갈 때까지 스웨터와 바지를 보고 있다가 옷을 갈아입었다.

메이드의 말대로 사이즈 걱정 없이 몸에 딱 맞았다. 앙고라 스웨터의 감촉을 손으로 느끼던 그녀는 터키시 앙고라 고양이를 안은 듯 가볍고 부드러운 촉감에 흐뭇한 미소를 지었다.

"섬세한 사람이구나, 칸은……."

* * *

슈마허 모터스의 본사.

5층 대회의실에는 NNW 사에서 인수 절차를 논의하고자 직접 내사한 안드레아스 사장과 임원진 10명이 칸의 표정을 주시하며 시시때때로 억지웃음을 짓고 있었다.

NNW 사의 인수가를 한 푼이라도 깎아보려고 사장인 칸과 재무이사, 기술이사를 포함 20여 명이 테이블을 가운데 두고 앉아 고루한 협상이 진행되고 있었다.

협상을 본격적으로 시작하기도 전에 지치게 하는 NNW 사의 사장, 안드레아스의 시선이 부담스러워 칸은 쥐고 있는 만년필

끝을 응시하고 있었다. 그러다 그러한 동작도 곧 지루하게 느껴진 양 말끔하게 차려 입은 슈트의 소매를 손가락으로 긁은 후에 탈탈 털었다.

지루하기도 했지만, 인수를 해야 할지 말아야 할지 고민스러웠다. 세계에서 제일 빠른 명차 생산하자는 야심찬 포부를 드러낸 칸에게 지금의 기회는 호기일 것이다. 하지만…… 어제 밤에 본 레이싱 테스트 영상이 아른거려 결단력이 흐려지고 있었다.

그런 와중에 NNW 사의 사장 안드레아스는 하루 빨리 회사를 인수해주길 거듭 재촉하고 있어 칸의 갈등은 더욱 심화되었다.

안드레아스는 슈마허 모터스에서 NNW 사를 인수하게 된다면 주가가 오를 테고, 이미지도 한층 고급스러워질 거라며 절대 손해 보는 장사는 아니라고 거듭 강조하고 있었다.

물론 칸과 재무이사 브람스의 표정이 시큰둥한 탓에 자극을 받아 열변을 토한 것이지만 말이다.

칸처럼 재무이사 브람스도 NNW 사에 큰 욕심을 보이고 있지 않았다. 아침에도 브람스와 인수건에 대해 회의를 했었는데 좀 더 시간적인 여유를 가지는 게 좋겠다는 뜻만 확인했다. 브람스 역시 칸처럼 테스트 결과를 신용하는 편이었다.

슈마허 모터스의 우수한 기술력을 바탕으로 엔진은 물론 자동차 부품까지 모두 교체를 한다고 해도 차는 부품만으로 움직이는 게 아니었다. 안전성을 강조하며 날렵한 디자인을 자랑하는 명차의 발치에도 따라갈 수 없을 정도로 해를 거듭하며 후퇴하고 있었다.

결국 NNW 사의 모든 차종에 대한 분석을 마친 브람스는 안드레아스가 내세운 조건을 모두 들어주기 어렵다는 결론을 내렸다. NNW를 인수하느니, 칸의 이름을 걸고 새로운 브랜드를 런칭 하는 게 낫다는 판단이 들었다. 후발주자라 정상에 오르자면 수십 년이라는 시간이 걸릴지도 모르지만, 떨어지는 칼날을 잡을 필요는 없었다.

"안드레아스 사장님."

칸은 30여 명이 앉아 있는 긴 테이블의 상석에 앉아 팔꿈치를 괴고 두 손을 모아 얼굴의 반을 가렸다.

"말하게."

"안드레아스 사장님의 조건을 모두 수용할 수 없을 것 같습니다. 레이싱 테스트 결과 불안전하다는 판단이 섰고, 부채도 상당한 걸로 알고 있습니다. 저희 슈마허 모터스에서 NNW를 인수한다고 해도 손익분기점에 이르기 위해서는 다년간의 홍보와 개발, 투자에 노력을 쏟아 부어야 한다는 계산이 나옵니다."

"그럼 어, 어떻게 할 생각인가? 설마 없던 일로 하자는 건 아니겠지? 테, 테일러 사장이 우리 회사를 인수하겠다고 이미……."

안드레아스 사장이 난색을 드러내자 이를 예상하고 있던 칸이 손을 들어 시선을 끌며 말허리를 잘랐다.

"그럼 테일러에게 연락을 취하는 편이 현명할 것 같군요."

"칸! 자네 어제까지만 해도 긍정적으로 검토하겠다고 해 놓고 말을 바꾸면 어쩌자는 건가?"

안드레아스 사장은 거의 울 것 같은 목소리를 쥐어짜며 진땀을 흘리기 시작했다. 손수건을 꺼내 이마를 톡톡 두드리던 그가 억울함을 하소하듯이 칸의 손을 잡았다.

"이보게, 이러지 말고……."

"전 물론이고 저희 임원진도 NNW 사의 인수는 무리라는 결론을 내렸습니다. 회의하는 내내 안드레아스 사장님은 제 마음을 얻지 못했습니다."

"자네……."

"인수는 불가능할지 모르나, 그렇다고 아주 방법이 없는 건 아닙니다."

칸의 설명에 인상을 구기고 있던 안드레아스의 표정이 전보다 밝아졌다.

"어, 어떤 방법인가?"

"자력으로 일어서는 것."

"이보게, 내가 그걸 할 수 있었다면 했을 것이야."

"이번에 저희가 새로 개발한 엔진을 권하고 싶은데요?"

회사를 팔겠다는 사람에게 엔진을 사라?

안드레아스는 당황했지만 칸은 그 방법 외에는 소생할 수 있는 방법이 없다는 표정을 짓고 있었다.

"나, 난 돈이 없네."

"개인 재산 중에 일부를 담보로 잡으셔도 됩니다."

"하, 하! 이 사람……."

"전 하나의 방법을 알려드린 겁니다. 자동차의 생명은 엔진이 아닙니까? 동급 최강이라는 단어만 붙어도 사람들은 흥미를 보일 겁니다. 칸 슈마허가 개발한 새 엔진을 장착하고 프랑스의 르망 24시 레이싱 테스트에 참가하십시오."

칸은 자신감으로 똘똘 뭉친 눈빛을 반짝이며 안드레아스의 마음을 흔들었다.

"그렇게 자신하나?"

"이번에 세계에서 가장 빠른 자동차의 공식적인 기록이 깨지면서 모델도 바뀌었습니다. 스웨덴 코닉세그의 스포츠카 CCR이 387.87km라는 속도를 냈습니다. 그러나 이것도 곧 바뀔 겁니다. 시속 400km보다 더 빨리 달릴 수 있는 차들이 쏟아질 테니 말이죠. 앞으로 1년 후, NNW 사에서는 시속 400km를 달릴 수 있는 내구성의 차를 생산할 수 있습니까?"

칸의 물음에 안드레아스는 고개를 절레절레 흔들었다. 그는 자신감 넘치게 개발 중이라는 말을 꺼내지 못하는 자신이 실망스럽고 창피한 것처럼 보였다. 땀으로 범벅을 했던 얼굴이 이번에는 완숙 토마토처럼 익어버렸다.

"차체의 무게를 덜어내는 작업이 중요합니다. 탄소섬유와 케

블라 섬유로 차체를 만드십시오. 그리고 저희의 엔진을 다십시오. 12기통의 최고출력 1001마력."

"12기통에 1001마력이라고?"

"차는 무조건 안전하고, 빨라야 합니다. 차의 심장은 엔진입니다. 심장이 튼튼해야 사람도 건강하게 달릴 수 있는 것처럼 차도 마찬가지 아닐까요?"

이미 1001마력이라는 달콤한 유혹에 넘어간 안드레아스는 마른 입술에 침을 축이며 눈을 반짝거렸다. 안드레아스는 칸이 심어준 희망이라는 고문을 맛본 듯 입맛을 다시고 공상에 빠졌다. 그의 이성과 신경은 회의실 밖을 나가 서킷을 달리고 있었다.

1001마력의 괴력을 자랑하는 스포츠카를 운전하며 머리카락 한 올, 한 올까지 스릴과 쾌감을 느끼고 있었다.

칸은 안드레아스의 표정이 점점 황홀경을 맞아 흐뭇해질 때를 기다렸다가 자리에서 일어났다. 이것으로 협상은 끝이다. 안드레아스는 NNW 사를 팔러 왔다가 칸에게 재산의 일부를 담보로 잡히고 엔진과 부속품을 살 것이다.

"뒤처리는 이사님께 맡기겠습니다."

칸은 브람스 이사에게 구체적인 계약 조건을 위임하고 회의실을 나갔다. 그리고 사장실로 향하는데 휴대폰이 울렸다. 그는 슈트 안주머니에서 휴대폰을 꺼냈다. 진동음을 징징 울리는 기계의 액정에 뜬 번호를 본 그가 감미로운 미소를 지으며 받았다.

"말해."

-해주라는 동양인 여성에 대해 알아냈습니다. 약혼자 한스라는 자가 번이라는 사채업자에게 돈을 빌렸는데 해주라는 여자가 그 빚을 대신 갚게 됐다고 합니다. 제 약혼녀를 사랑하지 않는다고 공공연히 떠들고 다녔다고 하더군요. 물론 당사자는 그러한 사실을 전혀 모르고 있지만요.

칸의 눈썹이 구겨진 깡통처럼 볼썽사납게 일그러졌다.

"그런 사실을 알면서도 번이라는 자는 해주를 테일러에게 팔았다는 말이 되나?"

-요약하면 그렇습니다.

"약혼자에게 배신을 당했다라……. 그 여자답군."

-그리고 테일러 사장님께서 여자의 행방을 수소문하고 있습니다. 물론 번을 시켜서지만요.

칸은 휴대폰을 귀에 바싹 붙이고 사장실이 아닌 창가로 향했다. 손가락으로 창틀을 톡톡 두드리며 상념에 잠겨 있다 물었다.

"원금과 이자가 합쳐져서 8만 유로쯤 되겠군. 안 그런가?"

-맞습니다.

"알았네. 더 알아봐 주게. 해주와 그 약혼자 사이에 있었던 모든 일들을 낱낱이 밝혀주게. 그리고 칸이 NNW 사를 인수하지 않기로 했다는 소문을 내 줘. 테일러가 어떻게 나올지 궁금해서 말이야."

-저…… 그리고 사장님. 레이 마사코 씨가 돌아왔습니다.

칸은 수화기 너머로 뜸을 들이는 목소리에 심장이 철렁 내려

앉았지만 내색하지 않았다. 손가락으로 코 멍울을 쓰는 걸로 당혹감을 털어내고 조용히 물었다.

"나하고 관계없는 사람이다. 듣고 싶지 않아. 이만 끊지."

칸은 제 할 말을 다 마친 다음에 잠시 뜸을 들인 뒤 통화를 마쳤다. 소매를 들어 손목시계를 보았다.

오후 5시.

오늘은 이른 퇴근을 해 볼까?

* * *

넓기만 한 집, 그것도 제 집이 아니라 남의 집에 있으려니까 할 게 없었다.

메이드와 정원 관리사가 6명 정도 있었지만 6시가 되면 퇴근했다. 단 1초도 머뭇거리지 않고 정시에 집으로 돌아가는 모습을 보며 해주는 꿈을 꾸는 건 아닌가, 하고 제 볼을 꼬집어 볼 정도였다.

든 사람은 몰라도 난 사람의 흔적은 금방 표가 나는 것처럼 분주히 집을 청소하던 메이드들이 사라져 무척 썰렁해졌다.

덩그마니 홀로 커다란 집에 있으려니 무섭기도 하고 추운 것 같아 몸을 말고 거실 소파에 앉아 칸이 돌아오길 기다리던 해주는 생각에 잠겨 있었다.

테일러가 자꾸만 마음에 걸려서 초조하고 불안했다. 칸의 집에서 언제까지나 머물 수도 없는 노릇이고, 칸을 유혹해서 빚을 갚아달라는 것도 염치가 없고.

사실 선택은 당연히 한 가지밖에 할 수 없는데 왜 마음을 정하지 못하는 건지. 칸의 말대로 멍청해서 그런 걸까?

"정말 답이 없어."

해주는 머리카락을 긁적거리며 두 발을 소파 위에 올려 팔을 괴고 있다가 주변을 살펴보았다. 가만히 앉아 있으려니까 좀이 쑤시기도 했지만 심심했다.

그녀는 자리에서 일어나 책장과 CD 진열장 앞에 섰다. 모차르트, 바흐, 헨델과 같은 클래식 음반이 진열되어 있었는데 그중에서 눈에 띄는 한 음반이 있었다.

레이 마사코의 피아노 독주곡집으로 플라스틱 투명 케이스에는 사인까지 되어 있었다.

레이 마사코? 유명한 사람인가?

그녀는 호기심에 플라스틱 투명 케이스를 열었다. 그러자 앙증맞은 카드가 나왔다. 그녀는 무심코 카드를 열어 내용을 읽기 시작했다. 그리 긴 내용은 아니었지만 충격적이었다.

칸, 날 사랑하지?

그럼 내가 꿈을 이룰 수 있게 놓아줘.

날 정말 사랑한다면, 날 너의 품에서 떠나보내 줘.

해주는 화들짝 놀라 음반을 다시 한 번 보았다. 커버에는 동양인 여자, 이름으로도 알 수 있을 듯 일본인 여성이 활짝 웃고 있었다. 동양인 여자. 칸의 사랑이었을 일본인 레이 마사코.

레이, 레이라고?

"……그래서 테일러가 그런 말을 한 걸까?"

"칸은 동양인 여자에 대한 환상이 있소."

해주는 테일러의 이죽임이 귓가에서 들리는 것 같았다.

어? 이 여자도 눈가에 점이 있잖아?

왼쪽 눈 밑에 점이 있었는데 눈매가 날카로운 레이를 한층 더 매력적으로 보이게 할 만큼 위치가 좋았다.

"테일러, 정말 이 사람도 몹쓸 사람이라니까……. 하긴 작정하고 덤벼드는 건데 철두철미하게 준비를 했겠지."

해주는 레이 마사코의 얼굴을 한참 동안 뚫어지게 바라보다가 입맛을 다셨다. 입이 쓰고 텁텁한 게 모래알갱이가 한 줌이나 입 안을 꽉 채운 것 같았다.

양치를 해서 얼른 씻어내고 싶을 정도로 꺼슬꺼슬하고 찝찝한 기분이 들어 CD를 원래의 자리에 꽂아놓고 막 몸을 돌리려고 할 때였다.

"내가 아니라 테일러를 선택했나 보군."

마왕이 왕림한 것처럼 무시무시한 표정을 짓고 문에 몸을 기대고 있던 칸의 무미건조한 음성은 해주의 목을 조르는 족쇄처럼 냉기를 머금고 있었다.

그녀가 몸을 반만 튼 상태에서 곁눈을 뜨고 눈동자를 굴려 칸의 위치를 탐색하기 시작했다. 그는 생각보다 훨씬 더 가까운 곳에 서 있었다. 그녀는 눈을 질끈 감고 침을 삼켰다.

아까는 입인에 모래 알갱이가 돌아다니는 것 같더니 지금은 침샘이 충격을 받아 실성을 한 듯 침이 고이고 있었다.

"카, 칸……."

"시작한 건가?"

"예?"

"뒤지는 거 말이야."

"아니 그게 아니라 심심해서 음악을 들을 생각이었어요."

칸은 해주가 서 있는 CD 진열장을 흘끗 보더니 바지주머니에 두 손을 찔러 넣고 물었다.

"하나 골라 듣지 그랬나?"

"그럴 생각이었는데…… 취, 취향에 안 맞아서요."

"클래식은 지루한가?"

해주는 고개를 끄덕거렸다. 칸의 얼굴을 볼 수 없어서 시선을 밑으로 내리고 눈동자만 분주하게 굴리며 흘끗흘끗 입 근육이 어떻게 움직이나 훔쳐보는데 청천벽력 같은 소리가 들렸다.

"내가 사랑한 여자의 얼굴도 봤겠군?"

"예?"

"레이 마사코."

"아, 저 그게……."

"읽었나?"

"보, 본의 아니게."

해주는 두 손으로 얼굴을 가리며 변명을 주절거리기 시작했다.

"절대로 뭘 찾으려고 그런 건 아니에요. 정말 심심했단 말이에요. 6시가 되자마자 집에서 일하던 사람들이 연기처럼 사라졌어요. 이 큰 집에 덜렁 전 혼자 있었다고요. 집도 낯선데…… 이렇게 큰 집에서 혼자 있으려니 무서웠어요. 그리고 막 이것저것 생각이 나잖아요. 테일러가 시킨 걸 해야 할지 말아야 할지, 당신을 유혹하면 정말 빚을 갚을 수는 있을까, 근데 답은 안 나오고. 그래서 음악이라도 들을 생각에 진열장을 살펴봤는데…… 그 여자가 있잖아요. 당신의 연인이었다면, 당신을 찬 여자가 그 여자인 걸 알았다면 카드가 있어도 안 읽었을 거예요."

"무슨 생각을 했지?"

"그냥, 테일러가 왜 제 얼굴에 점을 찍었는지 알 수 있었어요."

해주는 여전히 얼굴을 두 손으로 감은 채였다.

칸은 코맹맹이 소리를 내는 해주가 또 우나 싶어서 가까이 다가가 얼굴을 가까이 들이밀었다. 한 뼘 정도의 거리까지 다가가니, 뜨거운 훈김이 그의 얼굴까지 닿았다. 얼굴은 물론 귀와 목까지 빨갛게 태운 그녀를 보고 있으면 신기할 정도로 웃음이 나와 기가 찼다.

얼굴에 시한폭탄을 설치한 것도 아닌데 버튼을 누르면 그대로 터질 것처럼 달아오르는 그녀는 확실하게 쏠쏠한 재미를 제공하고 있었다.

"됐어. 지난 일에 언연할 필요 없다."

"네?"

"용서한다는 뜻이야. 다음부터는 조심해. 네가 뭘 뒤지든 신경 안 써. 하지만…… 내 과거나 추억은 건들지 마라."

"그럼 표시를 하든가."

"표시?"

"당신 과거나 추억이 어떤 건지 내가 어떻게 알아요? 일일이 표시라도 해두지 않고 무슨 재주로 당신의 상처를 건들지 않을 수 있겠어요?"

"상처가 아니야. 난 과거라고 말했어."

칸은 특유의 무미건조한 음성으로 뜨끔했던 감정을 억누르며 대꾸했지만, 해주는 '레이 마사코에게 차인 상처투성이의 칸' 이라고 정의를 내린 모양이었다. 아랫입술로 윗입술을 덮고 그를 측은하게 바라보고 있었다.

"그렇게 보지 말지?"

"사랑해서 보냈어요?"

"묻지 마."

“안 보낸다고 했을 때, 도망쳤어요?”

“과거는 건들지 말라고 했을 텐데?”

칸은 재킷을 벗어 소파에 대충 던지며 자리에 앉았다. 그녀는 시디 진열장 앞에 서 있다가 쪼로로 달려와 그의 곁에 앉았다.

“당신도 혹시 울었어요?”

“울어?”

“사랑하는 사람한테 차이면 당연히 눈물이 나지 않아요?”

“볼썽사납게 질질 짤 나이는 지났다.”

칸은 와이셔츠 소매의 단추를 풀어 걷어 올리고 손목시계를 풀었다. 그녀는 그가 하는 행동을 지켜보고 있다가 한숨을 푹 쉬었다. 그 한숨소리가 듣기에 거슬렸는지 그가 인상을 썼다.

“남의 과거사에 관심이 많군.”

“옷…… 고마워요.”

해주는 얼른 화제를 돌리고 싶어서 자리에서 일어나 입고 있는 앙고라 스웨터의 팔과 배를 쓸었다.

“따뜻하고 부드러워요.”

“만족하나?”

“네. 바지도 편해요. 구김도 잘 안 가고요.”

“내일 몇 벌 더 올 거야. 당신에게 어울릴 만한 옷을 보내라고 했어.”

“저…… 그렇게 무리하지 않아도 될 것 같은데. 집에 몰래 가서 옷을 좀 가지고 올까 하거든요.”

해주는 칸의 호의가 부담스러워 한 말이었지만, 오히려 빈축을 샀다.

"왜? 집에 간다는 구실로 테일러를 만나게?"

"아직 안 정했어요!"

"진로는 빨리 정하는 게 좋을 거야. 저녁 먹으러 나갈까?"

"이 집에서 안 먹어요?"

해주의 물음에 칸은 뚱한 표정을 지었다.

"누가 있어 식사를 만들지? 난 보통 밖에서 먹고 들어와. 오늘은 레스토랑을 예약했으니까 나가지."

"아, 아뇨."

해주는 고개를 절레절레 흔들며 막 몸을 일으키려는 칸의 양어깨를 눌렀다.

"아직 마음의 준비를 못했단 말이에요. 테일러와 마주칠 수는 없어요."

"그럼 저녁을 굶자는 건가?"

"아뇨. 내가, 내가 할게요. 냉장고에 재료만 있다면 가능해요."

재료라면 주방 냉장고에 있을 테니 문제는 없었지만, 맛이 있을까? 라는 의심이 들어 칸이 물었다.

"할 줄 아나?"

"네."

"재료만 버리는 건 아니겠지?"

"잘할 자신 있어요!"

"그래? 그럼 만들어 봐."

칸은 여전히 미심쩍은 듯 표정이 밝지 않았지만 해주는 아랑곳하지 않고 앞장서서 주방으로 향했다.

"난 샤워를 하지. 당신은 실력 발휘를 해 봐."

해주는 대답 대신 손을 흔들었다.

칸은 어딘가 모르게 신이 난 해주의 뒷모습에 고개를 갸웃거렸다. 심심하긴 무척이나 심심했던 모양이다. 안 그러면 방금 전까지 낯설다고 말했던 집의 주방을 자연스럽게 찾아갈 리가 없었다.

"백치인 건지, 여우인 건지 도통 모르겠어."

칸은 혼잣말을 중얼거리며 어제 해주와 첫 관계를 맺었던 욕실로 향했다.

* * *

100년 전통의 역사를 자랑하는 버드버드의 가게를 찾은 테일러는 바 구석에 앉은 번을 발견하고 깊숙이 들어갔다.

창문을 꽉꽉 닫은 탓에 끽연가들이 배출하는 니코틴을 강하게 품고 있는 연기가 안개처럼 내부를 에워싸자 테일러는 손수건으로 코와 입을 가리며 번의 옆 자리에 앉았다.

테일러는 인사치레를 생략하고 대뜸 물었다.

"어떻게 됐나?"

테일러가 자리에 앉자마자 버드버드의 마스터가 메뉴판을 건넸다. 그는 맥주 한 잔을 달라고 하고 번의 대답을 기다렸다.

"연기처럼 사라졌습니다. 찾을 수가 없어요."

해주를 찾아 백방으로 수소문 중이던 테일러는, 그녀가 연기처럼 사라졌다고 말하는 번의 뺨을 후려치고 싶은 마음이 들 정도로 화가 치밀었다. 님펜부르크 궁전에서 감쪽같이 사라졌다. 마치 납치라도 당한 것처럼 구두와 밍크 볼레로, 클러치 백까지 두고.

누군가에게 납치가 된 것처럼 꾸밀 만큼 해주는 약지 못했다. 혹 그가 생각하는 납치가 맞다면 누굴까? 누가 감히 테일러 슈마허의 파트너를 데리고 도망쳤지? 골몰하며 범인에 가까울 법한 인물들을 떠올리던 테일러의 눈앞에 칸의 얼굴이 큼지막하게 떠올랐다.

혹시 칸? 설마 칸이?

칸이 해주를 데리고 갔다는 가설을 세워보면…….

아니다. 칸이 왜 해주를 데리고 가겠나. 해주가 그 짧은 시간 동안 칸을 유혹했을 리도 만무한데. 차라리 사막에 눈이 내리길 기대하는 게 빠를 것이다.

해주가 도망친 것이라면 괘씸해서라도 찾아야 한다. 8만 유로가 아닌 80만 유로를 물게 할 것이다. 아니 그 이상의 대가를 치르게 해 테일러 슈마허를 속인 죗값이 얼마나 무서운가를 보이고 싶었다.
테일러는 자신을 걱정스럽게 바라보면서도 제 일이 아니라는 듯 느긋한 번을 쏘아보았다.
어제 통화를 할 때는 당장 뮌헨까지 올 줄 알았는데 테일러가 퇴근할 시간에 맞춰 뮌헨에 도착한 번의 저의마저 의심스러웠다. 시퍼렇게 날이 시선으로 맥주를 마시는 번을 관찰하던 테일러가 물었다.
"한스라는 놈은 어떻게 됐나?"
"작정하고 도망친 놈이라서요. 시간이 걸릴 것 같습니다."
"한스가 데리고 갔을 가능성은?"
"훗. 그럴 일은 없을 겁니다."
번은 누렇게 변한 황니를 드러내며 자신 있게 설명했다.
"한스에게 여자가 있었습니다. 아이도 있죠. 아마 내년에는 태어날 겁니다. 그 여자하고 도망친 거니 제 가정을 위해서라도 머리카락 한 올이라도 남기지 않을 테죠."
"해주와 약혼한 상태잖아."
"맞습니다. 해주는 눈을 뜨고 당한 겁니다. 한스는 해주를 사랑하지 않았습니다. 사람들한테 전해달라는 식으로 해주를 사랑하지 않는다고 떠들어댔다니까요."
"떠들어댔다면 해주도 들었을 텐데? 왜 그 여자는 모르는 거야?"
테일러는 한스라는 놈이 생각보다 질이 나쁜 작자였고, 해주는 그 이상으로 아무것도 몰랐다는 게 놀라워 물었다. 그러자 번이 다시 한 번 조소를 흘렸다.

"원래 소문이라는 건 당사자가 제일 나중에 아는 법이죠. 그리고 사람들은 해주의 여린 성격을 잘 알고 있어서 말도 못 꺼냈을 거고요."

"멍청하긴!"

"예, 멍청한 여자죠. 겁쟁이에 웃음이 많은 울보. 뭐, 저도 같은 동네에 살다 보니까 해주와 길에서 마주치기도 했는데 그때마다 안타까웠습니다. 저렇게 착한 여자가 어쩌다 한스 같은 놈을 만났나, 하고요."

"남자를 볼 줄 모르는 눈 때문이겠지."

테일러는 맥주잔 옆에 놓았던 담배 케이스에서 담배 한 개비를 꺼내 입에 물었다. 젠장, 불쌍한 여자. 칸이 미워서 해주를 이용할 생각을 품었던 자신도 한스와 다를 바 없다는 생각에 위장이 뒤틀리는 것 같았다.

"그러니 안타까운 겁니다."

"그렇게 안타까우면 한스를 꼭 찾아와. 뱃속에 든 애의 인생을 담보 잡는 한이 있어도 8만 유로를 직접 받아야겠다."

"그럼 해주는 어떻게 됩니까?"

"찾아! 분명히 뮌헨 어딘가에 숨어 있을 거야."

테일러는 담배 연기를 허공에 흩뿌리며 입매를 비틀었다.

해주, 대체 어디에 있는 거야! 잡히기만 해 봐.

* * *

아일랜드 식탁형의 조리대에 토마토, 양파, 쇠고기 꽃등심, 치즈와 같은 재료를 꺼낸 그녀는 콧노래를 흥얼거리고 있었다.

얻어 입고, 먹기만 해서 불편함이 정수리까지 묵직하게 차 있던 터에 직접 요리를 해서 칸에게 대접할 수 있어 가슴이 설레었다.

잘 손질이 된 칼로 양파를 송송 썰고, 달군 팬에 올리브유를 넣고 마늘과 양파를 동시에 볶기 시작했다. 강한 불로 재빠르게 볶으며 와인을 부어 특유의 매운 맛을 날린 그녀는 양파와 마늘을 옆으로 가장자리에 밀어 넣고 쇠고기 꽃등심을 놓았다.

치지직, 하고 하얀 연기가 스멀스멀 올랐다가 푸시시 꺼지고 쇠고기 꽃등심의 담백한 냄새가 후각을 자극했다.

양파와 마늘, 올리브유를 꽃등심이 흡수했다가 곧 달콤한 육즙을 흘리기 시작했다. 그녀는 불을 중간 단계로 조절하고 토마토를 손질하기 시작했다.

고기가 너무 익어서는 안 됐기에 손이 분주해졌다. 자우어크라우트(독일의 양배추 김치)와 삶은 감자를 접시에 담아 파슬리 가루와 후추를 살짝 뿌리기도 하고, 굴라시(소고기, 양파, 고추, 파프리카 등으로 만든 스프로 헝가리 전통 음식이나 독일에서도 흔히 먹는다)를 꺼내 데웠다.

그리고 고개를 들어 코끝에 정신을 집중하고 숨을 크게 들이마셨다.

음, 꽃등심이 알맞게 익었어. 이제 꺼내야겠다.

맛있게 잘 익었다. 소고기는 겉만 살짝 익힌 게 맛있다고 하지만 해주는 덜 익힌 고기는 좀 징그럽다는 생각이 들어 핏물이 흐르지 않을 정도로 익을 때까지 기다렸다.

익은 정도는 냄새로 파악을 할 수 있었다. 아버지가 정육점을 운영해서 고기의 질과 맛에 있어서는 전문가였다.

그녀는 접시를 꺼냈다. 그리고 막 고기를 접시에 담는데 칸이 주방으로 들어왔다.

"어떤가?"

"맛있게 잘됐어요."

"그렇게 자신할 만큼?"

"네."

해주는 해맑게 웃다가 칸이 다가오자 두 손으로 막았다.

"여긴 제가 주인이에요. 방해 받고 싶지 않아요."

"주인? 방해?"

"요리할 때는 옆에 누가 있으면 신경 쓰여서 그래요. 앉아요. 다 됐어요."

"실수를 자주한다는 건 말이야, 그만큼 정신을 집중하지 않는다는 증거겠지."

"누가 옆에 있는 게 싫어요. 잘 하나, 못 하나 의심하는 거잖아요."

해주는 입술을 씰룩거리며 음식들을 식탁으로 옮겼다.

칸은 의자를 빼서 앉아 해주가 만든 음식들을 눈으로 감상했다. 제법 그럴싸해 달달하게 군침이 돌았다. 입에 고인 침을 삼키며 태연한 시선으로 해주가 마지막 음식을 담은 그릇을 식탁에 놓는 걸 지켜보던 그가 물었다.

"와인?"

"좋죠."

"가져오지."

칸은 와인 냉장고에서 와인을 붉은 와인을 꺼냈다. 와인 잔도 두 개 들고 식탁에 도로 앉은 그가 능숙한 솜씨로 코르크 마개를 따 잔에 와인을 다르며 그녀가 어떤 표정을 짓고 있나 유심히 보았다.

눈빛을 초롱초롱하게 빛내며 와인이 잔에 채워지는 걸 보고 있다. 아이처럼 해맑은 표정을 짓고 있어 그녀를 보고 있으면 자신도 인식하지 못할 만큼 자연스러운 미소가 피어났다.

"어서 맛을 봐요."

포트와 나이프를 쥔 그녀가 꽃등심을 반으로 썰어 칸의 접시에 놓으며 기대에 찬 시선을 보냈다. 그는 고개를 끄덕인 다음 쇠고기를 알맞게 썰어서 맛을 보았다. 육질이 부드럽고 양파와 마늘의 향이 느껴져 저절로 고개가 끄덕여졌다.

"맛있어. 훌륭해."

"기분 좋아. 칭찬 받았다."

"별거에 다 기분 좋아 하는군."

"멍청하다는 말만 듣다가…… 칭찬 받으면 얼마나 기분이 좋은데요."

"요리만큼은 덜 멍청한 것 같군."

칸은 시큰둥하게 대꾸하고는 포크를 분주하게 움직여 그녀가 만든 음식을 전부 맛보았다.

음? 생각보다 괜찮은걸?

맛을 보는 내내 칸은 해주의 표정을 흘끗 보았다. 행복한 듯 두 손을 꼭 쥐고 가슴에 댄 채 웃고 있어 더욱 맛있게 느껴졌다.

"어때요?"

"다 좋아. 맛있어, 훌륭해."

"맛있다니 기분이 좋네요."

"어서 먹어."

칸은 해주의 접시에도 음식을 덜어주었다.

"안 먹어도 배가 불러요."

"그럼 먹지 마. 내가 다 먹지."

"앗! 그건 그냥 해 본 말이에요. 저도 먹어야죠. 나빴어."

"나도 그냥 해 본 말이야."

칸은 발끈해서 얼굴을 붉히는 해주를 놀리는 맛이 쏠쏠해 재미를 붙인 듯 물었다.

"근데 처음과 끝 맛이 달라."

"네? 어, 어떻게 달라요?"

"미묘해. 설명하기가 좀 복잡한걸?"

"당신을 위해 만들었는데…… 실패인가요?"

해주는 고개를 푹 숙이고 한숨을 내쉬었다.

"날? 날 위해 만들었다고?"

"네. 칸이 맛있다고 해주길 바랐어요. 당신을 생각하면서 만들었는데……."

"날 위해 만든 음식이라? 아닌 것 같은데? 할 일이 없던 차에 할 수 있는 게 있어서 만든 게 아닌가?"

칸의 물음에 해주는 행복한 미소를 지었다.

"맛있게 먹어줄 사람을 생각하면서 만들어야지 맛있어요. 제가 만든 음식을 먹는 사람들은 모두, 그 순간만큼은 행복했으면 하고 기도해요. 칸도 그러길 바랐어요. 행복했으면 했어요."

풀죽은 대답에 칸은 괜히 머쓱해져 포크와 나이프를 든 채 해주와 음식을 번갈아보았다.

이 여자한테는 농담도 못하겠어. 진지하다 못해 분위기 파악을 전혀 못 하고 있잖아? 그나저나 행복이라…… 요리 하나 하면서 거창한 소원을 담았군.

"아직 내 말은 다 끝나지 않았어. 사람의 말은 다 들어 봐야지."

"맛이 없다면서요."

"미묘해. 설명하기 복잡할 만큼 오묘하고 신비스런 맛이라…… 계속해서 먹고 싶다.”

“응? 진짜? 정말? 그렇게 생각했어요?”

마치 그 말을 기다린 양, 단 한 번의 의심도 없이 숙였던 고개를 쳐들고 고양이가 생선가게 앞에서 눈망울을 반짝이는 것처럼 기대에 찬 시선을 보내는데 할 말을 잃고 말았다.

애정결핍에 시달리는 강아지처럼 금방 화색이 밝아져 머리를 쓰다듬어주고 싶은 충동이 들었다.

“내일도 저녁은 당신이 만들어 봐.”

“뭐, 뭐가 먹고 싶어요?”

“알아서 만들어.”

칸은 무뚝뚝하게 말하고는 와인으로 목을 축였다. 두 주먹을 불끈 쥐고 아이처럼 좋아하는 해주의 해맑음을 안주 삼아서 와인을 삼켰다.

입안에서 퍼지는 달콤하면서도 가벼운 알코올 향을 음미하듯 그녀의 표정을 주시하던 그는 괜히 웃음이 나와 고개를 저었다.

“먹고 드라이브나 할까? 종일 집에 있어서 답답했을 텐데.”

“드, 드라이브요? 좋아요.”

“나간 김에 옷도 가지러 갈까.”

“……테일러라도 만나면 어쩌려고요?”

“신경 쓰이나? 나하고 같이 있는데?”

해주는 눈을 깜빡거렸다. 나하고 있는데? 칸하고 있는데 두려울 게 있을까? 그녀는 과감하게 고개를 저었다.

"당신하고 함께 있으면 무서울 게 없어요."

"테일러 정도는 손가락 하나면 아웃이지."

"정말?"

"아니, 주먹 정도는 써야 하나?"

하하하.

칸은 호탕하게 웃으며 해주의 기분을 한껏 살려주었다.

어제와 오늘처럼 큰소리를 내고 웃어본 적이 있던가?

웃음을 터트리면서도 레이가 떠난 날 모든 시간이 정지됐다고 인정했다. 레이만이 줄 수 있는 웃음. 그렇게 단정 지었는데, 레이와는 정반대인 성격의 해주가 잃어버린 웃음을 찾아주어 감사함까지 느끼고 있었다.

칸은 해주가 감자를 먹는 모습을 바라보다가 손짓을 해 시선을 끌었다.

"왜요?"

"가까이 와 봐."

해주는 칸이 시키는 대로 의자를 끌고 가까이 앉았다. 동그랗게 뜬 눈을 요리조리 굴리며 왜 불렀는지 이유를 듣기 위해 기다리는데 쪽! 하는 소리와 함께 칸의 입술이 빠르게 입술을 덮쳤다가 떨어졌다.

"예뻐서 주는 상이다."

"음식이 그렇게 맛있었어요? 내일도 해줄게요."

"음식 때문이 아니야."

"그럼요? 이상하네, 상을 받을 만큼 잘한 게 없는데."

해주는 상황을 이해 못해 고개를 갸웃거렸지만, 그 모습도 칸에게는 색다르고 귀엽게 느껴졌다.

"성공한 것 같다."

"뭐가요?"

"네가 날 유혹하고 있어."

"정말요? 어떻게? 음식을 만들어서요? 그럼 나, 내일도 유혹할 수 있는 거예요?"

"……음식 얘기는 그만하는 게 좋겠군."

칸은 한숨을 푹 쉬었다. 유혹에 성공했다면 대충 알아들어야 하는데 해주에게 너무 큰 걸 바란 모양이라 입이 써 와인을 마셨다.

여전히 해주는 자신이 어떻게 칸을 유혹했는지 감을 잡지 못하고 자신이 만든 음식을 하나하나 맛을 보며 물었다.

"아, 이제 알았다. 굴라시가 맛있었죠? 그래서 당신의 입을 유혹한 거죠?"

6

만나다

연말이 다가올수록 나라 안팎의 분위기는 들떠 있었다.

뮌헨은 루텐부르크보다 좀 더 휘황찬란하게 보내는지 크리스마스가 20여일이나 남았음에도 거리에는 사람 얼굴만 한 크리스마스 볼부터 아기 주먹만 한 것까지 주렁주렁 달려 있었다. 어느 상점 앞에는 아예 산타클로스 복장을 하고 니스를 파는 사람도 눈에 띄었다.

해주는 금박을 입힌 크리스마스볼에 제 얼굴이 우스꽝스럽게 비치자 쿡, 하고 웃었다.

"갑자기 왜 웃지?"

"여기요, 얼굴을 대 보세요. 꼭 외계인 같아요."

"……."

"해 보세요."

"애처럼 굴기는. 따라와."

칸은 해주의 천진난만한 모습을 이해할 수 없다는 듯 앞서 걸었다. 곧 해주도 칸을 뒤따랐다. 뮌헨의 밤을 비웃듯이 밝은 거리에는 남녀노소 할 것 없이 많은 인파로 북적거렸다.

해주는 칸의 옆에 꼭 붙어 걸으며 물었다.

"우리 어디 가요?"

"BMW 박물관에 갈까?"

"자동차 BMW? 그 BMW 박물관을 말하는 거예요?"

"따뜻하고 구경할 것도 많고 좋잖아."

"……칸은 차를 정말 좋아하나 보네요."

칸은 대답 대신 고개를 끄덕거렸다.

"처음 가는 거예요?"

"아니, 자주 가지. 심심하면 간다고 할까. 나도 언젠가는 칸 슈마허 박물관을 세우고 싶거든."

"칸 슈마허의 박물관…… 멋있어요."

"멋있나?"

"네."

"그럼 실컷 반해."

의기양양하게 말하는데 해주는 기가 막혀서 헛웃음을 쳤다.

"갈래, 말래? 싫다면 다른 곳에 가고. 근데 이 밤에 어딜 가나……. 근처에 갈 만한 곳을 알고 있어?"

"그냥 가요. 차를 안 좋아하는 건 아니에요. 그저 관심이 없었던 건데 박물관에 가서 구경하다가 보면 흥미가 생기겠죠, 뭐. 그럴 거예요."

"분명히 좋아질 걸. 반할 거야. 나보다는 못하겠지만."

칸은 음흉한 미소를 지으며 해주의 어깨에 팔을 둘러 가까이 끌어안았다. 그녀의 머리가 그의 가슴에 닿았다.

"근데 너무 자만하는 거 아니에요?"

"뭘 자만해?"

"말하는 거나 행동하는 거요."

"이렇게 멋진 남자가 세상에 또 있겠나? 그리고 이게 왜 자만이야? 자신을 잘 아는 거지. 그렇게 생각하지 않아?"

"……."

해주가 뜸을 들이듯 미적거리자, 칸이 고개를 팍 숙여서 눈을 마주쳤다.

"반할 것 같지 않아?"

"반하라고 말하면요, 진짜 반할지도 몰라요."

"반해, 허락하지."

"책임지라고 할지도 모르는데, 그래도 돼요?"

해주의 물음에 칸은 상념에 잠겨 어두워진 낯빛을 하고 대답했다.

"그건 내 마음에 달렸겠지. 난 당신이 마음에 없는데, 무작정 책임지라고 하면 반갑지 않을 테니까 말이야."

"다시 원점이네요?"

"내 마음을 얻으려면 유혹해 봐."

"아까는 성공했다면서요."

해주는 이해가 잘 안 된다는 표정을 짓고 있었다. 얼른 알아듣기 쉽게 대답을 해달라고 재근하듯 입술도 삐죽거렸지만, 칸은 그녀의 기대와 바람에 부흥하고 싶지 않아 짧게 대답했다.

"그건 저녁 식사 때만이야."

"아, 그렇구나. 역시 굴라시가 맛있었구나……."

굴라시는 무슨…….

칸은 해주의 뺨을 손가락으로 간질이며 입맛을 다셨다.

아이큐 검사를 해야 할까? 지능지수마저 의심이 될 만큼 눈치없는 대답에 한숨이 저절로 나왔다.

이러니, 이러니 한스라는 놈한테 뒤통수나 맞지.

칸이 해주를 신경 쓰는 건 다른 이유가 아니었다. 마치 자신과 같았다. 다른 사람에게는 깐깐하고 거칠지만, 레이에겐 온순한 양이었던 칸 슈마허의 과거에 해주를 투영하고 있었다.

레이를 너무나도 사랑해서, 그녀가 자신을 떠날 준비를 완벽하게 마쳤음에도 알아차리지 못한 과오. 그래서인지 영악한 여자보다 해주처럼 순진하고 한 가지밖에 모르는 성격이 좋았다.

"네. 칸이 맛있다고 해주길 바랐어요. 당신을 생각하면서 만들었는데……."

레이는 칸을 위해 무엇을 주었더라?

왜 생각이 안 나는 걸까? 레이에게도 많이 받았는데……. 그녀가 떠난 날 쓰레기통에 버린 물건과 함께 기억력도 버렸나?

BMW 박물관으로 향하면서 칸은 뒷덜미를 잡는 찝찝한 기분에서 벗어날 수 없어 해주를 한껏 끌어안았다. 그리고 정수리에 입을 맞추며 숨을 크게 들이마셨다.

레이 같은 여자보다 해주 같은 여자를 책임지는 게 마음 편할 것 같다는 생각이 들었다.

사랑보다 꿈을 선택한 여자의 가치, 남자에게 그것은 무의미했다.

BMW 박물관에 들어서자 안내 로봇이 두 사람을 맞았다. 그녀는 안내 로봇을 처음 봐 입을 쩍 벌리고 놀라움을 금치 못했지만 칸은 아주 익숙하고 태평하게 안내 로봇을 따라 안으로 들어갔다.

"로봇이에요."

"알아."

"처음 봐요."

"뭘 이 정도로 놀라? 아직 시작도 안 했는데."

칸은 해주의 손을 잡아 끌어당겼다. 해주는 안내 로봇에서 시선을 떼지 못하고 아이처럼 감탄하며 헤실헤실 웃고 있었다.

"많다…… 저 차 좀 봐요. 엄청 오래된 차들이에요."

자동차의 변천사, 엔진의 변천사, 과거형부터 미래형까지 그 형태와 성능 등등의 다양한 볼거리가 넓은 박물관에 넘쳐났다.

"박물관에서는 구입한 차를 직접 타고 나갈 수도 있지."

"그래요? 편리하네요?"

"시승도 할 수 있어."

칸은 해주의 손을 꼭 잡고 시승을 하는 커플을 바라보았다.

"칸은 차가 많죠? 수집도 하나요?"

"내 차는 한 대뿐이야."

"부자들은 보통 몇 대씩 갖고 있던데?"

해주는 고개를 갸웃거렸다. 이렇게 차를 좋아하는데 단 한 대의 차만 몬다는 게 이해가 되지 않았다.

"출장을 다닐 때는 거의 의전 차량으로 이동하지. 그때 다양한 차를 타보기 때문에 욕심은 없어."

"의외로 검소하네요?"

"검소? 가진 것에 비해서 헤픈 건 아니지만 그렇다고 검소한 것도 아니야."

칸은 그렇게 말하며 은회색의 스포츠카를 가리켰다.

"타 볼까?"

"네."

자동차에는 관심이 없는 해주였지만 다양한 디자인의 차를 보고 있으려니 가슴이 콩닥콩닥 뛰었다. 박물관에 구경을 온 사람들처럼 한껏 상기되어 칸보다 먼저 앞서 걸었다.

그는 어린 아이를 돌보는 부모처럼 흐뭇한 미소를 지으며 따라가다가 허리까지 내려오는 긴 생머리의 연인을 발견하고 그 자리에서 멈춰 섰다.

"……!"

생기를 가득 먹은 윤기가 흐르는 흑발에 가죽 재킷에 청바지를 입은 여자의 음성은 불청객 같았다.

레이…….

칸은 레이가 지갑에서 카드를 꺼내 직원에게 내미는 걸 지켜보았다. 심장병에 걸린 것처럼 왼쪽 가슴의 통증이 시작되었다. 미간을 한껏 구긴 그가 해사한 미소를 지으며 웃는 레이를 쏘아보았다. 주먹을 쥐고 있던 손바닥이 땀에 젖어 흥건해졌다. 그는 극도로 긴장하고 있었다.

그냥 지나칠까? 아는 척을 해야 하나? 독일에는 얼마나 머물까?

인상을 확 구긴 그가 바지주머니에 양손을 넣고 숨을 그르렁, 그르렁 내쉴 때, 레이가 기척을 느낀 듯 돌아보았다. 처음에는 관심이 없다는 듯 초점이 흐렸던 눈동자가 선명해지더니 흰자위가 모두 드러날 정도로 눈을 크게 떴다.

"칸……."

레이도 칸처럼 그 자리에서 꼼짝 못하고 시선을 불안하게 떨었지만 곧 표정을 바꾸고 다가왔다.

"오랜만이야."

"어."

칸은 어금니를 깨물고 대답했다.

"잘 지내?"

"잘 지내지."

"나 독일에 아주 왔어."

"그래?"

"저기…… 칸."

"미안, 나 지금 파트너가 기다린다."

칸은 레이의 눈빛이 촉촉해져 해주를 가리켜 선을 그었다.

"사, 사귀는 사람이 있어?"

"그런 게 왜 궁금해? 끝난 사이인데."

"칸. 내일 시간 좀 내줄래?"

"바빠."

"저기…… 나, 자기하고 다시 시작하고 싶어서 그래. 그래서 돌아온 거야."

레이는 같은 동양인인 해주를 흘끗 보더니 위압감을 느꼈는지 초조하게 말했다.

"네가 필요해."

"차, 잘 사라."

칸은 더 들을 것도 없다며 레이를 지나쳤지만 신경은 온통 그녀가 한 말을 곱씹고 있었다. 레이의 아름다움은 변함이 없었지만 눈빛이 많이 외롭게 느껴졌다. 피아노를 그만두었다는 말인지, 독일의 유명 대학교에서 강의를 하게 됐다는 건지 파악이 안 되었다.

"칸?"

심각하게 인상을 찌푸리고 있는 칸을 염려하던 해주가 팔을 잡고 흔들었다.

"어? 어."

"왜 그래요?"

"미안."

"뭐가요?"

칸의 얼굴이 하얗게 질려 있으니 해주도 덩달아 불안해졌다. 그리고 칸이 얘기를 나누고 있던 동양인 여자가 신경 쓰여 유심히 살펴보게 되었다. 그녀도 해주를 보고 있었다. 처음에는 그 여자가 레이라는 걸 몰랐지만 눈가의 점과 눈매를 보고 알아챌 수 있었다.

"칸, 저 여자."

"어느 차를 타볼까?"

"저 여자…… 레이 마사코 씨죠?"

"어느 차를 탈래?"

칸은 다양한 디자인의 차를 턱으로 휘둘러 가리켰지만 해주는 뒷걸음을 쳤다. 고개를 절레절레 흔들며 원래의 주인에게 자리를 내주어야 할 것처럼 겁에 질리고 아쉬워하는 표정이 역력해 칸이 팔을 잡아 강제로 끌어당겼다.

"왜 그래. 어딜 가?"

"저, 저는 이쯤에서 빠져야 할 것 같아서요."

"네가 왜 빠지지?"

"그녀가 오고 있어요. 이쪽으로, 당신한테 오고 있다고요."

해주는 두 팔로 몸을 감싸며 울먹거렸다.

"끝난 사이다. 이해할 수 없군."

"당신 때문이에요."

"나?"

"당신 표정이, 울 것 같아요."

해주의 대답에 칸은 제 눈가를 손으로 더듬었다.

어딜 봐서 울 것 같다는 거지? 인상을 찡그리고 있다고. 불쾌해서 미칠 것 같다고. 그런데 왜…….

"차라리 집에 가자."

"이대로 가도 되겠어요?"

"가자, 신경 쓰지 마."

칸은 해주의 팔을 잡은 상태에서 몸을 돌리다 움찔했다. 레이가 바로 뒤에 서 있었다. 그녀는 해주의 팔을 잡고 있는 칸의 손을 보고 있었다. 입술을 오므린 채 할 말이 많은 듯한 태도를 하고 있어 칸이 물었다.

"할 말 있나?"

"시간을 좀 내줄 수 있어? 아니, 그렇게 해줘. 그리고 거기,

아가씨. 부탁할게요."

레이는 칸이 아닌 해주에게 양해를 구하고 두 사람 사이에 끼었다. 그리고 해주의 팔을 잡고 있는 칸의 손을 억지로 풀며 희미한 미소를 지었다.

"시간 많이 빼앗지 않을 거야. 당신에게 내 이야기를 하려는 것뿐이니까."

"네 멋대로 행동하는 건 여전하구나."

"응. 난 아무것도 변하지 않았으니까. 내 성격도, 겉모습도, 그리고 칸을 사랑하는 마음도……."

칸은 조소를 지으며 해주에게 지갑을 통째로 맡겼다.

"박물관에서 50미터 정도 떨어진 곳에 커피 전문점이 있어. 그 근처에서 커피 전문점은 그곳 하나니까 찾기 쉬울 거야. 커피라도 마시고 있어. 금방 갈 테니까."

"나, 나 신경 쓰지 마요. 얼마든지 기다릴 수 있으니까요."

"아냐, 금방 갈게."

해주는 고개를 끄덕인 다음 레이를 흘끗 보았다. 그녀는 해주를 벌레 보듯이 바라보고 있다가 시선을 돌렸다.

도도하게 치켜뜬 눈썹과 턱에서 레이 마사코는 해주 자신과 판이하게 다른 성격이라는 걸 짐작할 수 있었다. 느껴지는 기운도 팽팽하고 공격적이라 해주는 간이 콩알만 해지는 공포심마저 느끼고 있었다.

칸이 사랑한 여자는 저렇게 당당하고 아름다웠구나.

사진으로 본 것과는 또 다른 느낌이라 기가 팍 죽어 흐느적흐느적 힘이 풀린 걸음으로 박물관을 나왔다. 그리고 가장 가까운 커피숍으로 향하다 문득 해주의 걸음이 멈추었다. 이유 없이 슬프고 불안해 도로 안으로 들어가 칸을 끌고 나오고 싶었다.

"칸……."

너무 늦지 마요. 무서워질 것 같으니까.

7
레이 마사코

"그 여자…… 사랑해?"

레이는 평범한 여자가 질투를 하듯이 물었다.

"칸, 당신 여태까지 혼자 지냈다고 들었어."

"혼자였는데 어제부터 생겼다."

칸은 무덤덤하게 말하며 박물관을 바라보며 담배를 입에 물었다. 열렬하게 사랑했던 여자, 꿈을 위해 사랑 따위는 얼마든지 버릴 수 있다던 그 여자가 눈앞에서 울 것 같은 얼굴을 하고 있었다. 그리고 돌아왔다고 말하고 있었다.

오후에 레이가 돌아왔다는 보고를 받아 언제고 마주친다고 하여도 놀라거나 동요하지 않을 자신이 있다고 자만했는데, 담뱃불을 붙이는 손이 떨리고 있었다. 그녀는 저리 태평하건만, 자신은 바보처럼 떨고 있어 어이가 없었다. 이렇게 나약하고 무기력해질 수도 있을까.

"그럼 아직 내가 걱정할 단계는 아닌가?"

라이터의 부싯돌이 탁! 하는 마찰음을 내며 짧은 섬광을 뿜었다. 그는 담배를 입에 문 채 이마에 주름이 지게 인상을 구겨 레이를 노려보았다.

"무슨 걱정?"

"내 자리…… 되찾을까 해서."

"너 돌았구나. 되찾을 자리가 있다고 생각해?"

"자기가 날 보고 흔들리는 걸 느꼈어."

"흔들리지 않을 자신……. 그래, 솔직하게 없다. 인정하지. 그런데 급작스럽고 뻔뻔하다는 생각은 안 해 봤어? 내가 널 무조건 받아들일 거라고 생각했나?"

칸은 레이의 아름다운 얼굴에 침이라도 뱉고 싶었다. 그녀의 말대로 흔들렸지만 그건 사랑과 별개의 감정이었다. 그러나 그녀는 그렇게 생각하지 않는지 BMW 박물관을 등지고 서서 칸의 얼굴에 제 얼굴을 들이밀었다.

"칸, 미안해. 당신을 떠나고 나서 내내 후회했어. 그래서 돌아왔어. 너 때문에 돌아왔어."

"세계를 버리고, 네 팬까지 버리면서 내 여자로 남겠다? 이상하군."

"사랑하는 남자를 잊지 못해서 온 거야. 이상할 게 뭐 있어?"

레이의 말에 칸은 고개를 끄덕거리며 손을 내밀었다. 그러자 주인의 말을 잘 듣는 강아지처럼 레이가 손을 내밀었다.

"두 손 다 보여 봐."

칸의 주문에 레이는 가늘고 긴 손가락이 매끈한 손을 모두 내밀었다.

"상처 하나 없군."

"당연하지."

"손가락에 문제가 없는데……, 외상 같은 건 보이지 않는데…… 피아노를 포기하고 날 선택했다?"

칸은 레이의 손을 야멸치게 놓으며 아직 물고 있던 담배에 불을 붙였다. 초록색의 눈빛이 겨울의 시린 달을 품은 듯 차가웠다.

"피아노는 널 위해서도 칠 수 있어."

"그건 내가 했던 말이야. 하지만 넌 내가 아니라 명성을 얻고자 떠났지. 사랑한다면 널 놓아달라고 했어."

"그때는 내가 너무 멍청했어."

"멍청해? 아니야. 넌 영악했다. 난 멍청한 여자를 잘 알고 있어. 계산하지 않지. 상대를 위할 때는 눈치를 보고 그 사람이 짓는 미소를 상상한다는 걸 알게 됐다."

"나, 나도 그래! 그때는 내가 피아노에 미쳐 있었어. 이제는 안 그래!"

"미칠 수 없어서 온 건 아니고?"

허를 찌르는 물음에 레이는 당황한 듯 숨을 크게 들이마셨다.

"레이. 내가 널 너무 사랑했었다. 내 눈은 너만 좇았지. 그래서 네가 짓는 표정이나 말투, 목소리의 톤만 들어도 알 수 있어. 그게 진심인지 아닌지. 지금처럼 뜸을 들이거나 자신감이 부족한 시선을 할 때면 꿍꿍이 계산속이 있다는 것도."

"그럼 지금 내가 널 속이려고 한다는 거니?"

"네가 내게 돌아올지도 모른다는 상상을 한 적이 있었다. 아주 잠깐이었지만……. 네가 날 두고 파리로 떠났을 때, 이런 생각을 했었다. 네 손가락이…… 망가진다면 좋겠다. 망가진 손가락으로는 피아노를 칠 수 없으니까 내게 돌아오겠지. 칸 슈마허처럼 젊고 건강한데다 잘생긴 부호를 만나는 건 쉽지 않으니까. 꿈이 사라지면 사랑을 선택하겠지. 물론 평생 돈 걱정이 없이 살 수 있는 부귀영화도 손에 넣을 수 있는 새로운 꿈을 심어서 말이야."

솔직히 레이가 자신을 무시하고 과거의 남자로만 대했다면 상황은, 마음은…… 죽어버린 심장은 불씨를 다시 피웠을 터였다. 해주와 칸이 다정하게 있는 모습을 보지 않았더라면 레이는 지능적이고 약아 빠진 제 성격에 맞춰 다가와 마음을 다시 움켜쥐어 쓰는 승리감에 도취되었을 거다.

그러나 레이 마사코는 졌다. 평정심을 잃어버린 태도는 칸으로 하여금 실망하고 화가 치밀게 했다. 레이는 끝까지 칸의 사랑을 우롱하고 있었다.

이제야 칸은 지난 사랑이 다 타버린 담뱃재처럼 형체도 없이 흩날려 허공으로 사라졌다는 걸 인식하기 시작했다. 그는 담배 끝을 태우며 잿빛 재가 구부러지는 모양새를 허망하게 응시하다 연기를 쏟아냈다.

"레이, 넌 젊고 아름답다. 다른 사랑을 하는 것도 나쁘지 않을 거야."

"칸!"

"미안, 기다리는 사람이 있어서 말이지."

칸은 담배 끝을 손가락으로 쳐 날리며 레이에게 안녕을 고했다.

레이는 울상을 짓고 칸의 앞을 막았다.

"당신이 날 거부하면 난 죽을지도 몰라."

"날 사랑해?"

"사랑해!"

"그럼 이번에는 네가 날 놓아줘."

칸은 차가운 어조와 눈빛을 유지하고 부탁했다.

"이번에는 내가 부탁하지. 네가 날 진정으로 사랑한다면, 내 행복을 위해 이만 놔줘. 잊어준다면 더 고맙겠다."

레이의 얼굴이 담뱃재처럼 하얗게 질려가고 있었다. 칸이 자신을 지나쳐도 충격에서 벗어나지 못한 듯 서 있었다. 칸의 마음에서 완전히 사라진 레이 마사코의 껍데기만이 차디찬 밤바람에 부서질 듯 서 있었다.

핫 초콜릿도 바닥을 드러냈다. 해주는 빈 찻잔을 들었다가 놓으며 카페의 문이 열릴 때마다 고개를 쳐들고 온 신경을 집중시켰지만 기다리는 칸의 모습은 보이지 않았다.

"후……. 칸은 언제 오는 거야."

이대로 아침까지 기다려야 할까? 지갑을 준 걸 보면 적당히 기다리다가 집으로 돌아가라는 뜻일까?

해주는 칸의 지갑을 열었다가 닫으며 한숨을 쉬었다. 이렇게 앉아 있다가 번이나 테일러와 마주치면 어쩌나 하는 불안감이 들었다. 핫 초콜릿을 마실 때는 몰랐던 두려움이 엄습했다.

해주는 주변을 살피다가 뒤늦게 고개를 든 경계심에 눌린 듯 테이블에 두 팔을 올려 얼굴을 파묻었다. 이렇게 있으면 그들에게 잡힐 확률도 반으로 줄어들 것 같았다.

가슴이 두근두근 뛰었다. 눈을 감고 주변의 소리를 채집하며 거칠게 뛰는 심장소리를 듣고 있으려니 갑자기 슬픈 기분이 들었다.

망망대해에 알몸으로 던져진 기분보다 더 두렵고 막막했다. 그 어느 곳을 둘러보아도 안전한 섬은 보이지 않았다. 잠시 몸을 의지할 만한 부표 또한 없는 그런 바다 말이다. 그리고 자신을 구해줄 사람 하나 없어 기운이 빠지고 체온이 떨어지면 심장이 못 견뎌 숨이 끊기는 상황.

몸을 엎드려서 그런지 심장이 좀 뻐근했다. 중력 탓이겠지만 이미 그녀의 기분은 시커먼 바다 맨바닥에 가라앉아 있었다.

이대로 칸이 안 오면 어쩌지? 라는 걱정이 그녀의 눈물샘을 자극하며 불안에 떨게 했다.

한스도 항상 기다리게 하다가, 나중에는 깜빡했다는 말로 사과했었다. 해주는 늘 카페가 문 닫을 때까지 한스를 기다렸었다. 오겠지, 일이 늦어져서 기다리게 하는 걸 거야, 라고 한스를 걱정하면서 말이다. 지금도 칸이 늦는 것보다 혹시 오다가 무슨 일이 생겼거나, 레이 마사코와 안 좋은 일이 있는 건 아닐까 염려스러웠다.

레이 마사코와 예기치 못한 장소에서 재회해 많이 당황한 것 같았다.

칸의 마음은 지금 어떨까? 슬플까, 아니면 기뻐서 날 뛰고 있을까? 많이 사랑한 것 같았는데 당연히 기쁘겠지?

이제 난 어떻게 해야 할까.

해주는 하늘이 무너지고 땅이 꺼질 만큼 불안하고 막막한 심정을 담아 한숨을 쏟아내는데 뜨거운 액체가 어깨를 적셨다. 깜짝 놀란 그녀가 스프링처럼 숙였던 상체를 일으키자, 서빙을 보던 여종업원이 소스라치게 놀라며 사과했다.

"손님, 죄송합니다. 어머, 어떻게 해."

"아, 아니에요. 괜찮아요."

"옷이……."

"빨면 되는데요 뭐."

다행히 검은색 카디건을 입었고 종업원이 흘린 차도 커피가 아닌 홍차 종류였다.

"정말 괜찮아요."

해주는 자리에서 일어나며 당황해서 어쩔 줄 몰라 쩔쩔 매는 종업원을 안심시키고 여자화장실로 향했다.

해주!

칸은 해주가 기다리고 있다던 카페에 도착했지만 그녀의 모습이 보이지 않아 당황하기 시작했다. 손으로 입을 가리고 당혹감을 감추지 못한 그는 카운터에 가서 물어보았다.

"여기 혹시 동양인 여자 한 명 오지 않았습니까?"

"아, 그분이요? 저기에 앉아…… 응? 어디 가셨지? 방금까지만 해도 계셨는데?"

해주에게 차를 엎은 여종업원이 다른 테이블에서 주문을 받고 있어 상황을 잘 모르는 카운터 직원은 당황스러워했다.

"혹시 나가는 걸 봤습니까? 아니 혼자 나가던가요? 어떤 사람들한테 끌려가지는 않던가요?"

"죄송합니다, 손님. 제가 도움을 드릴 수 없는 부분이네요."

답답한 마음에 모르겠다고 말하는 사람을 붙잡고 대답을 재촉하던 칸은 억장이 무너지는 것 같았다. 테일러와 번에게 쫓기고 있던 그녀를 혼자 내버려 둔 게 미안해서 미칠 지경이었다.

칸은 머리카락이 엉망진창이 될 정도로 긁으며 자괴하며 제 자신에게 욕설을 내뱉기 시작했다.

"이럴 줄 알았으면 내 휴대폰이라도 주는 건데!"

칸은 발로 바닥을 힘껏 차고는 커피숍의 문을 힘껏 밀쳤지만 안에서 들리는 목소리에 고개를 돌렸다.

"칸, 어디 가요?"

해주는 고개를 갸웃거리고 칸을 의아하게 보았다.

"얼굴은 왜 그렇게 질렸어요?"

"어디…… 있었어?"

"화장실에요."

휴…….

칸은 안도의 한숨을 훅 쉬며 손바닥으로 얼굴을 쓸다가 실소를 흘리기 시작했다.

"킥, 킥. 큭."

"왜 그래요?"

"아니야, 아니야."

테일러나 번한테 잡혀 갔으면 어쩌나, 하고 얼마나 걱정을 했던지 등골이 서늘할 정도로 땀이 흐르고 있었다. 이렇게 당황하기도 처음이었다. 주체할 수 없는 쏟아지는 웃음과 안도감에 그는 뒷목을 쓸다가 해주를 와락 안았다.

"카, 칸!"

"사라진 줄 알았다."

"기다린다고 했는데……."

"알아. 날 기다리고 있을 거라고 생각했는데, 그랬는데……."

칸은 뒷말을 잇지 못할 정도로 휘몰아치는 감정을 한숨과 함께 흩날리고는 해주의 얼굴을 두 손으로 감쌌다. 영문을 모르는 해주로서는 칸이 왜 이러나 싶어 눈만 동그랗게 뜨고 있었다.

레이 마사코 이후로 누군가를 또 사랑할 수 있을 것 같지 않았다.

그저 호기심이나 호감 정도에서 끝나는 풋사랑만 하게 될 거라고 믿어 의심치 않았는데……. 이렇게 순식간에 빠져들 줄이야.

"해주, 우리 집으로 갈까?"

칸은 해주의 이마에 제 이마를 대며 사랑스러운 눈빛을 반짝이며 덧붙였다.

"우리, 집에 가서 사랑하자."

레이를 만나고 난 다음, 칸이 무척 밝아져 해주는 이상한 기분이 들었다.

혹시 레이에게 돌아갈 거라는 말을 하려고 분위기를 살피는 것도 같아 가슴이 욱신거렸다.

레이 마사코에게 가야 한다고 말하면 어쩌지? 물론 가라고 하겠지만……. 마음은 많이 아플 것 같았다.

"후우……."

해주는 혼자 앉아 있기에는 넓기만 한 욕조 가장자리에 홀로 앉아 있었다. 태아처럼 두 다리를 모아 가슴까지 끌어올린 채 턱을 괬다.

칸을 만난 건 어제. 사랑을 나눈 것도…… 사랑이 아닌 섹스를 나눈 것도 어제. 그리고 오늘, 칸의 연인처럼 데이트를 하고 전 애인의 등장에 혼란스러운 오늘.

겨우 이틀.

겨우 그 이틀 동안 마음에 변화가 일어났다.

칸이 좋다. 칸이 좋아…….

"너무 가벼운 건 아닐까? 무슨 마음이 이래. 치사한 것 같잖아."

똑똑.

노크 소리가 들려 해주는 고개를 들었다. 잠시 후 욕실 문이 열리며 칸이 들어왔다.

칸은 외출을 하려는지 제법 두꺼운 코트를 입고 있었다. 물론 팔에도 그녀가 입을 옷이 걸려 있었다.

"저……."

"놀라지도 않아?"

"네?"

"벗고 있잖아. 네 알몸 내가 다 봤다."

"이미 다 봐놓고는……."

따뜻한 물에 몸을 담그고 있어 얼굴이 발그레하게 익어 그녀가 얼굴을 붉히고 있는지 어쩐지 알 수 없었지만 칸은 그 모습도 싫지 않았다.

"나가자."

"네?"

해주는 칸이 옷을 파우더룸의 옷걸이에 거는 걸 지켜보았다. 그는 수건을 두 장 꺼냈다. 그리고 자기가 입고 있던 코트를 벗어 옷걸이에 걸고 그녀에게 다가왔다.

"어, 어딜 가요. 밤이 늦었는데."

"불꽃놀이 하자."

"불꽃놀이요?"

"창고에 있더라고."

"……옷 입고 갈게요."

해주는 칸이 나가주길 기다리며 바라보았지만, 오히려 그는 그녀의 겨드랑이에 두 손을 끼어 일으켰다. 차악, 하고 물보라가 일어나면서 그녀의 알몸이 수면 위로 떠올랐다.

그녀는 무력하게 그의 두 팔에 매달려 있었다. 발끝까지 늘어트린 채 갓난아이처럼 칸의 표정을 살피고 있었다.

"추워요."

"덤덤한 성격 같지만 수줍음도 많고, 자주 얼굴을 붉히지만 어느 면에서는 대범하고. 당신은 참 복잡한 여자다."

"답답한 건 아니고요?"

"알고 있었나? 자신이 답답한 성격이라는 걸."

해주는 고개를 끄덕였다.

칸은 그 모습이 귀여워 픽, 웃으며 해주를 내려놓고는 수건으로 몸의 물기를 닦아주었다. 이상하게 해주한테는 손을 많이 쓰게 된다.

26살의 어른이고 장애가 있어서 몸을 움직이는 걸 힘겨워하는 것도 아닌데 그는 그녀의 수족 노릇을 자처하고 있었다. 안 그러면 안 될 것 같은 기분이 들어 손짓이 빨라졌다.

"수건 주세요. 제가 닦을게요."

"가만히 있어."

"네."

칸은 해주의 대답에 멈칫했다.

"왜요?"

"전혀 창피하지 않아?"

"다 봐놓고는……."

입술을 비죽거리는 모양새에 칸은 헛, 하고 헛웃음을 흘렸다. 고개를 옆으로 삐딱하게 숙인 그녀의 시선이 욕조 모서리에 머물러 있었다. 기분이 안 좋아 보여 물었다.

"왜 울상이야?"

"피곤해서요."

"꼭 질투하는 것 같아. 레이가 신경 쓰이나?"

해주는 둘러댈 말이 떠오르지 않아 입술을 오므렸다. 여전히 시선은 욕조의 모서리에 머물러 있었다.

"나 싫다고 떠난 여자야."

"전 아무 말도 안 했어요."

"들으라고. 오해 말고."

"……칸."

"왜."

"아까는 많이 떨었잖아요. 정말 놀란 것 같던데요? 그리고…… 많이 그리워했던 것 같았어요."

해주의 물음에 칸은 대꾸하지 않고 수건으로 물기를 제거하기만 했다. 그때서야 욕조 모서리를 보고 있던 그녀가 시선을 돌려 그의 안색을 살피기 시작했다.

벌쓰는 아이처럼 턱을 당기고 눈치를 보는데 그 시선을 느낀 칸이 고개를 들어서 눈을 마주쳤다.

"놀랄 수도 있지. 난 그렇게 강심장 아니다. 날 떠난 여자를 생각지도 않은 장소에서 만났어. 안 놀랄 수 있겠어?"

"그때 나 때문에, 내가 있어서 긴 얘기를 못 나눈 건 아니에요?"

"맞아."

"신경 쓰지 말지. 난 계속 기다릴 수 있었는데……."

"진심이야?"

"기다리는 게 익숙해요. 그러니까 괜찮아요."

해주의 대답에 칸은 눈동자를 굴리며 곰곰이 생각하다가 수건을 바닥에 아무렇게나 던지고 파우더룸으로 그녀를 이끌었다.

"다른 사람들한테도 그렇게 말했고? 기다리게 하면 화를 내지 않았다는 말이지?"

"일이 있었겠죠."

"상대를 배려한다고 생각하면서 말이지?"

"배려한다는 생각은 안 했어요. 난 그 사람을 위해 시간을 빼놨고 얼마든지 기다릴 수 있었으니까요."

해주의 설명을 듣는 둥 마는 둥, 칸은 손바닥보다 작은 팬티에 이어 브래지어를 건넸다. 그녀는 알몸일 때는 부끄러움을 몰랐다가 속옷을 보자마자 얼굴을 붉히며 얼른 그것을 낚아챘다.

"제, 제가 입을 테니까 이만 나가주세요."

"갑자기 내외하나?"

"아, 아니 속옷을 입으려면 몸을 숙여야 하는데…… 좀 그래요. 보기 흉하니까."

"난 신경 쓰지 말고 입어. 안 볼 테니까."

칸은 그렇게 말하며 몸을 돌리며 무심한 어조로 덧붙였다.

"아까…… 기다리게 한 건 내 실수였던 것 같다. 보통 여자들은 자길 기다리게 하면 화를 내지. 좀 욕심을 내지 그래? 당신이 욕심을 부리는 모습도 귀여울 것 같아서 말이지."

"어떻게 그래요."

"하긴 내가 멍청하게 순해 빠지기만 한 바보에게 무리한 부탁을 한 것 같기는 해."

"화를 낸다는 건 소유권을 주장하는 거잖아요. 칸은 내 남자가 아닌데 어떻게 욕심을 내요?"

이럴 때는 똑 부러지게 말하네.

칸은 해주라는 여자에 대해 폭풍 치듯이 몰아치는 호기심과 동정심, 그리고 숨 차오르는 감정을 느끼기 시작했다. 다른 여자라면 제 처녀성까지 바친 칸을 가지려고 아양을 떨고 주제 넘는 행동을 했을 거다.

그런데 해주는 말이 없었다. 어제의 일도 오늘의 일도. 오직 칸, 자신의 마음을 걱정하고 기분을 좋게 해주려고만 해 감사함도 동시에 느끼게 하는 묘한 마력이 있었다.

말귀를 못 알아듣는 게 답답하기는 했지만 그건 자신감이 부족한 탓에 '나는 아니겠지' 라는 체념에서 나온 생각일 거다.

"가져."

"네?"

"나 가지라고. 줄 테니까."

"노, 농담하는 거예요?"

"넌 말귀를 많이 못 알아듣는 거 같으니까 돌려 말하거나, 느낌으로 전달하는 건 안 할 거다. 그래서 이렇게 단도직입적으로 말하겠어. 널 내가 사겠다. 내일 테일러에게 8만 유로를 보낼 거다. 다시는 괴롭히지 말라는 말을 할 거야. 대신 날 떠나지 마. 내가 가라고 할 때까지는 있어야 해. 당분간 소유권을 줄 테니까 마음껏 느껴 보란 말이야."

뚝!

심장을 꽉 조이고 있던 쇠사슬이 끊긴 것 같았다. 그리고 가슴 안에서 요동치는 소리가 울렸다. 마치 그 소리는 쿵쾅쿵쾅 거인이 달리기를 할 때마다 지면이 비명을 지르는 것처럼 해주의 전신을 강하게 강타하고 있었다.

가……지라고?

"못 알아들었나?"

칸이 키스를 할 것처럼 얼굴을 가까이 들이밀었다. 초록색 눈동자가 피부에 파고들 기세로 맹렬한 안광을 뿜어내고 있었다. 쿵쾅거리며 널을 뛰던 심장이 뚝 멈추었다.

열기가 귀까지 확 끼치더니 이마에 송골송골 땀방울이 맺히기 시작했다. 욕실의 조명등이 반사된 낯빛이 빨갛게 익기 시작했다.

입술이 말라 모래사막처럼 퍼석퍼석하고, 뺨은 수분이 모두 증발된 듯이 따끔거렸다.

그, 그만 봐요. 타버릴 것 같아.

말을 해야 하는데 입술이 떨어지지 않았다. 칸의 시선은 부담스럽고 위험해서 몸이 점점 쪼그라드는 것 같다. 그에게서 느껴지는 기가 그렇다.

칸은 해주를 두렵게 했다. 그때야 속옷 차림으로 그에게 관찰되고 있다는 게 부끄러웠다. 볼품없이 마르기만 한 몸이라는 것도 지금에서야 창피하게 느껴졌다.

"내 시선을 왜 피하나?"

"모, 몰라요."

"무서워서?"

"약간은."

"내가 널 잡아먹을 것 같아?"

해주는 고개를 저었다.

"그럼?"

"당신은 멋져요. 내가 만난 남자, 알고 있는 남자와 달라요. 그래서…… 모르겠어요. 두려운 건지 좋아서 미칠 것 같은지. 그저 가슴이 뛰고 기분이 좋은데 또, 이렇게 기분 좋아해도 될까? 라고 불안한 생각도 들어요."

"당연해. 난 부자고 멋지거든."

"내가…… 당신을 욕심내서 결혼하자고 매달리면 어떻게 하려고 그래요?"

눈물을 글썽거리며 걱정하는 해주를 빤히 바라보던 칸은 손가락으로 이마를 톡 친 다음 난감한 표정을 지었다. 그녀에게 확신을 심어주는 게 먼저일 것 같았다.

불꽃놀이는 다음으로 미루자. 그렇게 생각한 그는 아주 작고 가라앉은 목소리로 속삭였다.

"그건 네가 어떻게 하는가에 따라 달라질 거야. 지금처럼 내게 널 원하게 한다면…… 난 그 어디에도 가지 않아."

칸은 그렇게 속삭이고는 해주의 입술을 뺏었다. 두 손으로 아주 소중한 보석을 감싼 것처럼 어루만지며 입술을 쓸고 핥으며 벌어진 꽃잎 속으로 혀를 밀어 넣었다.

그녀는 고개를 뒤로 젖혔다가 두 팔을 그의 목에 걸었다. 제 품에 가두듯이 꼭 껴안은 그녀는 그가 제일 좋아하는 신음소리를 간헐적으로 흘리며 매달렸다.

"하흣, 아…… 아, 아……."

벌어진 입술에서 열풍이 쏟아졌다. 바람개비가 있었다면, 이 열풍에 뱅글뱅글 돌아가다가 어디론가 날아갔을지도 몰랐다.

칸은 해주가 눈을 감고 고개를 젖히자 심장이 쪼그라드는 것 같았다. 그녀가 고개를 젖힐 때마다 젖가슴이 봉긋하게 하늘을 바라보며 솟아났다. 선분홍색의 장미꽃이 가슴에 핀 것처럼 시선을 끌었다. 당장에 그 꽃잎을 입술에 붙이고 머금고 싶어져 눈가에는 욕망의 불꽃이 피어올랐다.

어찌나 긴장했는지 입술이 말랐다. 그는 침을 축이며 그녀의 가슴에 얼굴을 묻었다. 좋은 향기가 났다.

실오라기 하나 걸치지 않은 그녀를 제 방, 침대에 눕혀 살내음을 흠뻑 맡으며 어루만지고 있었다. 그는 꿈을 꾸는 것 같았다.

그녀의 숨결과 체온은 삭막한 밤의 어둠을 밀어냈다. 그는 그녀의 가슴에서 얼굴을 들었다. 따뜻함이 좋았다.

"당신은 참 따뜻해."

"당신은 뜨거워요."

"어제보다는 나을 거다. 덜 아플 테지. 또…… 더 느끼게 될 거야."

"창피해요."

"네가 얼굴을 붉힐 때마다 난 기분이 좋아져."

칸의 고백에 해주는 눈을 크게 떴지만 당황한 건 아니었다. 기분이 좋은 양 입매를 올리고 있었다.

해주는 칸의 머리카락이 눈을 가리자, 그것을 귀 뒤로 넘겨주며 말했다.

"나요, 이렇게 해보는 게 소원이었고 꿈이었어요. 사랑을 나누면서 나를 바라보는 남자의 머리카락이 눈을 가리면 내가 이렇게 걷어주는 거요. 정말 해보고 싶었어요."

"앞으로는 만날 하게 될 거야."

"내가 당신을 사랑해서 미칠지도 몰라요. 정말 미치면 어떻게 될까요? 심장병에 걸릴까요? 당신…… 불안해요."

"내가 불안하다?"

"멋져서……. 레, 레이 마사코 씨가 놓아주지 않겠다고 할까 봐요."

해주는 뺨을 붉혔다. 칸은 잠깐 움찔했지만 곧 환한 미소를 지었다.

"신경 쓰지 마. 아니, 내가 날 사로잡아."

칸은 해주와 입술을 겹쳤다. 그녀의 애가 탈 정도로 뜸을 들이며 과실을 음미했다. 달콤한 맛이 입안에 가득 퍼지는 것 같았다. 그는 타액으로 뒤엉킨 혀를 능숙하게 굴리며 입술 밖으로 나와 그녀의 턱을 희롱했다.

절벽에서 흔들리는 몸처럼 아슬아슬하게 걸려 있던 혀와 입술을 목에 미끄러트리자, 해주가 가늘게 몸을 떨었다.

목과 빗장뼈 사이에 궤적을 빨갛게 남긴 그는 얼굴을 움직였다. 민달팽이가 스멀스멀 피부 위를 움직이는 것처럼 속도를 한껏 늦춘 그가 젖가슴의 정점을 찾아갈 때 해주는 손가락을 꼬물거리며 바싹 긴장했다. 가슴과 가랑이 사이가 근질근질하고 심장은 갈비뼈를 뚫을 것처럼 팔딱거렸다.

"해주…… 넌 사랑스러워. 항상 부끄러움을 타는 네가 소중해."

"당신의 눈은 보석 같아요. 아름다운 초록색…… 에메랄드."

칸의 입에서 의외의 말이 나왔다. 그녀가 말한 보석은 칸의 눈이 아닌 바로 해주 본인 같았다. 그는 그 소중한 보물에 이미 취해 정신이 몽롱했다. 가슴과 배, 손가락에 짧은 입맞춤을 연방 퍼부은 그가 삼각지를 찾았다.

다리를 들게 한 그는 깊이를 알 수 없어 여럿 다이버들의 목숨을 앗은 블루홀처럼 신비스러운 동굴을 발견하자, 긴장했다. 그 누구도 허락하지 않았던 아름다운 성을 마주한 느낌이었다.

그는 분홍빛이 선명해 침이 고이게 하는 그곳에 입을 맞추었다. 그러자 해주가 발작하듯이 몸을 떨었다. 두 손으로 얼굴을 감싼 그녀는 어쩔 줄 몰라 신음만 흘렸다.

그는 숨어 있던 장미정원을 입술로 보듬기 시작했다. 작은 꽃잎과 큰 꽃잎을 혀로 간질이듯이 자극하며 손가락으로 진주알을 문질렀다.

"그, 칸……. 아!"

"괜찮아. 으음…… 좋아."

"하, 하…… 그게 아니고, 싫은 게 아니고……."

"아니고?"

"조, 좋아요. 더…… 해줘."

칸은 해주의 솔직한 성격에 다시 한 번 놀랐다. 부끄러워하며 몸을 비틀고 수치스럽다고 할 줄 알았는데 그 반대였다.

그 솔직함은 이성을 날리고 이미 꼿꼿하게 세운 남성에 강한 에너지를 공급하고 있었다.

그르렁, 그르렁.

내뱉는 숨소리가 사나워졌다. 땀방울이 송골송골하게 돋아난 몸이 털을 세우고 있는 기분이 들었다. 유리창을 투과한 햇살이 칸을 덮었다.

갈기털을 세운 수사자가 해주의 몸을 제 품에 가두었다. 그는 그녀의 입술을 한껏 빨아들였다. 그녀의 작은 몸이 뭉개지기 시작했다.

"으음, 으…… 흣."

해주는 칸의 손이 가랑이 사이에서 빠르게 움직일 때마다 미간을 찌푸리며 신음했다. 그녀가 좋다고 한 부분을 자극할 때마다 별이 보였다. 발가락 끝에서 뇌까지 번쩍번쩍, 신경전달물질이 팽창과 수축을 반복하는 것 같았다. 또 몸 안에서 세포들이 빠르게 분열하는지 짜릿짜릿했다.

그녀는 발가락을 꼼지락거렸다. 그의 손가락이 좁은 동굴을 침범할 때의 낯설어 몸이 긴장해 굳기도 했지만 내벽을 부드럽게 긁을 때는 벼락에 맞은 것처럼 정신이 없어 어찌해야 할 바를 몰랐다.

전원의 스위치를 눌렀다가 끄는 동작을 반복하는 것처럼 손가락을 관절을 움직이던 그가 속삭였다.

"기분 좋아?"

"좋아요."

"얼마나?"

"더…… 해줬으면 좋겠어요…… 흐흥, 하응."

칸은 해주가 두 팔로 등을 더듬자 몸을 뒤로 젖혔다. 해주는 칸의 동작이 돌연 바뀌었음에도 불구하고 느끼지 못했다.

그는 몸을 밑으로 내려 그녀의 음부에 키스를 퍼부었다. 무릎을 세운 그녀가 자지러지기 시작했다.

"아, 아하, 아하…… 카, 카아안. 흑, 흐윽. 아, 아!"

충분히 젖은 동굴은 빨갛게 달아올라 있었다. 그는 손가락을 빼고 자신의 남성으로 자극을 시작했다. 남성의 끝 부분으로 동굴을 문지르자 그녀는 허리를 비틀었다.

간지러운 느낌과 더불어 조바심이 나는 모양인지 가늘게 뜬 눈으로 칸에게 사정하고 있었다.

칸은 해주의 달뜬 시선에 응수하듯이 교만한 미소를 지으며 남성을 천천히 삽입하기 시작했다.

"흐으."

빡빡하다. 긴장을 풀고 있던 근육도 칸의 남성을 받아들이는 게 쉽지 않은 듯싶었다.

"아아, 아……."

해주는 제 앞에 무릎을 꿇고 앉은 칸을 응시했다. 넓은 어깨와 황금빛 머리카락이 물결치며 그녀를 유혹했다. 눈을 가린 머리카락을 흔들던 그가 눈에 힘을 주었다. 황금빛이 번쩍하고 빛이 났다.

그녀는 그 빛에 이끌려 허리를 들었다. 그러자 통증과 함께 그의 일부가 몸속에 아주 깊이 박히는 것 같았다.

면도칼이 피부를 긋는 것처럼 아프고 따가웠다. 그녀는 눈물이 찔끔 나 입술을 깨물었다. 그를 받아들인 기쁨과 함께 무언가 가슴 안에서 무너지고 있었다. 만복감은 희열과 충만감으로 바뀌었다. 그녀는 그를 욕심내기 시작했다.

"카, 칸…… 좋아요. 좋아…… 흐윽!"

해주는 하체를 비틀며 칸을 조였다. 그녀가 흥분하기 시작했다. 그는 그녀가 제 분신을 터질 듯이 쥐자 환상을 보았다. 우주에 점처럼 빼곡하게 박힌 별이 칸을 향해 쏟아지고 있었다. 현기증이 날 정도로 정신이 아찔했다.

"아학, 카앗!"

칸은 만족감이 팽팽한 신음을 흘리며 열차게 몸을 움직이기 시작했다. 쪼글쪼글한 내벽이 남성을 빨아들이며 움찔거렸다. 블랙홀에 빨려 들어가는 것처럼 저항할 수 없었다.

허리를 두 동강 낼 것처럼 잔인한 통증에 격한 신음을 쏟아내던 그가 천천히 몸을 움직이며 해주와 깍지를 끼었다. 그리고 몸을 포개며 능숙한 동작으로 사랑을 나누었다. 육체의 교감은 얼음을 한순간에 녹일 수 있을 만큼 열기를 발산했다.

그녀는 그가 움직일 때마다 다리를 엉덩이에 걸어 매달렸다. 어미 원숭이에게 매달린 새끼처럼 떨어지지 않으려 했다.

"하, 하, 흐읏!"

이상한 소리가 저절로 나왔다. 아프기도 했지만 배꼽에 숨어 있던 야릇한 욕망이 욕심을 부리기 시작했다. 그녀는 그가 속도를 냈으면 했다. 머리가 핑핑 돌았지만 부족했다. 그녀는 칸의 목에 이마를 대며 부탁했다.

"카, 칸. 더…… 빨리요."

칸은 해주의 정력에 놀랐지만 내심 기뻤다.

"몇 번이고 부탁해도 돼."

칸이 허리를 튕기자, 해주가 자지러지기 시작했다. 그녀는 미친 듯이 할딱거리며 칸의 목에 팔을 감았다. 키스를 퍼붓는 동안 봉숭아물을 들인 듯 빨갛게 익은 뺨이 물기로 축축해졌다.

해주는 격렬한 사랑을 통해 깨달은 감정에 항복하듯 하염없이 흐느끼기 시작했다.

칸…… 날 버리지 말아요.

8

당신을 기다리는 동안 외로웠어요

"해주야, 착하게 자라렴. 우리는 한국인이란다. 타국에서 온 사람들을 독일 사람들이 가까이 두지 않을 거야. 그러니까 우리는 참아야 해. 그 사람들에게 늘 기다려도, 빼앗겨도, 조롱을 당해도 웃으며 견딜 줄 아는 한국인으로 기억되어야 한다. 그러니까 해주야, 새 어머니한테도 착한 딸이 되어줘. 우리 딸, 항상 웃을 수 있지?"

자신은 이방인이고 사람들은 착한 사람을 좋아한다는 말에 필사적으로 제 감정을 죽이고 살았던 것 같다. 칸을 만나지 않았더라면 그러한 속박에서 영원히 벗어날 수 없었을지도 몰랐다. 칸에게 감사함을 느꼈다. 당당하게 욕심을 내도 좋다는 말을 들어 마음이 홀가분해졌다. 허락을 받았으니까. 칸에게…….

해주는 출근 준비를 위해 욕실에서 나온 칸을 맞으며 손수 고른 넥타이와 슈트, 와이셔츠를 조심스레 내밀었다.

"골라봤어요. 마음에 들었으면 하는데……."

톤 다운된 베이지 브라운 계열의 슈트에 블랙과 회색의 스트라이프 패턴의 와이셔츠, 라벨에 스티치를 넣어 고급스러운 슈트의 디자인에 꼭 맞춘 블랙 도트 타이, 그리고 다크 초콜릿 색상의 베스트.

칸은 해주의 안목에 후한 점수를 주듯 방글 미소를 지었다.

"좋은데?"

"잘 고른 것 같아요?"

"응. 만족해."

칸은 젖은 머리카락을 수건으로 털고는 가운을 벗었다. 몸에 꼭 낀 팬티 차림으로 헤어드라이기를 꺼내 해주에게 건넸다.

"말려줄 수 있어?"

"얼마든지요."

해주는 옷가지를 잘 걸어두고 칸이 바닥에 아무렇게나 앉은 걸 지켜보았다. 키 차이가 있어서 그가 앉아도 서서 머리를 말려야 하는 그녀에게 불편함은 없었다.

위잉.

헤어드라이기가 열풍을 쏟아내더니 곧 찬바람으로 바뀌었다.

"뜨거운 바람으로 하는 게 빠를 텐데?"

"찬바람으로 두피 쪽만 살짝 말려주는 게 좋아요. 안 그러면 머리가 상하거든요."

"으음, 그렇군. 음…… 매일 말려 줘."

"가능해요."

"나도 네 머리를 말려줄게."

"기분 좋죠? 누가 머리 말려줄 때는 나른해져요. 몸도 마음도."

칸은 눈을 감고 해주가 하는 말에 공감하듯 고개를 끄덕거렸다. 작고 가는 손가락이 물기를 축축하게 머금은 머릿결을 따라 움직일 때마다 시원하고 평안한 기운이 전신에 퍼지는 것 같았다. 그는 저도 모르게 콧노래를 불렀다.

해주는 듣기 좋은 콧노래에 화음을 넣으며 살짝 아래로 내리깐 눈으로 칸의 뒤통수를 응시했다. 크리스마스 볼처럼 동그란 뒤통수가 귀여워서 깨물어주고 싶었다. 손끝에 닿은 촉촉함은 그녀의 눈가를 반달 모양으로 만들었다. 보는 것만큼이나 촉감 또한 좋은 금발머리. 금색 실처럼 가는 그것이 손가락 사이로 흐르며 빠져 나갔다.

해주는 머리카락이 다 마르자, 칸의 정수리에 입을 맞추었다.

"좋은 향기가 나요."

해주가 뒤에서 앉았다. 그는 그녀의 두 팔을 꼭 잡아서 끌어당기며 상체를 일으켰다.

"앗, 아앗!"

해주의 몸이 붕 떴다. 칸은 장난기가 돌아 그녀의 팔을 잡은 채 껄껄 웃기 시작했다. 등에 대롱대롱 매달려 어쩔 줄 몰라 하는 해주의 모습, 자꾸만 놀리고 싶었다.

오늘 출근하지 말까? 가기 싫다.

그는 해주를 매단 채 물었다.

“회사에 가지 말까?”

“왜요?”

“이렇게 놀고 싶어서.”

“애처럼……. 다녀오세요.”

“심심하지 않겠어?”

칸의 물음에 해주는 늘어트렸던 두 다리를 그의 허리에 감으며 뺨으로 등을 문질렀다.

“심심할 것 같아요. 하지만 기다려야죠.”

“일찍 오지.”

“신경 쓰지 마세요. 기다리는 건 익숙…….”

해주의 성격이 나오려 하자, 칸은 말허리를 잘랐다.

“익숙해지지 마. 기다리다가 짜증이 나면 앙탈을 부려. 보고 싶다고, 그러니 빨리 오라고 해.”

“말하면, 올 거예요? 내가 보고 싶다고 어린애처럼 굴어도, 당신을 방해해도 바로 올 수 있어요?”

해주는 조심스럽게 확인하고 있었다.

“궁금하면 확인해 봐.”

칸은 어깨너머로 시선을 돌려 해주를 바라보며 그윽한 미소를 보냈다. 달콤한 초콜릿을 입에 문 듯 감미롭고 풍부한 감정이 그의 눈동자를 번들거리게 했다.

"당신 참 아름다워요."

"아름답다니."

"눈빛, 머리카락 색, 혈색, 표정 모두 그래요. 정말 아름다운 사람이라는 생각이 들어요."

"칭찬은 언제 들어도 기분이 좋겠지만 네가 해주어서 더 기분이 좋아."

칸은 해주의 손등에 키스를 하고는 시간을 확인했다. 계속해서 미적거리다가는 출근을 아예 포기할 것 같아 그는 그녀를 내려놓고 분주히 움직였다.

왁스를 집어 손바닥에 정량을 덜어내고는 능숙하고 재빠른 손놀림으로 헤어스타일을 완성시키고 곧 이어 와이셔츠를 입었다. 성격처럼 민첩하면서도 꼼꼼했다. 그는 와이셔츠의 단추를 밑에서부터 잠그고 나서 바지를 입었다. 바지의 버튼을 채운 그가 넥타이에 손을 뻗으려고 하자, 그녀가 싱긋 웃어 시선을 빼앗았다.

"내가 해도 돼요?"

넥타이를 들고 귀염성 있게 묻는데 어느 누가 싫다고 하겠는가.

칸은 대답 대신 고개를 숙였다.

"꼭 금메달을 목에 거는 기분인데?"

"종목은?"

"해주."

"저요?"

"해주라는 종목에서 금메달을 딴 거지."

칸의 대답에 해주는 꽃향기를 가득 머금은 봄바람이 전신을 가득 채우는 느낌을 받았다.

"바람둥이 같아요. 여자의 마음을 들었다가 놓는 데 선수네요."

"지금은 해주라는 종목에서 승부욕을 불사르고 있어."

"아니라는 말은 안 하네요?"

"해 봤자 믿어줄 것 같지 않은데?"

칸은 약았다. 함부로 짐작하고 오해하지 못하도록 똑 부러지게 대답했다. 물론 그런 점 때문이라도 그는 믿음직스러웠다. 거짓말을 하지 않으니 말이다.

"믿을 수도 있는데."

"네가 믿고 싶은 대로 믿는 거다. 내가 강요할 수는 없어."

칸은 넥타이를 완벽하게 매준 해주의 이마에 짧은 입맞춤을 한 후 베스트를 집었다. 그러자 이번에는 그녀가 행커치프를 들고 기다렸다. 그의 입가에 유혹적인 미소가 번졌다. 그녀는 수줍어 얼굴을 붉혔다.

"여자들은 보통 이런가?"

"네?"

"챙겨주는 거. 좋은데?"

"……다른 여자는 모르겠어요. 근데 난…… 당신에게 예쁜 여자가 되고 싶어요. 당신을 생각하고 배려하는 예쁜 여자요."

해주의 대답에 칸은 고개를 끄덕거리며 공감하듯 슈트의 재킷을 입었다.

"점심에 차를 보내지. 같이 먹자."

"나가도 될까요?"

"내가 있잖아. 걱정할 것 없어. 오전에 테일러에게 들를 생각이다. 네 일을 매듭지어야지."

"당신…… 돈을 쓰게 되는군요."

해주의 풀죽은 음성에 칸은 무언가 말하려다 생각을 바꿔 돌아섰다.

"점심 같이 먹는 거야. 잊지 마."

"그런 걸 어떻게 잊어요. 너무 좋아요."

칸은 해주가 매준 넥타이를 어루만지며 매력적인 표정을 지었다.

"나도 좋다."

테일러는 사장 집무실이 뿌리째 뽑힐 만큼 소리를 질러대고 있었다. 칸이 NNW 사에 엔진을 파는 데 성공했다는 소식에 어이가 없어 끓어 넘치는 성질을 주체하지 못했다. 그는 눈에 보이는 것, 손에 잡히는 건 모두 집어던지며 포악한 성미를 거침없이 드러냈다.

"NNW 사에 엔진을 팔아서 어쩌자는 건가! 안드레아스 사장은 엔진을 사겠다고 했다고? 하! 그 노인네가 마지막 발악을 멋지게 하는군! 젠장. 얌전하게 흡수나 당할 것이지!"

테일러는 자신이 물건을 집어던져도 평정심을 잃지 않고 구경하고 있는 레온과 눈이 마주치자 고함쳤다.

"해주 일은 어떻게 된 거야! 다른 여자 없어? 그 미친 자식의 마음을 송두리째 뽑을 여자 말이야!"

"사장님. 처음부터 이 계획은 잘못됐던 겁니다. 칸 슈마허 사장님이 어떤 분인지 모르십니까? 그분은 사장님보다 어리지만 보통내기가 아니십니다. 미인계든 동양계든 다 접고 일단 흥분을 가라앉히십시오."

레온의 일갈에 테일러는 눈썹을 구기며 살인적인 표정을 지었다. 이마와 미간에 주름이 생겨 제 나이보다 10살은 더 노숙하게 보였고 일그러진 입가를 팬 주름 역시 그를 중년이 아닌 노년의 질투심이 많은 남자로 비쳐지게 했다.

"가라앉히든 말든 그런 건 내가 정한다. 넌! 내 지시에 따라 움직이면 되는 거야. 알겠나!"

"……예."

"빌어먹을, 빌어먹을!"

와장창!

테일러는 크리스털 명패를 유리 진열장에 집어던졌다. 묵직하고 끝이 예리한 크리스털 명패가 유리 진열장을 박살내고 뚫고 들어가 내벽에 박혔다. 그 바람에 보기 좋게 진열이 되어 있던 자동차 피규어와 그 밖의 사진이 와르르 무너지며 유리 파편과 뒤섞였다.

테일러는 씁쓸한 눈초리로 자신이 부신 잔여물들을 노려보았다.

"되는 일이 없군."

테일러는 두 손으로 얼굴을 쓸었다가 레온에게 손짓을 했다. 매우 귀찮고 언짢은 표정과 함께 어서 나가라는 표시로 손을 털었다. 레온은 그가 보거나 말거나 인사를 꾸뻑하고 사장 집무실을 나왔다. 그리고 제 자리로 돌아와 조용히 앉았다.

"하후."

한숨을 푹 내쉬는데 똑똑, 노크 소리가 들려왔다. 그 소리가 그를 긴장하게 했다. 사장실의 문이 열리자 화들짝 놀랐다.

칸 슈마허!

칸 슈마허가 제 발로, 약속을 정하지도 않고 찾아온 게 놀라워 레온은 입안까지 얼얼한 충격을 받고 있었다.

"뭘 그리 놀라나? 보고하게."

"사장님께선 지금 좀……."

"성질이나 부리고 있었겠지. 안 그런가?"

정곡을 찔려 레온은 놀라움보다 창피함에 얼굴을 붉혔다.

"복도까지 들리더군. 조용해질 때까지 기다리다가 들어온 참이야."

칸은 대수롭지 않다는 듯, 대체로 평온하게 보였다. 언제 보아도 테일러와는 격이 다른 여유가 느껴지는 사람이라 레온은 숨을 크게 내쉬며 사장 집무실로 칸을 안내하려고 했다. 그러나 칸이 고개를 저으며 말했다.

"내가 일방적으로 들어간 걸로 하지. 날 들였다고 하면 저 성질에 가만히 있지 않을 테니 말이야."

칸은 장난스런 미소를 잃지 않고 사장 집무실의 커다란 문을 부술 기세로 걸었다. 그리고 노크 두 번을 하고 재빠르게 문을 열었다. 예상한 대로 테일러가 소리를 왁왁 내질렀다.

"넌 뭔데 내 회사에 발을 들여!"

예상한대로 테일러의 파란 눈에서 불기둥이 치솟았다.

"흥분하지 마. 아침부터 열 올리는 건 몸에 안 좋다고."

칸은 놀리는 투로 말하고는 본론부터 꺼냈다.

"8만 유로야. 받아."

칸은 감정 커버가 딱딱하고 네모진 서류 가방의 뚜껑을 열었다. 그리고 그 안에는 유로화가 가득 있었다. 모두 현찰이며 칸의 말대로 8만 유로였다.

"8만 유로? 이걸 왜 주지?"

"해주의 몸값이야."

"해주……. 아, 해주와 함께 있어? 내 파트너였던 여자와 함께 있다?"

"정확하게 말하자면, 형의 여자는 아니잖아? 날 유혹하게 만들 생각에 고용한 여자겠지."

칸은 거만하게 턱을 쳐들고 시선을 내리깔았다. 안 그래도 자신보다 작은 형이지만 이렇게 내려다보니 정말 작아 동정심마저 생길 정도였다.

"내가 샀으니 내 여자지."

"맞아, 형이 산 여자를 내가 샀으면 해."

"누가 팔겠대?"

"왜 안 팔아? 다른 꿍꿍이라도 생겼나?"

"해주가 네게 다 말한 모양인데 나도 계획을 변경해야겠지."

테일러는 이를 바드득 갈며 응수했지만 칸이 조롱하듯 내뱉은 조소에 수치심을 느낀 듯 얼굴을 붉혔다.

"해주는 안 팔아. 되찾을 거다."

"형, 그렇게 다급해졌어? 나 하나 뭉개겠다고 죄 없는 여자를 괴롭혀서야 되겠어? 지나쳐. 나이도 먹을 만큼 먹은 분이 왜 그렇게 조악해?"

"닥치고 꺼져!"

"좋아, 꺼져주지. 대신 형이 해주를 계속해서 괴롭힌다면 나 또한 가만히 안 있어."

테일러는 피식 웃었다. 해주가 일을 잘 한 건지, 그르친 건지 파악이 안 된 상태라 생각을 정리할 시간이 필요했다.

"해주는 지금 어디에 있지?"

"내 집에."

"언제부터 데리고 있었나?"

"없어진 그날부터. 그날 내가 해주를 데리고 왔어. 형의 계획을 망치고 싶어서 말이지."

테일러의 눈매가 구겨졌다가 곧 원래의 모양대로 돌아왔다.

칸은 솔직하게 다 말하고 나면 테일러가 어떤 반응을 보일까 내심 기대했다가 낙심한 듯 한숨을 푹 쉬었다.

"돈 받아."

"안 받는다고 했다."

"……좋아. 그럼 우리의 싸움은 더욱 격렬해지겠군."

"둘 중에 하나가 망해야 끝날 거다."

"망하는 쪽에 형을 걸지."

고민 없이, 자신감에 도취된 양 나른한 목소리로 대꾸한 칸은 자신을 죽일 듯이 쏘아보는 테일러를 놀리듯이 덧붙였다.

"현명한 사람은 자신이 물러서야 할 때를 아는 사람이라더군."

"꺼져."

"예, 예. 형님께서……."

"형이라고 부르지도 마라. 소름 끼친다."

"안 그래도 식상하던 참이었지, 테일러 슈마허. 그럼 난 이만. 그 돈은 두고 갈 테니 알아서 처리해."

칸은 테일러가 살기등등하게 눈을 부라려도 여유만만하게 돌아섰다. 잠시 후 팍! 하는 소리와 함께 박살나는 소리가 들렸다.

어깨너머 시선을 돌려 바닥을 보았다. 칸이 놓고 돌아선 돈다발이 바닥에 엉망으로 뿌려져 있었고 가방은 입을 벌린 조개처럼 엎어져 있었다.

칸의 시선이 바닥에서 떨어져 테일러의 얼굴을 찔렀다.

"줍지 그래?"

"버려."

칸의 대답에 테일러는 눈알이 튀어나올 정도로 당황했다.

"내 손을 떠났어. 형이 버리든 써버리든 마음대로 해."

"너 이자식이!"

칸은 콧방귀를 뀌며 돌아섰다. 사장 집무실을 나와 문 밖에서 대기하고 있던 레온을 보던 그가 명함 지갑에서 명함을 꺼내며 말했다.

"새로운 일자리를 구하고 싶으면 언제든지 연락하게."

"아, 저는……."

레온이 머뭇거리자 칸은 그의 슈트 주머니에 명함을 꽂고는 사장실을 나왔다. 그리고 막 복도에 발을 딛는데 거짓말처럼 레이와 마주쳤다.

"……!"

레이는 칸이 좋아했던 긴 머리카락을 늘어트리고 있었다. 롱부츠와 진회색과 남색 계열의 체크무늬 정장 스커트, 가죽 장갑을 낀 모습에 그는 숨이 막히는 것 같았다.

시선을 얼른 돌려 창밖을 응시하는데 레이가 먼저 말을 걸었다.

"칸, 안녕?"

"테일러를 만나러 왔나?"

"응. 칸은? 형하고 요즘 사이가 좋아졌나 봐?"

"천만에, 안 좋아. 그럼 일 봐."

칸은 무표정으로 레이를 지나치려 했지만 팔이 잡혔다. 그녀가 그의 팔을 잡고 울상을 지었다.

"칸……. 점심에 그곳에서 기다릴게."

"그곳이 어디인지 몰라. 기억 안나. 그리고 나 점심에 약속이 있다."

"올 때까지 기다릴 거야."

"네가 언제 날 기다린 적이 있던가?"

"없었지. 기다리는 건 항상 칸의 몫이었으니까. 그래서 벌을 받나 봐. 이번에는 내가 자기를 기다려야 하니까."

표정보다 더 요염하고 여성스러운 목소리에 칸은 가슴이 조여 인상을 썼다.

레이는 메두사다. 눈을 마주치면 돌이 되어버릴 것 같았다. 칸은 필사적으로 도망치듯 잡힌 팔을 뿌리치고 완고한 표정을 지었다.

"레이, 넌 집착하는 거다. 난 네게 돌아가지 않아."

"난 기다릴 거야. 당신처럼 기다릴 수 있어."

"그럼 어디 한번 실컷 외로움을 느껴 봐."

칸은 억지로 지은 조소를 지우며 돌아섰다. 그리고 로봇처럼 뚜벅뚜벅 걷기 시작했다. 레이는 이제 칸 슈마허의 인생에서 없다고 선언했지만 그녀와 마주치는 건 아직 힘들다. 생각, 이성, 정신은 멀어져야 한다고 말하는데 심장은 레이의 향기에서 벗어나지 못하고 미친 듯이 뛰고 있었다.

칸은 엘리베이터에 타 닫힘 버튼을 신경질적으로 누른 후 홀로 갇힌 공간이 울릴 정도로 주먹으로 벽을 쳤다.

쾅!

돌아서려는 레이를 붙잡은 소리는 엘리베이터에서 나는 폭음이었다.

칸…….

레이는 회심의 미소를 지으며 사장실에 들어갔다. 레이 역시 따로 약속을 하지 않고 방문한 것이라 레온은 당황했다.

"무슨 일로 오셨습니까?"

"사장님께 레이 마사코가 왔다고 전해주세요. 그러면 아실……."

레이 마사코라는 이름을 대자마자 집무실의 문이 활짝 열렸다. 그리고 유령을 본 듯 테일러가 하얗게 질린 얼굴로 레이를 바라보고 있었다. 그는 충격이 덜 가신 얼굴 표정을 짓고 있었다. 말로는 이루 형용할 수 없이 넘치는 감정을 주체할 수 없겠는지 손으로 얼굴을 쓸기까지 했다. 하지만 이내 환한 미소로 그녀를 맞았다.

"레이!"

"안녕, 테일러 오빠."

"젠장, 레이! 너…… 레이 마사코 맞아?"

테일러는 무척 기뻐 보였다.

"응, 오빠가 사랑했던 레이 마사코가 맞아요."

"아니, 아니. 난 아직도 널 사랑해."

테일러는 레이의 아름다움을 찬양하듯 두 손을 넓게 벌리며 눈을 감았다.

"레이, 널 얼마나 기다렸는지 몰라."

"고마워요. 오빠만 유일하게 날 반겨주네."

"자, 밖으로 나가자. 안은 좀 상황이 안 좋아."

테일러는 가슴이 벌렁벌렁 뛰어 표정 관리가 어려운 듯 억지 웃음을 지으며 레이의 등에 제 손을 살포시 댔다. 그리고 달콤한 아이스크림을 입 안 가득 문 것처럼 행복한 미소를 지으며 물었다.

"여왕님, 어디로 모실까요?"

11시 40분.

해주는 머리손질에 옷까지 완벽하게 갖춰 입고 칸이 보내겠다는 차를 기다리고 있었다. 테일러와의 일을 해결하겠다고 했는데, 결과는 어떻게 됐을까. 고민하며 시곗바늘이 돌아가는 걸 가만히 응시하는데 원인 모를 불안감이 엄습했다.

11시 50분이 되었다. 칸에게서는 연락이 없었다. 물론 보내겠다는 차도 도착했다는 소리가 없었다.

해주는 불안한 마음에 거실을 나가 1층 응접실의 넓은 창가에 서 있었다.

12시 10분.

칸에게서는 여전히 연락이 없었다. 외출 준비를 마친 그녀가 창밖을 내다보며 시간을 보내자, 메이드가 물었다.

“점심 준비할까요?”

“아뇨, 아뇨. 곧 나갈 것 같아요.”

해주는 애써 밝게 대답하고는 다시 창밖으로 시선을 고정했다. 그러나 1시가 넘어도 칸에게서는 연락이 없었다. 마른 걸레로 유리창을 닦던 메이드가 다시 물었다.

“1시가 넘었는데…… 점심 준비할까요?”

“아뇨, 곧 올 거예요.”

메이드는 해주가 측은한지 한참 바라보다가 다른 곳으로 자리를 피했다.

왜 안 오지.

해주는 목에 손을 대고 창밖만 뚫어지게 바라보았다. 갑자기 눈물이 왈칵 솟구쳐 목을 누르고 있던 손으로 귓가를 긁는데 괘종시계가 응접실을 뒤흔들기 시작했다.

2시가 되었다.

"바쁜가 보네."

해주는 2시가 돼서야 체념한 듯 희미하게 웃었다. 그리고 창가에서 시선을 떼며 돌아섰다.

"점심을 차릴까요?"

"아뇨, 생각이 없어요. 신경 쓰지 마세요."

해주는 억지웃음을 짓고는 2층으로 향했다.

칸이 바빠서 그럴 거야. 사장님이니까. 괜찮아. 그런 거지 뭐. 칸이 일을 하는 데 방해를 해서는 안 돼. 귀찮아할 테니까.

그래도…… 조금 외로운 것 같아.

해주는 거실문을 열다가 말고 문에 이마를 대고 혼잣말로 중얼거렸다.

"전에는 안 그랬는데…… 오늘은 외로워."

* * *

의자의 팔걸이에 두 팔을 대충 걸친 칸은 까만 하늘을 망연히 바라보고 있었다. 아침에 레이와 마주치고 난 다음부터 일이 손에 잡히지 않았다. 레이가 기다리겠다고 했지만 그는 그곳에 나가지 않았다.

아예, 사무실 밖으로 나가지 않았다. 정신을 잃고 이끌리듯 레이가 기다리는 그곳으로 뛰어갈 것 같아 온 신경을 다른 곳에 집중했다. 괜찮다고, 해주가 있다고 마음을 다잡아 보아도 레이는 칸의 의지를 수십 번 꺾어놓았다.

나직하게 한숨을 내쉬는데 노크소리가 들렸다. 비서 미하엘이 들어왔다.

"퇴근하실 시간입니다."

"어, 그래. 가야……. 미하엘! 지금 몇 시지?"

"7시입니다."

"7시!"

이미 저문 하늘을 보고 있었으면서도 해주와의 약속을 지금 떠올린 칸은 자리를 박차고 일어났다.

"가지. 젠장!"

"사장님, 무슨 일이라도……."

"아니야. 근처에 꽃가게 있지? 미리 10분 후에 가지러 간다고 꽃다발을 만들어 놓으라고 해!"

칸은 제정신이 아닌 양 옷걸이가 튕겨 나갈 만큼 거칠 게 코트를 벗겨 입었다.

"제정신이 아니야. 정말이지, 나란 놈은!"

자신에게 화가 나서 미칠 것 같았는지 계속해서 욕설을 쏟아내던 그는 미하엘이 꽃다발을 주문하는 걸 지나치며 말했다.

"택시 타고 갈 거야! 내일 아침에 차 보내."

"네."

코트 깃을 귀까지 세운 칸은 엘리베이터가 지하 1층에서 올라와 비상계단으로 향했다. 그의 사무실이 있는 13층까지 올라오려면 시간이 걸릴 것 같았다. 그는 계단을 한 번에 두세 개씩 밟아 내려갔다. 초록색의 비상등이 유일한 길잡이처럼 느껴졌다.

"머저리!"

칸은 연방 제 자신에게 악다구니를 치며 1등 로비까지 무사히 내려갔다. 한겨울인데도 땀 냄새가 확 끼칠 정도로 땀을 흘린 그가 꽃가게를 향해 잰걸음을 걸었다.

"꽃 다 됐습니까?"

아담하지만 대학교에서 강의까지 하는 유명한 플로리스트가 운영하는 꽃가게에는 다양한 꽃다발과 기분 좋은 향기를 내뿜는 생화로 가득 차 있었다. 주인인 젊은 플로리스트가 이제 막 리본 장식을 마친 꽃다발을 건넸다.

"아이비예요."

빨갛고 흰 아이비 꽃다발을 건네받은 그는 순간 가슴이 뭉클했다. 향기가 너무 좋아서 지금까지 칸을 지배하고 괴롭히던 레이 마사코가 머릿속에서 깨끗하게 지워지는 것 같았다.

"아름답군요. 감사합니다."

칸은 꽃값을 지불하고 가게를 나왔다. 그리고 꽃다발을 들고 택시를 잡으려고 차도를 흘끗 보는데 누군가 그의 꽃다발을 낚아챘다. 깜짝 놀란 그가 돌아보니 레이였다.

"나한테 주려고 산 거야?'

"뭐하는 짓이야?"

칸이 꽃다발을 뺏으려고 하자 레이가 몸을 날렵하게 돌려 도망쳤다.

"레이!"

"향기가 좋아."

"네 것이 아니야."

"그 여자한테 주려고?"

"그래."

칸의 대답에 아이비의 향기에 취한 듯 나른한 미소를 짓던 레이가 새침한 표정을 지으며 꽃잎을 구겼다.

"레이!"

"못 가."

"너 정말 왜 그래? 왜 그렇게 네 멋대로야!"

"난 점심시간부터 지금까지 당신을 기다렸어. 오겠지, 올 거야, 날 혼자 남겨 둘 사람이 아니니까, 하면서! 그런데 넌 내가 아닌 다른 여자의 생각을 하고 있었구나."

레이는 못내 섭섭하다며 눈물을 보이기 시작했다.

"그 꽃 가져."

칸은 싸늘하게 말하고는 몸을 돌려 택시를 잡으려고 손을 들었다.

"날 두고 간다면 뛰어들지도 몰라."

"마음대로."

"알았어."

레이는 각오를 세운 듯 칸이 보는 앞에서 차도로 뛰어들었다.

"레이!"

몸을 날린 레이를 칸이 뒤에서 끌어안았다. 그녀의 과감한 행동에 놀란 그의 얼굴은 한껏 일그러져 있었다. 진심으로 화가 치밀어 숨을 쌕쌕 내쉬며 고함을 지르기 시작했다.

"미쳤어? 죽고 싶어서 그래? 너란 여자는 정말 제정신이 아니야!"

"네가 날 버린다면, 난 죽을 거야."

"대체 나한테 이러는 이유가 뭐야! 피아노를 선택한 네가 이제 와서 나에게 왜 이러냐고."

칸이 레이의 몸을 흔들며 쏘아붙였다. 그러자 그녀가 기다렸다는 듯이 눈물을 흘리며 대답했다.

"칸……. 나…… 손가락 신경을 다쳤어."

칸은 심장이 멎는 것 같았다.

"피아노…… 못 해."

"그게 무슨 소리야?"

"칸…… 이제 나…… 피아노를 못 친다고! 꿈이 사라졌어. 이제 내게 남은 건 너 하나란 말이야!"

레이의 눈물 섞인 외침에 칸은 기운이 쭉 빠져 헛웃음을 쳤다.

"네 말대로, 네가 바란 것처럼 난 이제 피아노를 치지 못해!"

하늘이 기도를 들어주었나?

칸은 비소를 흘렸다.

피아니스트 레이 마사코가 이제 피아노를 칠 수 없다. 그녀의 아름다운 연주는 이제 없다. 그리고 그녀의 꿈이 바뀌었다.

칸은 기가 막혀 얼어붙은 채 아이비 꽃다발을 꼭 끌어안고 눈물을 뚝뚝 흘리는 레이를 응시했다.

"칸…… 나, 나 좀…… 어떻게 해줘. 네가 날 구해줘."

"그래. 내가 널 구해줄게."

칸은 손수건을 꺼내 레이에게 건네며 덧붙였다.

"내 기도가 하늘에 닿아 네 손이 망가진 거라면 내가 책임을 져야겠지."

9

당신은 어떤가요?

영화 채널을 돌리며 무료한 시간이 빨리 지나가길 바랐지만, 해주의 바람과 다르게 시계는 저녁 7시 50분을 가리켰다.

"아직 8시도 안됐네."

6시를 기준으로 덩치가 크고 화려한 대저택의 얼굴이 바뀌는 것 같았다. 낮에는 그나마 요리사와 메이드가 있어 북적거리고 사람이 사는 집의 모습을 갖추었지만, 저녁 6시가 되면 해주를 뺀 나머지 사람들의 기척이 사라졌다. 그리고 유령도 발길을 뚝 끊은 것처럼 적막함을 가득 품고 휘황한 조명만 집을 지키고 있었다.

점심에 이어 저녁까지 자신의 존재 자체를 까맣게 잊고 다른 무언가에 온 신경을 쏟을 칸을 생각하니 섭섭한 마음이 들어서 괜히 울적하고 롤러코스터를 탄 것처럼 기분이 요동을 쳐 괴롭기도 했다.

점심 약속을 깜빡해서 저녁에는 일찍 들어오려나, 공연한 희망도 품어보았지만 8시를 향하는 시침과 분침은 해주를 비웃듯이 속절없이 돌아가고 있었다.

늦으려나…….

두려움과 불안함, 서운함 등등의 감정이 묵직하게 내려앉은 눈두덩 밑으로 돋은 속눈썹에 이슬이 맺히기 시작했다.

훌쩍.

숨을 크게 들이마시며 붉어지는 눈시울의 열기를 식히던 해주는 목이 타는 것 같아 자리에서 일어났다가 땅에서 솟은 것처럼 나타난 칸의 모습에 움찔 놀랐다.

언제 들어왔는지 기척도 없이 거실 문틀에 서서 해주를 망연히 바라보고 있었나 보다.

문득 창피한 생각이 든 그녀는 애써 미소를 지으며 칸에게 물었다.

"왔어요?"

"미안. 점심에 했던 약속을 잊었어."

"괜찮아요. 안 그래도 연락이 없기에 바쁜 사람이니까, 시간을 빼는 게 힘들겠구나, 라고 생각을 했어요. 저녁 안 먹었죠?"

섭섭하고 불안했던 마음이 눈 녹듯이 사라져 해주는 칸이 덜

미안해했으면 하고 계속해서 수다를 떨었다.

"안 그래도 먼저 밥을 먹을까 했는데 다행이에요. 혼자서 안 먹어도 되니까요."

"기다렸구나."

"난 괜찮다니까요? 그런 얼굴 하지 마세요."

미안해서 죽으려고 하는 칸의 표정이 부담스러워 해주는 더욱 활짝 웃었다.

"씻고 내려오세요."

해주는 더 늦지 않고 들어온 칸에게 오히려 감사함을 느꼈다. 그것으로 된 거다.

"금방 씻고 올게."

칸도 해주처럼 싱긋 웃었지만 어딘가 모르게 어색했다.

해주는 칸이 욕실에 들어가자, 한숨을 푹 쉬었다가 주방으로 향했다. 소음을 모두 집어삼키듯 폭신폭신한 카펫 위를 조심스럽게 걸어 주방에 들어갔다.

미리 만들어 놓은 음식을 데우며 즉석에서 만들어야 하는 샐러드를 손질하려 했지만 일이 손에 잡히지 않아 재료만 멍하게 바라보았다.

칸이 돌아왔을 때는 그것으로 족하다며 평온을 찾았던 마음이 주방에 들어서자 불안으로 너울지기 시작했다. 이러면 안 되는데, 하고 자신을 다독여 보아도 어깨도 늘어지고 표정은 점점 시무룩하게 굳어버렸다.

약속을 잊었다는 말, 한스도 항상 했던 말이었는데 왜 이렇게 가슴이 불안하고 슬픈 걸까? 그 여자를 만났나? 레이 마사코의 아름다운 얼굴이 자꾸만 눈앞에 아른거려 가슴과 눈시울이 따끔따끔했다.

"내가 무슨 생각을 하는 거야."

해주는 어깨를 으쓱여 억지로 기운을 짜낸 다음에 양상추를 다듬기 시작했다. 그리고 얼음을 꺼내 차가운 물에 잘 씻은 양상추를 담그는데 칸이 주방에 들어왔다.

"오늘 저녁은 뭐야?"

"닭요리요."

"……오늘은 뭐 했어?"

"산책도 하고요, 책도 읽었어요. 아참, 테일러는…… 어떻게 됐어요? 그 사람, 만난다고 하지 않았어요?"

"돈은 건네고 왔는데 포기할 것 같지 않아."

식탁에 팔을 괸 칸의 대답에 해주의 동작이 멈칫했다.

"포기하지 않다니요?"

"안 받겠대."

"……그래요?"

"너무 걱정하지 마. 내가 책임지고 해결할 테니까."

해주는 칸이 말한 책임이라는 단어가 이상하게 뇌리에 아프게 박혀 고개를 갸웃거렸다. 그녀의 이상한 눈초리를 느낀 그가 물었다.

"왜?"

"아뇨, 아니에요. 오늘은 날이 좀 따뜻했어요. 그래서 산책을 했었는데요. 근처에 정말 예쁜 숲이 있더라고요."

"아, 거기."

"응…… 저녁에 산책하고 싶어요. 그래도 되죠? 손전등이 있으면 빌려줄 수 있어요?"

커다란 유리 볼에 차갑게 식힌 양상추를 찢어 넣는데 칸이 물었다.

"아무것도 안 물어 보나?"

"네?"

"왜 약속 안 지켰냐고, 무슨 일이 있었던 거냐, 많이 기다려서 화났다고…… 안 해?"

"익숙해요. 기다리는 건요. 그리고 당신에게도 일이 많았을 거라는 생각이 들어요."

시선을 마주치지 못하고 어깨를 수시로 으쓱거리는 해주의 뒷모습을 망연히 바라보던 칸이 입바람을 불어 이마를 가린 머리카락을 날렸다. 머쓱하거나 죄책감이 들면 하는 습관이었다.

"내가 잊고 있었다고 했잖아."

"너무 바쁘면 그럴 수 있죠."

"해주."

"음, 저기…… 양상추요, 겨자씨를 좀 넣을까요? 아니면 식초로……."

해주는 애써 화제를 돌리려고 했지만, 칸이 냉정한 시선으로 자신을 질타하듯이 바라보다 움찔했다.

“왜 그렇게 봐요?”

“아니야. 그냥 보는 거야.”

“기분 이상하게…….”

“밥 먹자, 배가 많이 고파.”

“밥 먹고 산책 가도 되죠?”

“같이 가.”

해주는 고개를 끄덕거렸다. 억지로 웃으려니까 얼굴 근육이 파르르 떨리고 눈이 빽빽하게 아팠다. 또 칸의 시선이 레이저처럼 달라붙어서 여간 신경 쓰이는 게 아니었다.

왜 저렇게 쳐다보는 거지?

부우, 부붕, 삐이이-

부엉이는 우는 소리만 들어도 부엉이라는 걸 알지만 다른 새의 경우는 정체를 알 수 없어서 난감할 때가 있다. 이렇게 먹구름이 밤하늘을 덮어서 달빛도 들지 않을 땐 새가 우는 소리에 흠칫 놀라, 깨알 같은 소름이 전신에 돋아 다리에 힘이 풀리는 것 같았다.

오싹오싹 공포 체험을 하는 것처럼 해주의 두 눈이 보이지 않는 공포를 찾듯이 빠르게 움직였다. 바삭바삭. 걸음을 내딛을 때마다 말라서 비틀어진 나뭇가지가 밟혔다. 조명등을 비춰 안전한 길만 따라 걸었지만 안심할 수는 없었다.

"무섭네요."

"춥지는 않아?"

"추운 것도 모르겠어요."

"여름에는 시원해서 산책하기 좋지만 겨울은 무리야."

칸은 목도리 밖으로 새나오는 훈김이 하얗게 번지며 까만 허공을 흐리는 걸 감상하듯이 연거푸 숨을 멀게 내뱉었다. 그리고 아장아장 걷는 아이를 걱정스럽게 지켜보는 아버지처럼 해주 뒤를 바싹 붙어 걸었다.

"아, 근처에 별자리를 한눈에 볼 수 있는 장소가 있다. 겨울에는 밤하늘이 맑아서 장관이지."

"그런 곳이 있어요?"

"깊이 들어가면. 숲의 하늘과 도시의 하늘은 달라."

"보고 싶어요. 아름다운 밤하늘을."

"그럼 보여주지. 밤하늘의 보석을 말이야."

칸의 중저음의 목소리에 해주는 숙였던 고개를 퍼뜩 들었다. 그가 얼굴을 바로 코앞까지 내밀고 그녀를 바라보고 있어 몸이 자동적으로 뒤로 밀렸다.

"왜, 왜요?"

"안 춥겠어?"

"겨울이니까 춥죠."

"내 말은 여기, 여기에 들어와 있으면 덜 추울지도 모른다는 거야."

칸은 그렇게 말하며 코트를 들추며 제 가슴을 가리켰다. 코트 안에 카디건까지 입은 모습에 그녀가 쿡, 하고 웃음을 터트렸다.

"왜 웃어?"

"추위 많이 타요?"

"아니. 만일을 위해서 입었을 뿐."

"아닌 것 같은데?"

해주는 벙어리장갑을 낀 손으로 입을 가리며 키득키득 웃었다. 집 안에 있을 때는 끝도 없이 쳐지던 기분이 상쾌하다 못해 목구멍까지 얼릴 정도로 차가운 공기를 들이마셨더니 아까보다 훨씬 나아졌다.

역시 나오길 잘 한 것 같다.

"들어오지? 나 추워."

"그럼 실례합니다."

해주는 고개를 살짝 숙인 후 노크를 하듯이 허공을 두드리고서 칸의 품에 쏙 들어갔다. 후끈한 체온이 느껴져 저절로 입가에 미소가 번졌다.

"따뜻해?"

"엄청나게."

"좋아, 이제 가자. 별 보러."

칸은 해주를 품은 코트 자락을 꼭 쥐며 걸음을 내딛었다. 그 역시 이렇게 산책을 하게 되어 기분이 한결 편해진 기분이 들었다. 하늘을 맑았다. 구름 한 점 없어 흑요석처럼 반질반질했다.

잠시 후에 칸이 말한 곳에 나왔다. 너른 둔덕으로 그곳에는 나무도 풀도 없었다. 누렇게 마른 잔디밭이 끝없이 펼쳐져 있어서 별자리를 구경하기엔 그만이었다.

해주의 눈이 번쩍 뜨였다. 그녀는 하늘에서 시선을 떼지 못하고 있었다.

"아름다워요."

"저건 오리온자리야. 1등성 두 개, 2등성 두 개가 커다랗게 사각형을 이루고 있지."

"맞아요. 응, 보여요."

"그럼 오리온자리의 중심부를 봐. 별이 3개 있어. 그걸 삼태성이라고 불러."

칸이 손가락으로 가리킨 별을 보고 있던 해주는 감격한 듯 외쳤다.

"정말 있어요!"

"오렌지 빛으로 빛나지? 1등성 베텔게우스야. 그리고 그 옆에 청백색으로 보이는 별이 리겔이지."

"칸은 별자리를 잘 아는 것 같아요."

"여기서 아버지가 항상 가르쳐주셨거든."

칸은 그렇게 말하며 들고 있던 바구니에서 돗자리를 꺼내 펼쳤다. 그리고 그 위에 앉아 맥주와 안주를 담은 접시를 꺼냈다.

"난 겨울에 보는 별자리에는 흥미가 없다고 했지만, 아버지는 막무가내셨지. 별자리는 겨울에 보는 게 제일 멋진 거라면서 억지로 끌고 오셨거든."

칸은 그렇게 말하며 해주가 앉을 때는 제 목도리를 풀어 깔아주었다.

"여자는 찬 바닥에 앉게 하는 건 아니지."

"고마워요."

"……라고 아버지가 설명해주기도 하셨고."

"테일러는요?"

"테일러는 이 집에서 안 살았어. 아버지가 날 데리고 집에 들어오자, 테일러의 어머니가 데리고 나갔거든. 뮌헨의 고급 아파트로 말이야."

"아…… 그랬구나."

"아버지와 난 이곳에서 살았어. 단둘이."

"어머니는요?"

"어머니는 아버지에게 날 맡기고 다른 남자와 결혼을 했지. 아버지에게는 테일러의 어머니가 있었으니까. 바람은 피워도 본처는 버리지 않는다는 사상을 지닌 분이었거든."

칸의 대답에 해주는 가슴이 먹먹해 숙연해졌다. 그녀는 하늘에 시선을 묻은 채 물었다.

"아버지하고만 살면요, 외롭지 않았어요?"

"외로웠지. 아버지는 항상 일 때문에 바쁘셨으니까. 이 집은 꼬맹이한테 쓸데없이 컸어."

"테일러하고는 사이가 안 좋았어요?"

"우린 물과 기름이야. 섞이지 않아. 아버지가 집을 비운 날마다 찾아와서 날 괴롭혔지. 보다시피 우린 나이 차이가 많이 나. 8살 차이잖아. 중학교 1학년 때까지만 해도 테일러보다 작았지. 약했어. 만날 얻어터졌지. 아버지한테 일러도 보았지만 소용없었어. 테일러는 자기가 한 짓이 아니라면서 오히려 날 몰아세웠거든."

"테일러는 악당 이미지네요?"

해주의 대답에 칸은 맥주를 마시다말고 쿡, 웃었다.

"악당이지. 그런데 내가 몇 배로 갚아주었어."

"어떻게요?"

"지금은 내가 더 커. 그건 돈으로도 살 수 없거든. 하하하."

"풋! 겨우 그거?"

"테일러보다 어깨도 넓지? 힘도 세지? 잘생겼지? 머리도 좋지. 테일러가 나보다 나은 건 나이 많다는 거 하나뿐이야."

칸은 해주를 바라보며 그윽한 시선을 보냈다. 그녀는 맥주 캔을 벙어리장갑을 낀 손으로 감싸 홀짝홀짝 마시고 있었다. 그는 그 모습에 마음에 평화를 얻은 듯 물었다.

"시리우스 자리가 어딘지 알아?"

"음, 저거?"

해주가 손으로 가리켰다. 정확하게 맞추었다. 눈이 부시게 빛나는 별. 그것이 바로 시리우스이다. 큰 게 자리를 이루고 있고 게의 코끝에 있었다.

"시리우스우의 뜻은 가장 눈이 부시게 빛난다, 야. 꼭 해주 같아."

"칭찬 고마워요."

"밝아서 언제든 방황하지 않을 수 있지. 큰 게 자리의 시리우스, 오리온 자리의 베텔게우스, 작은 게자리의 프로키온. 이 세 개를 연결하면 커다란 삼각형이 만들어져. 이걸 겨울철의 대삼각형이라고 부르는데 모두 1등성으로 무지 밝지. 사람들은 이 삼각형을 기준으로 다른 별을 찾아."

"정말 그렇게 보이네요?"

칸은 입술을 꾹 다물었다가 떼며 심각한 표정을 지었다.

"오늘…… 길을 잃을 뻔했어."

"어디서요?"

"레이 마사코 앞에서."

칸의 입에서 레이 마사코의 이름이 나와 해주는 가슴이 철렁 내려앉는 것 같았다.

"레이의 손가락이 망가졌대."

"피아니스트인데요?"

"응."

"어떻게, 어쩌다 그렇게 됐대요?"

"몰라. 다만…… 내가 책임을 져야 할 것 같아."

칸의 시선은 밤하늘의 별자리도, 곁에 있는 해주도 아닌 들고 있는 캔 맥주에 머물러 있었다. 미간을 한껏 찌푸린 채 입술을 오므린 그는 무엇이 그리 우스운지 혼자서 피식 웃어 해주를 불안한 공간에 밀어 넣고 있었다.

날카로운 밤바람이 뺨을 도려내기 시작했다. 머리카락이 바람에 날렸다. 레이처럼 머리카락을 길게 늘어트린 해주는 칸이 우물쭈물 진심을 꺼내는 걸 머뭇거리자, 벙어리장갑을 벗었다. 그리고 차게 식은 그의 손등을 살포시 눌러 녹이며 물었다.

"당신 마음이 편할 수 있다면, 그렇게 해요."

"해주……."

"당신의 마음이 중요한 거예요. 그러니까 그런 얼굴 하지 마세요. 내게 미안해하지 마세요."

해주는 싱긋 웃었다. 칸이 괴로운 표정을 짓고 있어 자신만은 웃어야 한다는 강박이 그녀의 미소를 더 빛나게 했다.

"당신 괜찮겠어?"

"어쩔 수 없잖아요. 당신이 레이 마사코…… 라는 원래의 연인에게 돌아간다는데요. 어떻게 말려요."

"돌아가다니?"

칸은 눈살을 찌푸렸다.

해주는 칸에게서 시선을 떼고 밤하늘을 보며 대꾸했다.

"난 당신이 괜찮으면 그것으로 됐어요."

"날 보고 말해."

해주는 아무렇지 않은 표정을 지었다.

"해주."

"난 괜찮아요. 그리고…… 테일러한테요, 제가 다 말할게요. 이건 내 일이니까."

"너, 날 떠나겠다는 말이야?"

"그게 맞잖아요."

칸은 기가 막혀 맥주를 벌컥벌컥 마셨다.

"맞다니? 뭐가 맞아?"

"당신이 레이 마사코 씨를 책임을 지기로 했다면, 나와 정리를 해야 맞는 거잖아요."

"내가 레이를 책임진다는 건 그런 뜻이 아니야!"

"그럼?"

"다시 피아노를 치게 만들어준다는 말이야. 고장 났으면 고치면 되는 거지."

칸의 쌀쌀맞은 대답에 해주는 어리벙벙했다.

"아까, 길을 잃을 뻔했다고……."

"네가 없었으면, 날 기다리고 있을 네가 없었다면 그녀에게 흔들렸을 거라는 뜻이다."

해주는 숨을 훅 들이마셨다.

"멍청해, 사람을 어떻게 보는 거야? 왜 그렇게 둔하고 맹해?

그리고 왜 화를 안 내? 내가 그녀를 책임을 지겠다고 말했을 때 불 같이 화를 냈어야지."

"그, 그게…… 난."

해주는 두 손으로 얼굴을 감쌌다. 뜨거운 감정이 목구멍까지 차올라 울컥했다. 주륵, 눈물이 흘러 뺨을 적셨다.

"미안해."

"응? 뭐가요?"

"오늘 점심…… 정말 미안해."

"으음. 그래도 지금은 이렇게 있잖아요."

해주는 칸의 가슴에 이마를 대고 훌쩍거렸다.

"별자리 얘기도 해주면서 내 옆에 있잖아요. 당신의 곁에 있는 사람은…… 나잖아요."

"난 흔들리지 않는다고 단정 지을 수 없어. 레이는 내게 가시 같은 사람이야. 억지로 잊지 못해. 그렇게 살아왔고 앞으로도 그렇겠지. 하지만 내 아버지처럼 바람을 피우거나 자신을 믿었던 사람을 기만하지는 않을 거야."

칸은 해주를 안으며 덧붙였다.

"사랑은, 어느 한쪽의 지배가 아니야. 함께하는 거야. 맞지?"

"……난 이미 당신한테 지배당한 거 같아요."

해주가 고개를 들어 칸을 바라보았다. 울어서 붉어지고 부은 눈두덩을 가만히 바라보던 그가 입술로 눈물을 쓸어주었다. 그리고 혀를 내밀어 속눈썹을 간질이며 부정했다.

"그래, 넌 내게 지배당했어. 그리고 난……."

네게 정복당한 것 같다.

✻ ✻ ✻

건반 위에서 손가락이 전쟁을 벌인다. 하얗고 검은 건반을 튕기고 나르는 손가락의 사랑스러운 터치. 그리고 피아니스트는 자신이 연주하고 있는 선율에 흠뻑 빠져 울 듯한 표정을 짓고 감동한다.

파우스트 왈츠.

레이는 호박색의 양주를 따른 잔을 옆으로 밀어놓고 바에서 틀어놓은 파우스트 왈츠에 따라 손가락 연주를 하고 있었다. 피아노의 건반 위가 아니라, 차가운 플라스틱 바에서 감흥이 없는 연주를 하고 있었다.

눈물을 가득 머금고 피아니스트 레이 마사코는 굳어버린 손가락을 원망했다.

"네 손가락은 내가 책임을 지고 고쳐줄게. 그러니까 네가 선택한 피아니스트로서의 꿈을 포기하지 마라. 내가 널 놓아 준 걸 후회하게 만들지 마. 더 이상은……."

책임을 지겠다는 말에 기대했었는데, 칸의 뒷말에 절망하고 말았다.

칸의 성격이라면 그 누구보다도 잘 알고 있었기에 잡을 수가 없었다. 이미 끝이 난 거다. 혹시나 하는 기대감 때문에 자존심을 버리고 매달렸지만, 칸에게는 다른 여자가 생겼다.

테일러의 말대로 3일, 아니 4일 전에만 도착했어도 칸과 다시 시작할 수 있는 기회가 있었을 것이다. 늦은 후회를 해 봤자 버젓이 그의 곁에 있는 여자가 사라지지 않을 터였다.

"레이 마사코의 인생도 이것으로 끝인가?"

레이는 자신의 자랑이었던 손가락이 흉물스럽게 느껴져 인상을 구겼다. 그리고 옆에 밀어놓았던 잔을 드는데 테일러가 말렸다.

"그만 마셔."

"어, 어떻게 왔어요?"

"여긴 나도 자주 오는 곳이니까."

"음……."

"칸, 만났어?"

테일러는 레이가 마시던 양주를 뺏어서 제 입에 댔다. 파란 눈동자가 질투심에 번들거렸다.

"보기 좋게 차였어요."

"내가 말했잖아. 그 자식한테 다른 여자가 생겼다고."

"그 여자한테서 칸을 뺏을 수 있다고 생각했는데 아니었어요.

대신 이 꽃은 뺏었지만."

레이는 아이린 꽃다발을 흔들며 슬피 웃었다.

"그러게 처음부터 그런 녀석 말고, 나한테 오라고 했잖아."

"테일러 오빠였다면 날 놔주지 않았겠죠?"

"당연하지. 피아노? 그건 얼마든지 칠 수 있어. 정기적으로 연주회도 열어 줄 수 있어. 네가 하고 싶다면 다 해 줄 수 있어. 그런 사람이 나야. 그런데 넌 객기를 부려서 떠난 거다. 명성을 얻겠다고? 그래서 지금 넌 만족해?"

테일러의 냉소적인 질문에 레이는 입술을 떼지 못하고 꽃다발에서 아이린 한 송이를 집어 코에 댔다.

테일러는 꽃향기를 맡는 레이와 주변을 둘러보았다. 밤이 늦을수록 정취가 느껴지는 피아노 연주곡이 끝없이 흐르는 동안 사람들은 각기 제 할 말을 하느라고 바빴다. 어떤 이는 오늘 있었던 소개팅 이야기를 하고 있었고, 어떤 이는 사업적인 이야기, 또 어떤 이는 친구 이야기를 하고 있었다.

모두 활기가 넘쳐보였지만 레이는 예외였다. 당장에 숨이 끊길 듯 괴로운 얼굴을 하고 한숨만 흩뿌리고 있었다.

"칸은 돌아오지 않아."

"알아요."

"하지만 그 여자가 칸을 떠나게는 할 수 있어."

테일러의 대답에 레이는 움찔했다.

"레이. 내일 칸의 집에 가. 가서 이 사진을 보여줘."

테일러는 슈트 안주머니에서 사진을 꺼내며 능구렁이처럼 속삭였다.

“그 여자는 답답할 정도로 착하고 순진해서 네 말이라면 다 믿을 거다. 특히 이 사진을 본다면 더욱 그렇겠지.”

“이건…….”

레이가 차도에 뛰어들 때 칸이 구한 모습. 상황을 모르고 본다면 두 사람은 목숨까지 버릴 만큼 사랑하는 사이 같았다. 단 한 장의 사진은 사실을 왜곡한 채 사랑스러운 연인의 모습을 증명하고 있었다.

“테일러 오빠……. 이런 걸 언제…….”

“널 위해서 준비했다. 난 널 사랑해. 널 울리는 놈은 가만 두지 않을 거야.”

테일러는 레이의 눈빛이 흔들리자, 속으로 쾌재를 불렀다. 칸이 해주를 사랑하게 되었으니, 이제 그의 마음을 파괴하려면 단 하나의 방법이 남았다. 해주가 칸을 떠나는 것.

생각 외로 해주는 훌륭하게 칸을 유혹해주었다.

처음에는 해주에게도 괘씸한 마음이 들었지만, 레이를 통해 돌아가는 상황을 알게 되고 나니 자신에게 퍽 유리하다는 걸 파악하게 되었다.

이보다 더 좋은 기회가 또 있을까? 절대 없을 것이다. 테일러는 단숨에 양주 잔을 비우고 레이에게 물었다.

“괜찮은 방법인 것 같지 않아? 그 여자만 털어내면 칸은 혼자가 돼. 그럼 기회가 또 생기는 거라고."

칸에 대한 미움으로 똘똘 뭉친 테일러는, 레이마저도 자신의 욕망을 채우는 도구로 사용하고 있었다.

10

테일러의 반격

어두컴컴한 회의실에 모인 경영진은 칸을 포함하여 10명. 모두 어두운 실내를 유일하게 밝히는 빔 프로젝터의 빛이 정중앙의 넓은 벽을 비추자 심각한 얼굴을 했다. 그리고 신제품 개발의 중요성을 성토하는 개발부장의 목소리를 집중하고 있었다.

개발부장이 제품 사진을 넘기며 신제품에 들어갈 예산과 시기에 대해 설명을 미치자 빔 프로젝트가 꺼지면서 회의실 전체가 밝아졌다. 'U' 모양의 긴 테이블 위로 보고서와 어제 날짜로 생산된 부품이 놓였다.

칸은 약 50분가량을 어둠 속에 있다가 환한 빛의 세상으로 나온 게 부담스러워 눈살을 찌푸렸다. 그리고 하품을 하며 보고서가 아닌 제품의 외형부터 살펴보았다.

엔진의 힘을 직각으로 변환하고 차가 커브를 꺾을 때 안쪽과 바깥쪽 바퀴의 회전차를 이용하면서, 바퀴에 동력을 균등하게 공급하는 톱니바퀴를 디퍼런셜 기어(differential gear)라고 하는데 정교함이 많이 떨어지고 곳곳에 긁힌 자국이 선명했다.

요즘 들어 불량품이 많이 쏟아지는 것 같아 의아했는데 직접 확인을 하니 이해가 됐다.

"개발부장님."

칸이 개발부장을 조용히 불렀다.

"예, 사장님. 말씀하세요."

"이 샘플이 어제 생산된 거라고 하셨습니까?"

"그렇습니다."

칸은 개발부장의 기름지고 후덕한 얼굴과 디퍼런셜 기어를 번갈아보다가 옆자리의 막심 이사가 보고 있던 샘플을 달라고 하곤 외형을 유심히 보았다.

"막심 이사님은 어떻게 생각하십니까?"

"공장에 문제가 생긴 건 아닐까 합니다."

"역시 제 생각과 일치하군요. 프랑스 르망 24시에 출전하는 제닉스 F-13의 부품으로 들어가고 있습니다. 르망 24시에서 우리 회사 부품의 결함으로 테스트 레이싱을 말아먹었다는 소문이 퍼진다면 우리는 끝입니다."

칸은 막심을 추궁하듯이 쏘아보았다. 그러자 막심과 뜻이 잘 맞지 않아 자주 언쟁을 벌이는 재무이사 브람스가 끼어들었다.

"NNW 사에 내달 말일까지 4,000개의 수량을 공급해야 합니다. 맞출 수 있겠습니까?"

"제 3 공장의 기계가 노후한 탓에 생산량이 줄기는 했습니다만 괜찮을 것 같습니다."

"막심 이사님, 그런 식의 대답은 내가 바라는 게 아닙니다. 불량품이 한 개씩 나올 때마다 우리는 손해를 봅니다. 그런데 전월 대비 불량품이 증가하고 있습니다. 불량품은 줄여야지, 늘려서야 되겠습니까?"

말하고 보니 점점 늘어나고 있다는 게 수상쩍게 느껴졌다.

칸은 막심 이사와 개발부장 루이스를 번갈아보며 물었다.

"어떻게 생각하십니까?"

"요즘 공장에 사고가 잦습니다. 새로운 기계를 교체하면 상황은 나아질 겁니다."

"기계에 길을 들이는 데 며칠이나 걸리는지 아시죠? 우리가 만드는 금형은 겉 모양은 투박하게 보일지 모르나 섬세한 작업을 요구합니다. 장치의 결함이 없이 매끈한 모양까지 잡으려면 불량품은 늘어날 겁니다. 이 추세로 불량품의 양을 늘리면 결국 슈마허 모터스는 재정난을 겪을지 모를 일입니다."

막심의 대답에도 믿음이 가지 않는지, 칸은 브람스 이사를 불렀다.

"브람스 이사님은 지금 속히 1, 2, 4 공장에 내려가셔서 상황을 확인하고 오십시오. 내부의 문제가 있어서 불량품이 생산이 되고 있다면 바로 시정해야 합니다."

"명심하겠습니다."

"난 회의가 끝나는 대로 불량품을 줄기차게 뽑아내고 있는 제 3 공장을 시찰하겠습니다."

"사, 사장님. 갑자기 공장에 가시면……."

개발부장이 앞을 막아 칸은 눈썹을 매섭게 치켜 올렸다.

"그럼 미리 예고를 하고 가야 합니까? 기계가 제품을 찍어냅니다. 사람은 결함을 찾아서 보완하면 되는 거예요! 개발실에서는 대체 뭘 한 겁니까? 새로운 엔진을 개발하면 뭘 합니까! 차가 엔진으로만 달립니까? 바퀴를 움직이는 기어가 말썽을 부리면 차가 어떻게 되겠어요! 당신의 다리가 제멋대로 달려서 마주 오는 트럭에 달려든다고 생각해 보세요!"

칸의 맹렬한 비난에 개발부장의 이마에 땀방울이 송골송골 맺혔다. 개발부장은 손수건을 빼 이마를 닦으며 옹알이를 하듯이 대꾸했다.

"성능에 문제가 없다면…… 괜찮지 않을까요."

"성능? 이것 보세요! 지금 제정신으로 하는 말입니까? 부품 하나에 달린 사람의 목숨이 몇 개인지 알아? 최대 5명이야! 그들이 우리 회사에서 내보낸 불량품 때문에 죽길 바라나?"

"다시 말씀을 드리지만 검사를 통과했습니다."

"버젓이 보이는 결함이 한두 군데가 아닌데 검사를 통과했다? 내가 해외 출장 중이었다면 대체 어쩔 뻔했나!"

"루이스 부장, 지나치게 겁을 먹고 있군."

칸이 송곳니를 드러내며 불같이 고함을 치자, 냉정하게 상황을 지켜보고 있던 브람스 이사가 막심의 심기를 건드리듯 덧붙였다.

"막심 이사님도 오늘따라 말 수가 많이 줄어든 것 같은데, 안색도 안 좋은 것 같습니다."

"브람스 이사님은 어서 공장에 가십시오."

막심은 브람스가 얄미워 죽겠는지 입매를 굳혔다. 칸의 신임을 한 몸에 받아 승승장구하는 브람스가 눈엣가시라 얼른 눈앞에서 치워버리고 싶은 마음이 굴뚝같았다.

"예, 그렇게 하겠습니다. 사장님 같이 출발하실까요?"

"갑시다."

브람스는 막심을 조롱하듯 칸의 바로 옆에 찰싹 붙어 회의실을 나갔다.

"사장님이 낌새를 느낀 것 같습니다."

"칸이라면 곧 모든 사실을 알아내겠지."

"예?"

"뭐, 어쩔 수 없잖은가."

"아니 그렇게 말씀하시면 어떻게 합니까? 괜찮다고 하신 분은 이사님이 아닙니까! 책임지신다고 하셨잖습니까?"

루이스는 심장이 헐떡거려 죽겠는지 가슴을 부여잡고 겁먹은 얼굴을 했지만 막심은 심드렁했다. 마치 드디어 올 것이 왔구나,

라는 표정이었다.

"내가 그랬던가?"

"예! 이사님이 그렇게 말씀하셨습니다!"

막심은 실망한 듯 울상을 짓고 있는 루이스의 어깨를 다독이며 말했다.

"테일러 사장님께 연락을 해보겠네."

테일러의 사람이었던 막심이 드디어 움직이기 시작했다. 그는 칸에게 얻은 신임을 바탕으로 불량품을 양품으로 바꾸는 조작을 시작했다가 눈썰미가 좋은 사장에게 저지당하자 언짢았다.

외형에는 흠집이 없게 하라고 공장장에게 일렀는데, 그건 누가 보아도 불량품이라는 걸 광고하고 있었다.

이제는 테일러가 직접 움직이겠지?

막심은 안경을 바로 쓰며 회의실을 나왔다. 그리고 긴 대리석 바닥의 깨끗하고 단단한 바닥 위를 천천히 걸으며 손으로 턱을 문질렀다.

앞으로 1시간 전후면 인사폭풍이 공장은 물론 사내를 휩쓸 것이다. 수출 건의 결제를 보류하겠다는 건 수출 건 자체를 전면적으로 재검토하겠다는 의지가 아니겠는가. 납품 날짜지 계약된 수량을 맞추지 못한다면 위약금이 얼마였더라? 내달에만 10만 개를 생산해야 하는데 엄격한 심사 기준만 들이댄다면 결코 수량을 채울 수는 없을 것이다.

막심은 안경을 벗으며 손바닥으로 눈 주변을 쓸었다.

"뭐, 나는 구경이나 하면 되겠지."

막심은 안경을 다시 쓰며 칸이 고함치는 소리를 먼발치에서 듣고 있었다.

"내가 간다고 미리 알렸다가는 모두 옷 벗을 각오들 하십시오."

칸은 폭풍처럼 화를 내며 초록색 눈빛을 태웠다. 자동차 부품, 이것을 단순히 값비싼 차에 들어가는 너트나 볼트처럼 단순하게 생각해선 안 된다.

불량품 하나에 최소 한 명에서 5명의 목숨이 달려 있다. 화려한 겉모습에 현혹된 사람들은 전혀 생각하지 못하겠지만 차를 사건 생산하건 제일 먼저 살펴봐야 하는 것이 바로 자동차 부품이다.

"칸, 우리가 만드는 건 플라스틱을 입힌 금형이 아니란다. 우리는 문명을 만드는 사람들이야. 슈마허 모터스를 너에게 맡기겠다. 테일러에게 슈마허를 맡긴 걸 내내 섭섭해 하는 것 같아서 일러두는 말이다. 넌 뜨거운 심장이 있어. 테일러에게는 그런 심장이 없단다. 차는 부품이 튼튼해야 건강하게 달린다. 건강한 차는 사람을 신나게 하지. 우리 칸이 그런 차를 만들 수 있겠지? 아니, 이 아비는 믿는다. 너라면 훌륭히 해내리라는 걸."

칸은 아버지의 유언을 곱씹으며 주먹으로 벽을 쳤다.

"갑자기 불량품이 쏟아지는 건 그만한 이유가 있겠지."

칸은 테일러를 떠올리며 이를 갈았다.

* * *

"클라란스, 롤 캐비지를 하려는 데 맛있게 하는 비법이 있어요?"

해주는 주방장인 클라란스의 옆에 서서 칸이 좋아할 만한 음식과 레시피를 묻고 있었다. 클라란스는 칸이 어렸을 때부터 이 집의 주방을 총괄하고 있어 그 누구보다 그의 입맛을 잘 알고 있는 사람이었다.

어제 언뜻 칸이 롤 캐비지를 좋아한다는 말을 들어 오늘 저녁에는 그것을 만들어주고 싶었다. 그가 좋아하는 모습을 꼭 보고 싶었다.

"해주 양은 칸 사장님의 어디가 좋아요?"

"엄청 따뜻한 사람이라서 좋아요. 그리고 당당한 것도 좋고. 결단력도 부러워요."

"무섭지는 않고?"

"칸이 무서워요?"

"우리 사장님 성격을 잘 모르는구나. 화가 나면 엄청 무서워요. 돌아가신 회장님의 핏줄이 어디 가나요. 아주 그냥 가차 없어요."

클라란스는 흰머리가 희끗희끗한 50대 여성으로 적당히 말라 제 나이보다 다섯 살은 어려 보였다. 그리고 동작이 우아해서 주방에서 음식을 만드는 손동작을 보고 있노라면 해주도 클라란스처럼 늙고 싶다는 생각이 들었다.

"그러고 보니까 처음에는 무서웠어요. 눈빛이 남다르잖아요."

"그렇죠? 호호. 그런데 그렇게 화를 낼 때 이 롤 캐비지를 해주면 금방 풀린답니다."

"그 정도로 좋아해요?"

"양배추 요리는 다 좋아해요."

"기억해 둬야겠어요."

해주는 베시시 웃으며 클라란스에게 칸과 테일러에 대해 물었다.

"클라란스는 테일러도 알죠?"

"알죠."

"어떤 사람이에요? 칸하고 사이가 너무 안 좋은 것 같아요."

"그거야 칸 사장님이 아버지가 밖에서 낳아서 데리고 온 동생이니까요."

"그 이상인 것 같아요. 너무, 너무 미워해요."

"그건……."

클라란스는 눈동자를 천장으로 치켜 올렸다. 테일러를 어떻게 설명해야 할지 난감한 모양이었다. 포장을 하려고 고심했지만 머릿속에 떠오르는 말은 나쁜 놈이었다.

"에휴, 이런 말을 하기 참 그런데. 테일러는 오랫동안 귀여움을 받다가 동생의 등장에 삐뚤어진 경우라고 할까……."

"그 얘기는 들었어요. 칸을 많이 괴롭혔다고요."

"테일러만 그랬나, 테일러의 어머니 슈마허 부인도 마찬가지로 괴롭혔어요. 회장님이 외국 출장에 가시면 며칠씩 방에 가두었어요. 밥도 안 주고 물도 안 주고……. 정신적으로 괴롭힘을 많이 당해서 보기 안쓰러웠죠."

클라란스가 들려주는 칸의 과거에 해주는 소름이 돋아 팔로 몸을 감쌌다.

"칸의 아버지는 그걸 방관한 거예요? 아들이 학대 당하고 있는데?"

"처음에는 몰랐으니까요, 그러다 곧 알게 돼서 회장님께서 두 사람을 이 집에서 내쫓았어요. 칸만 남겨두신 거죠. 사실 그때 회장님은 슈마허 사모님이 잘못했다고 할 줄 알았는데 아니었어요."

"이혼했나요?"

"이혼은 무슨, 별거 상태였죠. 테일러에게 회장님의 재산을 모두 남겨줄 생각이었는데, 의외로 칸이 다 가진 거예요. 테일러는 자동차 회사만 소유하게 됐지만, 칸은 부품 회사잖아요. 돌아가신 회장님이 사업을 이 정도로 키운 발판이 바로 자동차 부품이거든."

이제야 테일러가 슈마허 모터스를 탐내는 이유를 알 것 같았다. 그는 아버지가 자신보다 칸을 더 신임한 것에 화가 난 것이었다.

"테일러는 불쌍한 사람이네요."

해주의 입에서 뜻밖의 말이 나와 클라란스는 깜짝 놀랐다.

"테일러가 불쌍해요?"

"네. 사랑받지 못해서…… 사랑받고 싶어서 나쁜 짓만 골라하는 거잖아요."

"좋게 생각하면 그렇죠. 근데 나이가 마흔인데 그럴 시기는 지났죠."

클라란스의 말대로 그럴까? 나이를 먹어도 외로움은 있다. 그리고 사랑을 갈구하는 마음도 있다. 테일러도 그럴 것이고 레이도……. 해주는 레이 마사코에 대한 궁금증에 클라란스를 간절히 바라보았다.

"클라란스, 혹시 레이 마사코라고 알아요?"

"백여시?"

"백여시요?"

"우린 그렇게 불러요. 처음에는 테일러의 여자 친구였죠. 테일러가 28살이었나? 자기보다 8살 연하의 대학생을 데리고 왔어요. 결혼하겠다고 말이에요. 회장님은 기가 차서 반대했죠."

"자, 잠깐만요. 레이 마사코는 칸하고 사귄 게 아니었어요?"

해주는 이해가 안 가는 양 눈을 깜빡거렸다. 혼란스러웠다. 테일러가 결혼하겠다고 데리고 온 여자를 칸이? 고개를 갸웃거리는데 클라란스가 명쾌하게 설명했다.

"칸이 테일러의 여자를 뺏은 거예요."

"네?"

"많이 당했으니까. 테일러와 슈마허 부인한테 당한 게 있으니, 자기 딴에는 복수를 한다고 생각했겠죠. 그때 회장님은 레이 마사코 때문에 형제간의 감정의 골이 깊어진 데에 불 같이 화를 냈어요."

"저라도 화를 낼 것 같아요."

"게다가 레이 마사코는 가난한 음대생이었거든요."

클라란스는 가난한 음대생을 강조하며 콧등을 구겼다. 그리고 싫은 감정을 주저하지 않고 드러내며 입매를 비틀었다.

"테일러와 칸 형제를 잘 활용한 여자죠. 음대까지 무사히 졸업하고, 국제 콩쿨에서 입상하면서 슬슬 제 욕심을 드러냈어요."

"칸을 찼군요."

"예. 사랑을 빙자하며. 내가 이런 말을 하면 기분이 나쁘겠지만, 난 그때 칸이 처음으로 여자 때문에 우는 걸 보았답니다."

"많이 사랑했군요. 칸은…… 레이를."

해주의 풀죽음 음성에 그제야 정신을 차린 듯 클라란스가 입을 가렸다. 그리고 손을 어디에 둘지 몰라 들었다가 놓고, 허리 뒤로 숨기는 등 어쩔 줄 몰라 하다가 주방으로 누군가 들어오는 기척이 들리자 얼른 화제를 돌렸다.

정원과 함께 우편물도 관리하는 리암이었다. 그는 해주를 칸의 아내로 여기는 듯 무척 공손한 어조로 사과부터 했다.

"제가 방해를 한 것 같아, 죄송합니다."

해주는 지나치게 공손한 리암이 부담스러웠지만 미소를 잃지 않고 물었다.

"리암, 무슨 일이죠?"

"손님이 오셨어요. 해주 양을 만나러 왔답니다."

"절요?"

손님이라는 말에 해주는 긴장했다. 혹시 테일러나 번은 아니겠지? 불안하게 치켜뜬 눈썹을 살짝 내린 그녀가 손님이 누구인지 파악하고자 물었다.

"날 찾아올 사람이 없을 텐데요."

"레이 마사코라는 여자분이에요."

"레이 마사코?"

해주보다 클라란스가 더 놀랐는지 목소리가 커졌다. 그녀는 입에 손을 댄 채 눈동자만 또르르 굴려 해주의 기분을 살폈다.

"어디에 있어요?"

"응접실에요."

"……네. 음, 리암. 차를 준비해줄래요?"

해주는 여주인처럼 부드러운 미소를 짓고는 응접실로 향했다. 손바닥에 땀이 차고 심장이 불규칙하게 뛰었다.

왜 왔을까? 왜? 무슨 말을 하려고 왔지?

해주는 심장이 두근 반 세근 반 뛰어 붉어진 얼굴을 손바닥으로 식히며 레이가 기다리고 있는 응접실에 들어섰다. 그녀의 기척을 느낀 듯, 창밖을 응시하고 있던 레이가 돌아보았다. 두 사람의 시선이 허공에서 뜨겁고 강렬할 불꽃을 일으켰다.

먼저 입술을 뗀 건 레이였다.

"안녕하세요."

"어서 오세요."

해주는 환히 미소를 지었지만, 레이는 '어서 오세요.' 라는 말에 기분이 이상했는지 비웃음을 흘렸다.

"절 만나러 오셨다고요?"

"네."

"무슨 용무로 오셨는지 물어도 될까요?"

"칸이요. 칸이 당신을 이 집에 머물게 해서요."

해주는 칸에 대한 소유권을 주장하려는 레이의 안색을 살피며 용기를 그러모으듯이 숨을 크게 들이마신 다음 내뱉었다.

"근데 그것 때문에 오셨어요?"

"단도직입적으로 말할게요. 나, 칸하고 다시 시작하려고 해요. 그래서 당신이 이 집에 있는 게 무척 신경에 거슬리니까 나가주지 않을래요?"

"레이 마시코 씨의 마음은 충분히 이해해요."

"이해해 준다니 고마워요. 생각 외로 말이 통하는 것 같아서 안심이에요."

"그런데 제가 이 집을 나가면 레이 마사코 씨가 들어오나요?"

"당연히 그렇겠죠?"

레이의 뻔뻔한 대답에 해주는 눈을 슬그머니 감았다가 뜨며 물었다.

"칸이 그렇게 하라고 하던가요?"

"칸이 아무 말 안 해요?"

"무슨 말이요?"

"나에 대해서요."

"아니요. 칸에게 들은 얘기는 없어요."

잘못 말했다가는 오해를 살 수 있어서 해주는 무조건 모른다고 대답했다. 레이의 눈빛에 생기가 돌았다.

"날 책임지겠다고 했어요. 그 말의 뜻을 알고 있겠죠?"

"……."

"몰라요?"

"아뇨, 알아요."

"그러니까……. 당신이 이 집을 나가야 한다는 말이 되는 거예요."

"당신을 책임지겠다고는 했지만, 나에게 나가라고 하지 않았어요."

"말귀를 정말 못 알아듣는군요."

레이는 미간은 한껏 좁히며 인상을 구겼다.

"그럴지도 몰라요. 그런데 칸은 나가라고 말하지 않았으니까 곁에 있을 거예요. 얘기가 다 끝났다면……."

"이 사진을 보고도 그런 말을 할 수 있어요?"

레이는 준비한 사진을 내밀었다. 해주의 시선이 부둥켜안고 있는 칸과 레이에게 머물러 있었다. 커다란 망치로 옆구리를 맞은 것처럼 충격적이고 정신이 쏙 빠졌지만, 해주는 칸의 표정을 확인한 후에 빙그레 웃었다. 그녀의 웃음에 레이가 당황하기 시작했다.

"칸이 짜증을 내고 있네요."

"뭐라고요?"

"당신은 웃고 있지만 칸은 화가 나 있어요. 여기를 보면 알 수 있어요. 이마에 주름이 없잖아요. 그 사람은요, 웃을 때 이마에 주름이 살짝 져요. 눈썹이 올라가서 주름이 생겨요. 멋지죠."

해주의 설명에 레이는 사진 속의 칸의 얼굴을 뜯어보았다. 분명히 그는 화를 내고 있었다. 레이의 얼굴이 빨개졌다. 문득 창피하다는 생각이 들었다. 이제 고작 3일밖에 안 된 해주가 자기보다 더 칸에 대해서 잘 안다고 생각하니 화가 치밀었다.

"칸을 사랑해요?"

"당연하죠. 나는 칸을 너무 너무 사랑해요."

"사랑하면 그 사람을 위해 무엇이든 할 수 있겠네요?"

"난 앞으로 칸을 위해서 살 거예요."

"그럼, 칸을 위해서 당신이 물러나 주세요."

해주의 부탁에 레이는 헛웃음을 쳤다.

"하! 하하하, 하! 이것 보세요!"

"사랑한다면 놓아주는 거예요. 당신이 한 말이잖아요."

"그럼 당신이 물러나지 그래요?"

"난 그런 말을 하지 않았어요. 그래서 칸을 놓을 수가 없어요. 그리고 그 사람이 부탁했어요."

"부탁?"

"칸 슈마허의 별이 되어 달라고요. 난 그렇게 될 거예요. 처음으로 욕심을 내기로 했어요. 허락도 받았어요."

해주는 턱을 쳐들고 눈을 부라리며 매섭게 노려보는 레이를 응수했다.

"당신은 칸을 슬프게 해요."

"잘난 척하지 마!"

"칸이 책임을 진다고 한 건 그 손이잖아요. 당신의 마음이 아니에요."

"다 알고 있었으면서 처음부터 모른 척한 건 왜 그런 거예요?"

"몰라요. 내 마음이 그렇게 하길 바랐어요. 당신의 얘길 다 들어보고 판단하자고요."

해주의 당당한 시선과 레이의 암울한 시선이 다시 한 번 허공에서 뒤엉켰다. 먼저 눈을 깜빡거리는 사람이 지는 싸움인 양 팽팽하게 맞선 해주와 레이는 눈이 시리고 따가울 때까지 쏘아보았다.

물러서지 않아. 칸을 아프게 하지 않아. 난 칸이 떠나달라고 말할 때까지 이 집에서, 칸을 위해 요리를 하고 키스를 해줄 거야. 당신에게 칸을 뺏기지 않아!

해주는 어금니를 깨물었다. 그토록 사랑했던 여자와 재회한 사람치고 흔들리지 않을 성격은 없을 거다. 그렇기에 칸이 한 말을 전부 믿기로 했다. 그는 자신에게 거짓말을 하지 않는 솔직한 성격이었다.

"테일러에게 고용된 당신이 칸을 사랑한다고? 그게 진심이라고?"

"칸도 알아요."

"칸은 용의주도해요. 당신을 유혹해서 자신을 믿게 할 참이야."

"네. 그럴 수도 있어요."

해주는 인정했다.

"결국 당신은 차일 거예요."

"차일 수도 있겠죠. 하지만 난 내가 하는 사랑을 의심하지 않아요."

해주의 대답에 레이는 다시 한 번 헛웃음을 쳤다. 잘난 척, 여유 만만한 척하는 게 꼴 보기 싫어서 해주는 사진을 반으로 찢었다.

"……!"

레이의 눈이 함지박 만하게 뜨였다. 그녀는 몸을 부르르 떨었다. 참을 수 없는 분노와 패배감에 이성을 잃은 듯했다. 눈시울을 붉게 붉힌 그녀가 노골적으로 조롱하기 시작했다.

"당신은 내 대용품인 거 알아요? 칸이 왜 당신에게 마음을 줬을까? 나처럼 동양인, 나처럼 긴 생머리, 나처럼 까만 눈동자, 나처럼……."

"알아요. 처음부터 그런 점들 때문에서 테일러의 눈에 들었으니까요. 그런데 난 당신을 닮지 않았어요. 전혀. 불쾌해요."

"뭐, 부, 불쾌?"

"당신 그 손 다쳤죠? 손을 다쳐서 돌아온 거죠? 만약 손을 다치지 않았다면, 피아노를 그만두지 않아도 됐다면 칸에게 돌아왔겠어요?"

"잘 알지도 못하면서 함부로 말하지 말아요. 당신이 내 손에 대해 뭘 안다고 이러쿵저러쿵 떠드는 거죠?"

"주제넘었다면 미안해요. 근데 내 앞에서 칸을 욕하지 마요. 그 사람의 안목, 그 사람의 마음을 우습게 여기지 마요. 그 사람에게 당신의 잣대를 들이대지 말란 말이에요!"

해주의 반격을 예상하지 못했던 레이는 다리에 힘이 빠지는 것 같았다. 레이는 해주를 쏘아보았다.

해주 역시 레이에게 지지 않으려고 눈을 부라리고 있었다. 한 치의 물러섬이 없이 팽팽하게 기 싸움을 벌이던 해주와 레이의 귓가에 타닥타닥, 하고 고압전류가 불꽃을 터트리는 듯한 소리가 들렸다.

"내가 잘못 온 것 같네요."

레이가 졌다. 그녀는 뻑뻑하게 마르는 안구를 마사지하듯이 눈을 감았다가 떴다. 그리고 핸드백을 어깨에 걸치며 눈썹을 높이 쳐들고 자신을 쏘아보는 해주를 응시했다. 생각 이상으로 보통내기가 아니었지만, 그보다 레이를 질리게 한 건 해주의 강한 마음이었다. 만나지 얼마 되지 않은 칸을 진심으로 걱정하고 사랑하는 그녀의 마음은 레이를 부끄럽게 했다.

쿵, 쿵, 쿵.

해주는 미친듯이 할근대는 가슴을 두 손으로 꾹 누르며 바닥에 쪼그려 앉았다. 눈을 부라리고 지지 않으려고 안간힘을 썼더니 다리에 힘이 풀리고 전신이 저릿저릿했다.

"해주 양!"

걱정이 됐는지 클라란스가 얼른 응접실에 들어왔다.

"괜찮아요?"

"네……."

"말 잘하던데? 듣는 내가 다 통쾌하더라!"

"그랬어요?"

해주는 숨을 격하게 내쉬며 클라란스의 손을 꼭 잡았다. 백짓장처럼 하얀 손이 부들부들 떨렸지만 클라란스의 말처럼 통쾌했다.

"클라란스……. 롤 캐비지 만들 재료를 손질해야겠어요. 칸이 제일 좋아하는 요리로, 이 세상에서 가장 행복하다는 마음이 들게 하고 싶어요."

11
내부의 적

슈마허 모터스의 생산 공장 주차장에 스포츠카를 거칠게 주차하는 타이어 마찰음 소리가 들리자마자 제 3 공장장인 클레인이 숨을 훅 들이마셨다. 클레인은 드디어 올 것이 왔구나, 라는 표정으로 울상을 지었다.

서른 중반의 말라깽이 공장장 클레인은 곱슬머리에 얼굴은 주근깨로 지저분한 인상을 남기지만 일 하나만큼은 똑 부러지게 잘해 칸이 신임했고 사적으로도 친한 사이기도 했다. 그런 자신이 칸을 실망시키고 화가 나게 했으니 후폭풍이 두려워 한껏 위축된 상태였다.

"클레인!"

칸은 목청이 터질 것처럼 클레인을 부르다 작업복 차림으로 달려오는 그를 발견하고 이를 빠드득 갈았다.

"클레인, 당신이 오늘 날 화나게 한 사실을 알고 있겠지!"

칸은 클레인의 멱살을 잡아 한 팔로 들어올렸다. 그의 팔에 힘이 들어가자, 근육은 식빵처럼 올록볼록 튀어나와 소매를 꽉 조였다.

"저, 저기 사장님……."

"내가 당신을 공장장으로 세운 건 오늘 같은 일이 없길 바라는 마음에서였다!"

"카, 칸. 컥컥! 그건 루, 루이스가 모두 책임지겠다고 해서……."

"그걸 변명이라고 하는 거야?"

클레인은 칸의 손가락을 억지로 펴며 멱살을 풀고자 했으나 역부족이었는지 울상을 짓고 숨을 컥컥거렸다.

"크, 그, 크윽…… 칸. 숨이 막혀요."

클레인은 죽상을 지으며 애원조로 말했지만 칸은 눈 하나 깜빡하지 않고 뜨거운 입김을 불며 으르렁거렸다.

그의 송곳니가 오늘따라 유난히 크고 길쭉하고 끝이 날카롭게 보여 클레인은 입술을 파르르 떨어야 했다. 이러다 한 대 치면 턱이 부러지는 건 물론 갈비뼈도 나갈 것 같았다.

"나는 사장이고 루이스는 개발부장에 불과해. 그런데 왜 내게 보고하지 않았지? 왜 먼저 연락하지 않았느냐고!"

"무, 물량을 맞추라고 했습니다. 컥. 안 그러면…… 컥!"

"물량을 맞추랬다고 불량품까지 추가하나? 내가 질색하는 게 불량품인 걸 알아, 몰라!"

"내달에만 10만 개를 생산해야 하는데, 무슨 수로 맞춥니까!"

"내년 1월에 납품할 물량을 맞추라고 지시를 내린 건 3개월 전부터였다! 12월 달에는 바빠질 거라고 미리 언질을 준 건 공장장을 믿었기에 한 말이었어. 그런데 내게 실망만 안겨줬어. 대체 내가 누굴 믿어야 하는 거지?"

"회사의 규모를 확장하는 것도 좋지만, 사장님이 따내는 계약에 맞추기엔 턱없이 부족한 생산직원의 수와 설비 시설에 대해 생각을 해 보셨어야죠."

칸은 입술을 비틀더니 클레인을 밀었다.

"그럼 애초에 설명을 잘 하든가! 지시를 내린 사람은 밑에서 아무런 불만이 없으니까 당연히 가능하다고 생각한다. 그런데 불량품이 와르르 쏟아지고 있어!"

"겨우 10%입니다."

"10%씩이나 된다고 말해야지! 내가 유럽 출장으로 자리를 비웠다고, 전체 물량의 10%가 쏟아져 나왔다.

"루이스가 책임을 지고 진행을…… 으악!"

클레인도 억울한 듯 칸의 구둣발을 손으로 밀며 고함쳤다.

"사람 말 좀 들어! 미친놈처럼 성질부터 내지 말고! 루이스가 말하길 납품 날짜까지 수량을 못 맞추면 우리가 물어야 하는 위약금은 계약금의 3배라고 했어. 하지만 실제 손해액은 그것보다 더 될 거라고. 우리 회사가 도산할 수도 있다고 했다고!"

"도산? 미친 거야? 내가 도산을 왜 해? 귀가 잘못된 건 아닌가?"

칸이 매섭게 몰아붙이자, 공장장으로서 예의를 갖추었던 클레인도 목에 핏대를 세우고 쏘아붙이기 시작했다.

"테일러가 널 압박할 거라던데? 이 공장을 집어 삼키려고 NNW 사와 합병한다는 소문이 돌았다고. 그런 말을 하면서 물량을 맞추라는데 어떻게 하나!"

"내가 NNW 사에 엔진을 팔았다는 건 못 들었나?"

"루이스는 그런 말을 하지 않았어. 우리 회사가 어렵다고만 했지."

클레인의 대답에 한스는 분노를 잠시 꺼트리고 생각했다.

"다른 말은?"

"불량품이라도 좋으니까 일단 내보내라고."

"알면서 불량품을 납품할 생각을 했다고? 클레인 너!"

칸은 클레인이 쏟아낸 말에 충격을 받아 뒤로 물러났다. 그리고 머리카락을 쥐어뜯듯이 쓸어 올리고 클레인에게만 들리게 낮고 어두운 음성으로 물었다.

"실망이야. 그런 지시를 하달 받자마자 나한테 연락을 했어야지!"

"항상 바쁘잖아. 안 그래도 비서한테 연락을 달라고 했지만, 지금에서야 온 거잖아!"

"비서한테? 누구, 어느 비서?"

"기젤라인가, 그 여비서 있잖아."

기젤라에게서는 아무런 보고를 받지 못한 터라 당황스러웠다.

칸은 클레인의 암갈색의 눈동자를 직시하며 물었다.

그동안 너무 앞만 보고 달렸나? 주변의 소리에 너무 귀 기울이지 않았던가?

칸은 생각이 많아졌다. 자동차 부품을 만들고, 그 부품으로 카트를 만들면서 얻었던 기쁨과 자부심은 사람이라는 생각이 많고 욕심이 많은 생명체 때문에 가슴 안에서 말끔하게 사라지고 그 자리엔 차가운 감정만 독버섯처럼 돋아났다.

칸은 클레인에게 등을 돌리며 두 눈을 질끈 감았다. 해를 마주보고 선 칸의 커다란 덩치가 클레인의 몸을 덮고도 남을 그림자를 만들었다.

"이번이 마지막이야. 클레인. 한 번 더 불량품을 납품하려다가 적발되는 즉시, 넌 해고 당할 줄 알아."

클레인은 칸의 음성이 너무나도 차갑고 간결해서 주먹을 꽉 쥐며 뒷말을 기다렸다.

"공장장님이 사장을 배신하는 행위는 두 번 다시 없었으면 합니다. 우리의 우정을 위해서라도."

칸은 클레인의 어깨를 두드리며 침울한 표정을 지었다. 겸연쩍은지 웃어보였지만 클레인이 턱을 당기자 어깨를 으쓱이곤 그대로 뒤돌아 갔다.

피곤하다. 해주가 보고 싶다. 그녀가 만든 요리를 먹고 그녀와

이야기를 나누며 쉬고 싶다.

* * *

레이와 한바탕 눈싸움을 해 체력이 바닥이 났던 해주는 잠깐 눈을 붙인다는 게 그만 창밖이 캄캄하도록 깊이 자 비명을 지르며 일어났다. 그리고 얼른 자명종 시계를 들어 시간을 확인하고는 다시 한 번 비명을 질렀다.

“까악, 난 몰라. 몰라! 몰라! 7시가 넘었잖아!”

저녁 준비를 하지 않고 잠을 잔 터라 혼비백산한 채 침대 맡에 걸쳐 놓았던 숄을 들었다. 클라란스가 재료 손질을 마쳤기에 지금부터 요리를 한다면 칸의 귀가 시간에 얼추 맞출 수 있을 것 같아 다급해졌다.

“난 몰라, 난 몰라.”

부랴부랴 달려가는데 주방에서 부스럭거리는 소리가 들렸다. 그녀는 기척을 살피며 들어섰다. 칸이 누런 종이봉투에서 식료품을 꺼내고 있었다.

“언제 왔어요?”

“방금.”

“미안해요, 여태 잤어요.”

“미안하기는.”

칸은 대수롭지 않게 대답하며 캔 맥주를 꺼냈다.

"맥주가 다 떨어진 것 같더군."

"술꾼."

"하하하하. 회사에서 쌓인 피로를 풀기엔 맥주만 한 것도 없거든."

"그 말은 오늘 좀 안 좋았다는 거네요?"

"그렇지 뭐."

"혹시 저 때문에?"

해주는 혹여 칸이 레이의 일을 알고 있을까, 싶어서 두려운 마음에 물었다.

"왜 그렇게 생각하지? 내 얼굴이 안 좋아?"

아무래도 칸은 아직 레이에게서 아무런 얘기를 듣지 못한 모양이었다. 그녀는 마음을 놓고 푸근하게 웃었다.

"그냥, 기분에요."

"그런 생각 하지 마. 해주가 보고 싶어서 빨리 들어온 거야."

칸은 해주의 입술에 입을 맞추며 오늘 있었던 일에 대해 조곤조곤하게 설명하기 시작했다. 그녀는 그가 벗어서 건넨 코트와 재킷을 받아 옷걸이에 걸며 물었다.

"그래서 무섭게 화를 냈어요?"

"화가 나니까."

"클레인이라는 분도 위에서 하달 받은 대로 한 거잖아요. 알면서 무섭게 왜 그랬어요."

"왜? 당연히 난…… 잠깐. 지금 내 앞에서 클레인의 편을 든 거지?"

"편이 아니라, 그냥."

"안 돼!"

칸은 넥타이를 풀어 해주의 목에 걸더니 끌어당기며 투정을 부리듯 경고했다.

"내 앞에서 다른 남자의 편을 들어서는 안 돼."

"그게 아니라요."

"안 돼! 나만 칭찬해. 나만 생각하고 나만 걱정해야지, 지금 누굴 걱정하나?"

"당연히 칸을 걱정하죠. 근데 내 말은 당신이 어쩔 수 없는 일에 대해서는 마음을 너그럽게 갖는 사람이 되었으면 한다는 거예요. 그래야 칸은 더 멋진 사장님이 될 테니까요."

해주의 똑 부러지는 대답에 칸은 가슴이 철렁 내려앉았다.

"어, 내가 아는 해주가 아닌데?"

"네?"

"당신이 그런 말도 할 줄 알고. 오늘은 좀 똑똑하게 보여. 놀라워."

"저, 저도 마냥 흐린 건 아니니까요."

해주는 겸연쩍어 슬쩍 몸을 빼고는 쿡, 웃었다.

"왜?"

"당신이 좋아하는 롤 캐비지를 만들 거예요. 클라란스가 재료 손질을 다 해주고 갔더라고요. 휴, 정말 다행이에요."

"롤 캐비지를?"

"클라란스에게 조언을 얻었어요."

"기대되는데? 요즘 내가 저녁이 기대돼서 일찍 들어 와."

"밥만? 그럼 나는?"

해주의 깜찍한 투정에 칸은 호방하게 웃으며 대꾸했다.

"저녁 식사를 아주 맛있게 해주는 해주 때문에 일찍 들어온다는 부연설명이 있겠습니다."

"풋, 그렇게까지 말하지 않아도 돼요. 옷 갈아입고 내려오세요."

"어. 근데 오늘 기분 좋은 일이 있어?"

유난히 밝은 것 같아 물었지만 해주는 고개만 절레절레 흔들며 빨리 내려오라는 손짓을 했다. 뭐지? 이상하군. 그는 셔츠의 단추를 풀다가 다시 한 번 뒤를 돌아보았다.

"해주가 아닌 것 같아. 오늘은 많이 명랑해."

고개를 갸웃거리면서 와이셔츠를 벗는데 휴대폰이 울렸다. 그는 액정에 뜬 번호를 보고 받았다.

"어, 나다. 알아봤나?"

—네. 우선 레이 마사코 씨에 대해서 말씀 드리겠습니다. 레이 마사코 씨의 손가락 부상은 정신적인 스트레스로 인한 질환이라고 합니다. 담당 주치의의 말로는 외상, 내상이 전혀 없는데도 피아노 건반에만 손을 올리면 통증을 느낀다고 합니다. 프랑스 언론에서는 그동안 쉬지 않고 연주를 한 탓에…….

"결국 정신병이라는 소리군. 다음은 한스라는 남자에 대해서 알아봤나?"

-네. 한스는 네덜란드에서 지내고 있었습니다. 그리고 얼마 전 결혼식을 올렸다고 합니다.

"절대적인 악인이군. 한스와 아내를 데리고 와. 그리고 한 가지 더 부탁하지. 개발부장 루이스의 뒤를 캐. 누굴 자주 만났는지 또 누구를 만나는지 등등."

-예, 언제까지 보고 드릴까요.

"내일 오전."

-예. 가능한 시간을 맞추겠습니다.

칸은 상대방이 전화를 끊길 기다렸다가 휴대폰으로 이마를 지그시 눌렀다.

피아노 건반에 손을 대면 통증이 온다? 결국 자신감이 문제인 거잖아? 레이 마사코. 너 정말 겨우 그 정도밖에 안 되는 여자였어?

칸은 씁쓸한 마음에 입맛을 다셨다.

* * *

"클레인이 허튼소리를 하는 바람에 칸이 재정조사는 물론이고, 내사까지 시작했습니다. 괜찮겠습니까? 브람스 이사에게는 호기가 아닐 수 없잖습니까. 이참에 이사님을 몰아내려고 할 겁니다."

막심은 자신의 저택 응접실을 찾은 루이스를 딱하게 바라보았다. 칸이 회사며 공장이며 한바탕 난리를 친 바람에 뒷일을 수습하느라고 진땀을 뺏던 막심으로서는 그의 늦은 방문이 반갑지 않았다.

"브람스 이사는 칸의 오른팔이 아닌가."

"그런 건 말씀하지 않으셔도 압니다."

"그렇군."

영국에서 들여온 질이 좋은 홍차를 대접하면서도 어서 빨리 집에서 나가주었으면 하는 바람이 컸다. 모두 칸을 무시하면서도 그가 화를 내면 무서워서 겁에 질려버린다.

앞뒤 가리지 않고 날뛰는 주인을 두려워하여 잔뜩 졸아서 꼬리를 말고 구석에서 낑낑거리는 겁쟁이 개를 보는 것처럼 썩 좋은 것만은 아니었다.

"이사님, 뭐라고 말씀 좀 해보세요. 이제 어떻게 해야 합니까?"

"자네는 겁이 너무 많아. 우리 회사의 자금 상태는 좋네. 매일 공장에서는 제품을 찍어내고 수출을 하지. 그리고 우리는 대금을 꼬박꼬박 받아내고 있어. 자네가 걱정하는 것처럼 재정적인 문제가 있었다면 칸이 제일 먼저 눈치를 챘지 않겠나? 칸은 아무것도 모르는 바보가 아니야. 슈마허 모터스의 주거래 은행은 모두 칸의 편이라네. 그들은 칸의 재산이 다른 은행으로 흘러들어가는 걸 원하지 않아. 그래서 우리 회사의 재정 상태를 빠삭하게 파악하고 있네. 그들은 매달 말일 칸에게 우리 회사의 상태를 보고하지."

"그렇다면 테일러 사장은 슈마허 모터스를 어떻게 삼킬 작정이랍니까?"

"NNW 사를 패로 쥐고 있다가, 오히려 칸에게 좋은 일만 시켰어. 테일러는 새로운 엔진의 설계 도면을 구하려고 할 걸세."

"그걸 구해서 어쩌려고요?"

루이스의 답답한 대답에 막심은 답답했지만 친절하게 설명했다.

"경쟁 업체에 팔면 그만이지. 경쟁업체에서도 칸의 새 엔진을 호시탐탐 노리고 있잖아. 대단하지? 아직 세상에 나오지도 않은 엔진을 3,000만 대나 사전 계약을 했어. 대단하지만, 그만큼 뉴 모델에 문제가 생긴다면 타격도 클 거야."

"그걸 노리는 겁니까?"

"테일러는 아주 오랜 세월을 준비했네. 칸의 비서 중에 기젤라도 테일러의 사람이지. 테일러는 기젤라를 통해서 칸의 일거수일투족을 보고받고 있어. 아마 칸의 집에도 테일러의 사람이 있을걸."

루이스는 이제야 막심이 숨을 죽이며 사태를 지켜보는지 깨닫게 되었다. 조명등의 환한 빛에 안경이 반사돼 그가 어떤 표정을 하는지 자세히 알 순 없었다.

"그럼 다음 작전은 새 엔진의 설계 도면을 훔치는 것이겠군요."

"그래. 그것만큼 칸을 위험에 빠트리는 방법도 없을 테니 말이야."

막심은 그렇게 말하며 주먹을 꽉 쥐었다. 테일러 같은 멍청이가 칸에게서 슈마허 모터스를 인수한다면 분명히 사장으로 앉힐 측근으로 자신을 천거하겠다고 굳은 약속을 해주었다.

언제까지 이사직에 있을 수는 없는 일. 막심 역시 브람스를 견제하며 피곤하게 살고 싶지 않았기에 이번이 인생 최대의 기회라고 생각하고 있었다.

하루 빨리 칸과 브람스, 이 두 사람만 제거된다면 정말 두 다리 쭉 뻗고 잘 수 있을 것 같은데.

그는 안경을 손가락으로 부드럽게 밀어 올리며 음흉한 미소를 지었다.

* * *

롤 캐비지는 훌륭했다. 클라란스가 만든 것보다 더 입에 맞아서 놀라울 정도였다. 그는 다시 한 번 해주에게 감동해 사랑스러운 시선으로 하염없이 바라보았다. 점점 반하게 되는 매력에 정신을 차릴 수가 없었다.

"당신, 기분 좋죠?"

"어."

"나도 좋아요."

"왜?"

"당신의 기분이 좋아 보이니까요. 롤 캐비지가 당신을 행복하게 만들어 준 것 같아요."

"물론 롤 캐비지도 좋았지만, 그걸 만든 사람 때문에 감동하고 있었어."

칸의 끈적거리고 간질간질한 대답에 해주는 움찔했는지 눈을 깜빡거리다가 풋, 웃었다.

칸은 푸시시 웃으며 해주의 장난기어린 시선을 꽁꽁 묶듯이 사로잡았다. 검은 눈망울과 초록색의 야성이 번들거리는 눈동자가 엉켜 허공에서 순간이지만 짧고 강렬한 빛이 반짝였다.

"해주."

"네."

"키스하고 싶은데, 먼저 해줄 수 있나?"

해주는 칸이 당당하게 요구하자 쿡, 웃으며 고개를 끄덕였다. 그에게 다가간 그녀가 발끝을 들고 두 손을 넓은 어깨에 얹었다. 그러자 그가 고개를 숙이며 키스를 기다리는 입술을 먹어버렸다.

젤리빈즈처럼 말랑거리는 느낌이 좋다.

아랫입술을 용기내서 깨물어보고 혀로 핥으면 가슴 안에서 액체가 부글부글 끓을 소리를 내면서 뭉글뭉글한 기포를 만들어낸다. 그리고 그것은 비눗방울이 날아다니는 것처럼 심장에서 퍼져 신경을 타고 말초신경을 자극하는데 짜릿하면서도 또 피가 통하지 않는 것처럼 저릿저릿했다.

키스란 이렇게 달콤한 거구나. 정말 달다.

해주는 칸의 목에 두 팔을 감는 동시에 눈꺼풀을 스르르 내렸다. 숲에서 불어오는 상큼한 바람이 나뭇잎을 스치는 소리가 느껴지고 발목에 닿는 민들레 풀의 감촉이 좋다.

쏴아?

풀잎이 나부끼는 소리와 함께 그녀의 검은 모발과 그의 붉은 모발이 한데 어우러졌다. 그의 손이 그녀의 허리를 단단히 고정하고 체중을 가슴에 실었다. 둔탁한 마찰음이 그의 갈비뼈 안에서 났다.

두근두근.

심장 뛰는 소리가 귓가에서 울리는 것 같았다. 따끈하고 끈적거리는 타액이 입술을 흥건하게 적시는 동안 달빛이 그들을 환히 비추며 서서히 하늘 저편으로 이동하기 시작했다. 구름도 모두 사라지고 밤하늘은 깨끗한 별들로 반짝거렸다.

칸은 해주의 작고 여린 몸을 부서지지 않게 안은 후 마음속으로 열을 세고 팔을 풀었다.

키스는 끝났다.

입술이 떨어지자 해주가 눈을 뜨고 칸을 바라보았다. 그는 엄지손가락으로 그녀의 입술을 부드럽게 문지르며 물었다.

"키스…… 좋았어?"

"가슴이 터질 만큼."

"나도 좋았다."

그는 그녀의 턱을 손으로 잡아 올린 후 강렬한 시선으로 입술을 탐색하며 중얼거렸다.

"해주가 날 좋아해주길 바랄 정도로."

키스가 좋았다. 그리고 네가 좋다.

해주 네가…….

"칸을 위해, 하고 싶은 일이 많아져서 좋아요."

누군가를 위해 산다는 건 선물을 받은 것처럼 행복하다.

해주의 솔직한 모습은 칸을 감동시켰다. 그는 그녀의 말간 얼굴을 빤히 바라보다가 능청스러우면서도 음흉한 미소를 지었다. 몸을 옆으로 돌린 그가 그녀의 손을 잡은 채 유혹하듯 눈빛을 빛내고 있었다. 끈적끈적한 눈빛에서 드러난 감정이 폭발하려는 찰나 그가 말했다.

"해주, 지금 당장 당신이 날 위해 할 수 있는 일이 하나 있어."

"뭘까요?"

해주는 모르는 척 물었다.

"사랑."

"사랑?"

해주는 그렇게 말하며 돌아누워 그와 얼굴을 맞댔다. 그의 체온이 느껴졌다. 따뜻함 이상의 후끈거리는 열기가 그녀의 몸을 친친 휘감고 있었다.

그녀는 그의 입술에 제 손가락을 얹었다. 가늘고 긴 손가락으로 입매를 더듬은 그녀는 사랑에 푹 빠진 여자의 얼굴을 하고 있었다.

그의 입술은 보드라웠다. 말랑말랑한 젤리를 어루만지는 것 같아서 자꾸만 웃음이 비어져 나왔다.

"칸의 입술이요, 참 예쁜 거 알아요?"

"예쁘다? 별일이군. 내가 여자한테 그런 말을 듣다니 말이야."

"당신은 아름다워요."

"해주, 내게 아름답다고 하는 여자는 당신뿐이야."

"아름다워요. 무척 빛이 나요. 그리고 당신은 내 인생 최고의 남자예요. 그건 내가 아니어도 누구라도 말할 거예요. 다만 당신은 언제나 미간을 찌푸리고 있으니까 말하지 못하는 거죠."

해주의 손가락이 이번에는 그의 미간에 머물렀다.

그녀는 미간을 아프지 않게 어루만지며 키득 웃었다. 그녀가 웃을 때마다 칸은 가슴이 거세게 뛰어서 정신이 팽팽 돌 지경이었다. 편편한 둔덕 같았던 가슴이 요동을 쳤다. 가슴이 덜덜 떨리기 시작하더니 심장이 갈비뼈를 뜯고 나올 태세로 뜀박질을 하고 있었다.

그는 그녀의 얼굴을 손으로 감쌌다. 이렇게 영원히 해주의 옆에서 자고 눈을 뜨고 싶다는 바람이 가슴을 꽉 채웠다. 그리고 회사에서 쌓였던 피로가 형체도 없이 사라지는 걸 느껴 몸도 마음도 활력을 되찾는 것 같았다.

그는 그녀의 머리카락을 귀 뒤로 넘기며 속삭였다.

"해주, 당신은 참 매력적인 여자야."

칸은 해주의 콧방울을 혀로 간직이며 덧붙였다.

"당신은 아이스크림처럼 달아."

칸의 찬사에 해주는 입매를 올렸다. 아름답다는 말보다 매력적이라는 말이 듣는 게 정겨웠다. 그녀는 그와 이마를 맞대고 헤실헤실 웃으며 물었다.

"무슨 맛?"

"딸기 맛."

"맛있겠네요."

"먹고 싶어."

칸은 그녀가 무어라 대답하기 전에 입술을 냉큼 뺏었다.

큼지막한 손이 그녀의 얼굴을 단단히 고정하고 입술을 들이밀었다. 벌어진 입술에 뿌리를 내린 혀가 살랑살랑 부드럽게 움직거리기 시작했다.

그녀는 고개를 뒤로 젖히며 무릎을 세웠다. 몸을 자연스럽게 틀어 등을 바닥에 붙이자, 칸이 기다렸다는 듯이 몸을 포갰다. 꼿꼿하게 솟은 남성이 묵직하게 그녀의 음부를 눌렀다.

그녀는 눈을 번쩍 떴다가 큭큭 웃었다. 그녀의 웃음소리는 말괄량이 같았다.

그는 입술을 맞붙인 채 따라 웃었다. 그녀의 어깨를 누른 팔에 힘이 들어가 근육이 팽팽하게 부풀었다. 공기를 주입하는 열기구처럼 몸이 붕 뜨는 게 느껴졌다.

그는 그녀의 윗입술과 아랫입술을 번갈아 깨물며 장난을 쳤다. 그녀의 손가락이 목을 끌어안았다. 뒤통수를 간질이는 손가락이 주는 희열은 그 어떤 것과도 바꿀 수 없을 만큼 소중하고 값지게 느껴졌다.

그의 손길이 느슨하게 풀렸다가 빨라졌다. 속이 탔는지 단숨에 그녀를 발가벗겼다. 그는 조명등을 모두 껐다. 열친 커튼 밖은 커다란 달이 떠 있었다. 달빛이 그들을 비추는 것 같았다. 푸르스름한 기운이 방안의 어둠을 밀어냈다.

그는 그녀를 응시하고 있었다. 상체를 일으켜 앉은 그는 봉긋하고 둥근 젖가슴을 한 손으로 마사지하며 정점에 서서 꼿꼿하게 굳은 젖꼭지를 자극했다. 그러자 그녀가 한 손으로 턱을 괴고 가녀린 신음을 쏟아냈다.

베개에 머리에 푹 묻은 그녀가 고개를 뒤로 젖히며 눈을 감았다. 자극을 느끼는 중이었다.

"기분 좋아?"

"네…… 좋아요."

"솔직해서 좋군."

"지금은 그 어느 때보다 솔직해져야 한다고 생각…… 흣, 하…… 해, 해요."

해주는 칸이 분홍빛 유두를 비틀 때마다 강한 전류에 감전된 것 같았다. 허리를 들썩거리며 칸의 손길에 맞춰 리듬을 타던 그녀가 혀로 입술을 축였다.

뇌쇄적이고 요염해 칸은 제 몸에 거추장스럽게 달라붙어 있던 옷을 모두 벗어던졌다. 그녀처럼 그도 실오라기 하나 걸치지 않은 맨 몸이었다.

"아름다워……."

칸은 해주의 음부에 얼굴을 묻었다. 부드러운 음모가 뺨에 닿을 때의 촉감에 몸이 부르르 떨렸다. 가랑이 사이에 얼굴을 묻은 그는 숨을 크게 들이마셨다. 원초적인 향기가 맡아졌다. 폐부를 가득 채우는 향기는 아담을 유혹하는 이브가 흩뿌리는 미향에 견주어도 부족함이 없을 것 같았다.

그는 비너스의 언덕에 입을 맞추었다가 허벅지 안쪽 살을 핥았다. 비누처럼 매끈거리는 살결에 입을 맞출 때마다 심장이 벌렁거리고 머리가 지끈거릴 만큼 열기가 전신을 휘감았다. 당장에 그녀의 몸을 가르고 싶은 충동이 그를 괴롭혔다.

그러나 그녀는 아직 젖지 않았다. 지금 그녀를 품었다가는 고통만 안겨줄 뿐이었다. 그는 자신의 욕망의 허기를 채우기보다 해주와 함께 즐거움을 깨우치고 싶었다.

허벅지에 얼굴을 문지르던 그가 몸을 위로 올렸다. 그녀와 가슴을 맞붙인 채 키스를 나누었다. 그녀의 손이 그의 옆구리를 간질이다가 밑으로 내려갔다.

탄탄한 복부를 더듬어 내려가던 손이 발기한 남성의 귀두를 잡았다. 조물조물 부드럽게 마사지하듯이 만지작거리던 그녀가 손톱으로 요도를 지그시 눌렀다가 뗐다.

"어흣!"

고개를 뒤로 젖힌 칸은 전기뱀장어를 집어삼킨 것 마냥 충격을 받았다. 엉덩이 근육이 꽉 조이더니 단단하게 굳었다. 그는 두 눈을 질끈 감았다가 뜨기를 반복했다.

"아파요?"

"으, 으음. 아니, 좋아."

"이렇게 하면 어떨까……."

해주는 한 손으로 잡아도 남아도는 부위까지 정성스럽게 어루만졌다. 손바닥에 느껴지는 살결의 느낌이 좋았다. 연한 피부 위에 볼록하게 솟은 핏줄은 쉬지 않고 꿀렁거리는 것 같았다.

부드러웠다. 특히 귀두 부분은 단단하면서도 부드러웠는데 아이 피부 같았다. 그녀는 그의 속살을 마음껏 희롱했다. 마찰음이 질척거리게 날 때마다 그의 숨결이 뜨거워졌다.

그는 그녀의 목에 얼굴을 묻고 있었다. 좀 더 강한 자극을 원하는지 아예 드러누웠다. 꼿꼿하게 하늘을 향해 고개를 든 남성이 붉은색 음모 밖으로 옹골차게 드러났다.

해주는 마른침을 삼키며 빙그레 웃었다. 갑자기 핥아보고 싶은 충동이 들었다. 그가 그녀의 음부를 희롱하던 것처럼 말이다. 그녀는 용기를 내 침이 가득 고인 입을 달싹거렸다. 용기가 필요했다.

어떤 맛일까? 짤까? 텁텁할까? 시큼할까? 말도 안 되는 고민을 하는데 칸의 손가락이 그녀의 엉덩이를 어루만지며 깊은 골짜기까지 들어왔다. 그녀는 움찔했다. 골짜기의 음습한 골을 손가락이 불쑥 들어와 지분거리기 시작했다.

"으음, 으으……."

저절로 앓는 소리를 토한 그녀가 엉덩이를 세우듯 치켜들었다. 시소가 움직이는 것처럼 머리를 숙인 그녀의 입안에는 처음으로 맛보는 남성의 시큼 텁텁하고 짠맛이 가득 퍼졌다. 혀를 움직여서 남성의 뿌리까지 핥은 그녀는 엉덩이를 간질이는 혀의 등장에 화들짝 놀랐다.

그는 아예 그녀의 엉덩이를 제 얼굴 가까이에 오도록 방향을 틀었다.

"그, 칸………. 으흣!"

해주는 칸이 손가락을 분주하게 움직일 때마다 신경줄이 팽팽하게 잡아당겨지는 것 같았다. 허리가 춤을 추듯이 흔들렸다. 할근거리며 움찔거리는 질구에서는 뜨거운 바람이 휘몰아쳤다.

해주는 입술이 번들거릴 만큼 칸의 남성을 물고 있다가 달뜬 신음을 흘렸다. 온몸에 뻗치는 기운이 질구까지 간질였다. 짜릿하고 따끔한 감각 때문에 눈물이 나올 정도였다. 배꼽을 중심으로 회오리가 치는 것 같았다.

그녀는 칸이 손가락을 움직여 질구를 자극하다가 좁은 통로를 꽉 채우자 엉덩이를 들썩거렸다. 그가 시켜서 움직이는 게 아니라 허리가 저절로 움직거렸다.

"칸……."

해주의 눈가가 촉촉해졌다. 그녀는 고개를 돌려 그에게 애원했다.

"칸……."

칸의 눈빛에서 푸른 섬광이 번뜩거렸다. 그는 기다렸다는 듯이 그녀의 허리를 안아서 마주보게 했다. 그리고 그녀가 자신의 남성을 품을 수 있도록 허리를 들썩거렸다.

"으흑."

"뜨겁군."

칸은 그녀의 허리를 꽉 잡고 만족스럽게 웃었다. 그녀가 허벅지와 무릎의 반동을 이용해서 피스톤 운동을 할 수 있도록 손목을 움직이기 시작했다.

두 팔을 오므린 그녀는 매혹적이었다. 젖가슴이 출렁거리며 그의 시선을 끌었다. 그는 그녀가 어깨를 잡을 때 강한 충격을 받았다. 손톱이 어깨에 파고들 때의 쾌감이 남달랐다.

"아흣!"

사력을 다해 그녀의 감각을 깨우쳐주고 싶었다. 밤이 새도록 안고 빨고 핥으며 동물적인 쾌감을 나누고 싶었다. 들판을 달리는 종마가 여신을 태운 것처럼 리드미컬하게 달렸다. 그들의 즐거운 율동에 침대가 찌걱거리는 소리를 내며 두 사람의 광란을 증명하기 시작했다.

석탄처럼 검은 머리카락이 공중에서 나풀거렸다. 푸르스름한 달빛을 흡수한 그녀는 여신 같았다. 이렇게 빠져들어도 되는 걸까? 칸은 처음으로 느낀 행복감, 충만감에 불안감까지 느끼고 있었다.

자신의 몸을 받아내며 신음하는 그녀의 작은 체구가 산산조각이 나는 건 아닌지 두려웠다. 그리고 헷갈리기 시작했다. 칸이 해주에게 빠진 만큼, 그녀도 그에게 사랑을 느끼는지 말이다.

"해주…… 허억."

칸은 해주가 농염하게 미소를 짓자 그대로 녹아내렸다. 그는 그녀의 머리카락을 잡아 당겼다. 그리고 그녀의 입술을 뺏으며 혀끝으로 휘감았다. 신체 부위, 어느 한 곳도 떨어져서는 안 되는 것처럼 매달리기 시작했다.

그는 그녀를 꼭 껴안았다. 허리를 움직일 때마다 그녀를 안은 팔에도 못지않게 힘이 들어갔다.

소중한 그녀.

절대 놓을 수 없는 안온함.

그는 그녀가 내뿜는 따스하고 부드러운 신음소리를 삼켰다.

12
교통사고

날이 많이 흐려 눈이나 비가 올 것 같았다. 일기예보에서는 눈이나 비 소식은 없다고 보도했지만, 진회색의 구름이 묵직하게 내리깔린 하늘을 보고 있으면 꼭 그렇지만도 않을 것 같았다.

기계가 관측하기 어려운 이변이라는 게 오늘 작용을 해서 생각지도 않게 우박이 섞인 눈이나 비를 뿌릴 것 같은 예감이 들었다.

불길한 생각인 걸 알지만 썰렁한 대저택과 넓은 들판, 산책로, 수도를 잠가 흉흉한 분수대와 앙상하게 마른 몸매를 드러내듯 하늘을 향해 뻗은 나뭇가지를 보고 있으면 괜히 마음이 울적했다.

"뭘 하지?"

해주는 마땅히 할 게 없어서 집안을 돌아다니다가 창문을 열었다. 창밖에 손을 내밀어 체감 온도를 확인하다가 몸을 부르르 떨었다. 햇볕이 가려진 탓에 어제보다 더 추운 것 같았다. 바람도 제법 쌀쌀하게 불어 손등이 하얗게 질려 창문을 닫은 그녀는 대형 TV를 켰다.

얌전한 인상의 리포터가 12월의 공연 소식을 전하고 있었다. 공연 같은 걸 즐겨 보는 편은 아니지만 리포터의 목소리가 듣기 좋아서 시선을 화면에 고정했다.

[다음은 피아니스트 레이 마사코 씨의 베를린 독주회 소식입니다. 1부는 피아니스트 레이 마사코의 독주로 차이코프스키, 쇼팽, 드비시 등의 곡을 연주하고 2부는 베를린 필 하모닉 오케스트라와 협연을 하는 것으로 볼 거리와 들을 거리가 충만한 공연이 될 것 같습니다. 이번 공연이 레이 마사코 씨의 마지막 무대가 될 수 있다는 안타까운 소식이 전해졌는데요. 레이 마사코의 팬의 한 사람으로서 마음을 바꾸어 주시길 바랍니다.]

레이 마사코의 마지막 공연?

유명한 피아니스트가 되기 위해 칸을 떠났을 때, 이런 날이 올 거라는 건 예상하지 못했겠지?

해주는 레이 마사코의 소식에 침울해져 자리에서 일어났다. 클라란스라도 있었다면 주방에서 수다나 떨며 맛있는 요리 레시피를 얻었을 텐데, 클라란스는 오늘 집에 일이 있어서 점심을 차려주고 급히 돌아갔다.

그래서 오늘은 더 쓸쓸한 기분에 젖는 건지도 모르겠다. 물론 메이드들이 있었지만 그들은 제 할 일을 하기 바빠 해주에게 관심도 주지 않았다.

해주는 코트를 챙겼다. 마음이 번잡해져서 걷고 싶었다. 레이 마사코가 다녀갔었다는 걸 칸에게 말했어야 했나, 라는 생각이 들었다. 레이가 칸을 포기하지 않았다면 어제의 일을 말했을 텐데.

"아…… 세상의 일이 모두 내 마음 같지 않아."

대저택을 나오자 그녀를 제일 먼저 반긴 건 분수대였다. 그녀는 분수대를 돌아 산책로를 걷기 시작했다. 걸음을 내딛을 때마다 옷감을 파고드는 칼바람이 살갗에 닿아 오싹오싹했다.

바람이 제법 강하게 불어댔다. 해주는 두 손으로 몸을 감쌌다. 머플러를 하고 나올 걸 하는 후회가 들었지만 익숙해지면 괜찮겠지, 하고 앞만 보고 걸었다.

레이가 테일러와 손을 잡은 것 같다. 테일러라면 심리적으로 공황상태인 레이를 자극하는 걸 적극적으로 활용할 것이다.

"테일러를 만나야겠지?"

칸의 보호를 받는 것도 비겁하게 보였다.

"그래, 가자. 테일러를 만나야 해."

해주는 산책이 아닌 테일러를 만나야겠다는 생각에 다시 집으로 들어갔다. 우선 테일러에게 만나자고 약속을 잡아야 할 것 같아 현관을 조심히 열었다.

집주인이 자리를 비우면 누구나 그러하듯이 주방에서 왁자지껄한 웃음소리가 들렸다. 과자를 먹으면서 수다를 떨고 있었다.

해주는 주방을 흘끗 보고는 위층으로 올라갔다. 전화기는 주로 서재와 거실에 있었는데, 거실보다 서재가 가까워 그녀는 별 생각이 없이 서재의 문을 열었다.

"어떻게 들어왔어요?"

해주는 문이 열리는 동시에 칸의 책상 앞에 있는 메이드를 수상쩍게 응시했다.

"율리아……. 여기서 뭐 하는 거예요?"

"네? 전 당연히 청소죠. 근데 서재에는 무슨 일이시죠?"

뭔가 상황에 어울리지 않는 질문을 받고 대답을 하고 있었지만, 해주는 솔직하게 대답하며 율리아의 손을 응시했다.

"전화를 사용하려고요"

해주는 율리아의 손에 걸레나 청소 도구가 아니라 카메라가 들려 있어 의심의 눈초리로 물었다.

"근데 율리아, 그건 카메라가 아닌가요?"

"이건 그냥…… 취미 삼아 갖고 다니는 거예요."

해주는 고개를 끄덕거렸다.

"그럼 저는 이만."

메이드가 도망치듯이 서재를 나갔다. 해주는 칸의 책상 옆 탁자에 놓인 전화기에 손을 대다가 말고 노트북이 뜨끈하고 서랍이 덜 닫혀 수상히 여겼다.

"뭐지?"

서랍을 열던 해주의 눈이 번쩍 뜨였다.

엔진 도면!

해주는 메이드가 들고 있던 카메라의 용도를 파악하고 서재를 나왔다. 그리고 아직 이름도 모르는 메이드를 찾아서 방을 뒤지고 다녔다. 그런데 그녀의 모습은 어디에도 없었다.

"어디 간 거지?"

해주는 3층으로 올라가 테라스 문을 열고 밖을 훑었다. 정원을 가로질러 아까 서재에서 본 여자가 어디론가 가고 있었다. 메이드의 퇴근 시간은 6시인데 지금은 한참 일렀다.

"테일러!"

해주는 테라스 문을 꼭 닫고 뛰기 시작했다.

그 여자를 잡아야 해! 그 도면이 테일러의 손에 넘어간다면 칸은 큰 곤경에 처할 거야.

해주는 전력질주를 해 율리아의 뒤를 쫓기 시작했다. 처음에는 율리아도 해주가 자신이 한 짓을 알아차린 것에 대한 두려움을 느껴 내달렸지만, 그 누구도 자신을 쫓지 않는다는 걸 확인하고는 태평하고 느긋하게 걸으며 누군가와 통화를 하고 있었다.

누구랑 통화를 하는 거지?

뒷덜미를 낚아채듯이 덮칠까 하다가 생사람을 잡는다고 할 것 같아서 발소리를 죽이고 천천히 다가갔다.

"물론 성공했죠. 칸의 애인이 들어오는 바람에 놀라기는 했지만 이만하면 테일러 사장님한테도 도움이 될 거예요. 서류도 완벽해요."

율리아는 거드름을 피우는 목소리로 통화를 하느라고 해주가 바싹 뒤에 붙은 걸 못 느끼고 있었다.

서류? 서류라는 건 뭐지?

"걱정하지 말라니까요? 아무한테도 안 걸렸어요. 네, 네. 그럼 그곳에서 봐요."

율리아는 함박웃음을 지으며 디지털 카메라로 찍은 사진을 확인하기 시작했다. 다른 한 손으로는 휴대폰을 들고 있었기에 뺏는다면 지금 밖에 기회가 없을 것 같았다. 그래서 조심히 디지털 카메라를 낚아채려는데 율리아가 수상한 기척을 느꼈는지 내달리기 시작했다.

"거기, 거기 서!"

해주는 뒤 한 번 돌아보지 않고 뛰는 율리아를 쫓기 시작했다.

"율리아, 당신 거기 서라고요. 뭘 찍은 거예요!"

"젠장!"

율리아는 해주에게 잡히면 끝이라는 걸 잘 알아 대꾸도 하지 않고 정문을 향해 돌진했다. 그녀는 무척 빨랐다. 해주의 다리로는 따라잡을 수 없이 간격이 점점 벌어졌다.

"율리아!"

재빠르게 정문을 열고 밖으로 나간 율리아가 근처에 주차한 제 차에 올랐다.

"안 돼, 안 돼! 율리아!"

해주는 율리아의 차가 출발하자 트렁크를 손바닥으로 두드리며 세우려 했지만 발을 헛디뎌 넘어지고 말았다.

"아얏!"

난 몰라, 어쩌면 좋아!

해주는 무릎을 털고 일어나 뒤를 돌아보았다. 집에 들어가 칸에게 전화를 하는 동안 율리아를 놓칠 것 같아 차 후미를 보며 무작정 뛰었다.

* * *

통나무집을 연상시키는 카페는 벽난로가 있는 벽에 장작을 수북하게 쌓아올려 훈훈한 분위기를 자아냈다. 뮌헨에서 작장을 피워 난방을 하는 곳으로 유일무이할 것 같은 카페의 창가에 칸과 레이가 앉아 있었다.

미지근하게 식은 커피 잔에 손가락을 살며시 끼운 그는 생각이 많은 얼굴을 하고 레이의 외모를 분석하듯이 훑고 있었다.

칸은 속눈썹을 내리깐 레이의 아름다운 얼굴을 세세히 뜯어보았다. 오뚝한 콧날, 해성처럼 긴 꼬리를 가진 눈, 앵두처럼 통통하고 붉은 입술, 갸름한 얼굴선은 서른을 넘긴 여자의 완숙미를 대변하듯 선명했다.

레이에게서 느껴지는 고독함과 이지적인 분위기는 뭇 남성의 마음을 흔들기 충분했지만, 칸은 이제 그런 남성 틈에 끼지 않았다. 더 이상 그녀의 아름다움에 아무런 감흥을 느끼지 못하는 게 그 이유였다.

일부러 레이의 집 앞 커피숍을 직접 찾은 칸은 30분가량을 말없이 그녀를 응시했다. 두 사람은 굳이 대화가 필요 없는 사람들처럼 앉아 있었다. 딱히 할 말도 없는 것처럼 보였다. 주저하거나 부끄러워서 시간을 질질 끄는 것도 아니기에 찻잔에 바닥이 드러날 정도로 차를 비운 레이가 먼저 말문을 열었다.

"왜 왔어? 혼내려고?"

레이는 억지웃음을 지었지만 칸의 차갑고 냉담한 표정에 가면을 벗듯이 미소를 지웠다.

"어, 너 좀 혼나야겠더라."

"당신이 날 혼내면, 난 더 엇나갈 수 있어요."

"왜 그런 거짓말을 했지?"

칸의 입에서 거짓말이라는 단어가 불쑥 튀어나와 레이는 입 주변에 주름이 팰 정도로 입술을 깨물었다. 그녀는 시선을 벽난로에 고정하고 대답 대신 입술을 오므렸다.

"넌 당당하고 자신감이 넘쳤어. 적어도 내 기억에는 그랬다. 그런데 지금 네가 한 거짓말은 날 너무 실망시키고 있어."

칸의 음성은 근엄하다 못해 훈계조였다. 아주 사소한 거짓말도 용납하지 않을 태세라 레이는 어깨를 으쓱거리며 벽난로에서 시선을 떼고 칸과 눈을 마주쳤다.

"실망했어? 그렇다면 미안해. 근데 나도 지금 후회하고 있어요. 어리숙하고 맹하다는 말만 듣고 갔는데, 외려 겁을 먹었으니까."

레이는 코웃음을 쳤다. 해주의 당당함에 기가 눌렸다는 게 신기했다.

"무슨 말을 하는 거야?"

"당신의 새 애인."

"해주? 해주 얘기가 왜 나오지?"

칸은 인상을 험악하게 구기고 레이를 쏘아보았다. 대화의 요점이 어긋났다는 기분이 들어 레이의 기분이 상하지 않게 조용히 물었다.

"해주를 만났나?"

"그 여자가 아무 말도 안 했어요?"

레이는 의외라는 표정을 지었다.

"무슨 말?"

"난 당신이 날 찾아온 게, 어제 내가 그 여자를 찾아가서 그런 걸 줄 알았지."

"해주한테 뭐라고 했어?"

"해주라는 여자한테 그랬죠. 내 모조품이라고, 대용품이라고요. 당신이 그 여자를 만나는 건 나하고 닮아서 그렇다고 했어요."

칸은 주먹을 쥐었다. 해주의 자존심을 잘도 다져놓았구나, 라는 생각이 들어 화가 치밀었다. 한편으로 자존심만큼은 클레오파트라 못지않게 강했던 레이가 못난 모습을 보여 씁쓸했다.

"너 정말 못나게 굴래?"

"그 여자 걱정이라면 안 해도 되겠어요. 무섭더라. 자기는 당신을 사랑한대. 당신이 떠나라고 하면 그때는 떠나겠는데, 다름 사람이 떠나라마라 하는 건 안 듣겠대요. 그 여자가 당신을 행복하게 해주겠다고 말하는데 기분이 확 나빠졌어요."

"해주답군. 근데 네가 왜 기분이 나빠?"

"난 그렇게 말하지 못했잖아. 당신을 위한다는 말보다 날 위한다는 말을 더 많이 했으니까."

레이는 눈시울이 붉어져 고개를 숙였다.

"그래서 그 여자가 정말 짜증이 나."

"해주와 네 자신을 비교하지 마라. 그리고 해주를 나쁘게 생각하지 마."

"사랑하는 여자라고 감싸는 거예요? 모든 게 다 예뻐 보이나 봐?"

"해주를 만나봐서 알잖아. 남에게 상처를 입힐 성격이 아니라는 거."

"그 여자가 그렇게 소중해요?"

칸은 대꾸하지 않았다. 레이는 그가 입을 다물고 어떠한 대답도 하지 않아 섭섭한 듯 비웃었다.

"걱정하지 마, 나도 넌덜머리가 나니까. 내 앞에서 다른 여자 편이나 들고……. 그런 남자한테 어떻게 더 미련을 두겠어요?"

그럴싸한 핑계를 대고 있었지만, 실은 해주 때문이라도 포기할 수밖에 없었다.

해주가 사랑을 말할 때의 눈빛에는 흔들림이 없었다. 레이로서는 따라할 수도 없고 흉내를 낼 수도 없는 믿음과 자신감, 그리고 사랑을 놓지 않겠다는 의지까지. 겨우 한 번 대면했을 뿐인데 질린다. 지친다.

"레이, 나도 이따금은 해주에게 빠져드는 내가 이해되지 않을 때가 있어. 처음에는 이 여자가 날 진심으로 생각하는 건지, 테일러를 위해 행동하는 건지 혼란스럽기도 했지만 그런 의심을 버리기로 했지. 해주는 내가 잘되길, 내가 행복하길 바라는 유일한 사람이다. 너도 알다시피 난 어머니와 일찍 헤어졌고 형인 테일러와 테일러의 어머니에게 구박을 당하며 살았어. 그 누구 하나 날 위해 요리를 하고, 맛있게 먹어주는 것만으로도 기쁘다고 해주지 않아. 지금 이 순간에도 테일러는 날 무너뜨리려고 머리를 굴리고 있을 거고."

"알아, 더는 말하지 마."

"레이."

"알았다고. 당신, 그 여자하고 행복하게 잘 살라고!"

레이는 칸이 해주를 칭찬하는 게 듣기 싫어 눈살을 구겼다.

"레이, 너도 도망치지 마."

"도망?"

"내가 말한 거짓말은 네 손가락을 말하는 거야. 내상, 외상도 없이 건반에 손을 올리면 통증을 느낀다고?"

"그래, 그랬어. 왜!"

"예전에도 그랬잖아."

칸의 말에 레이는 눈썹을 한껏 치켜 올렸다.

"중압감이 심한 날이면 너는 스트레스를 방패삼아서 도망치려고 했어. 이번에도 조사를 했더니…… 마찬가지더군."

"아니야, 진짜로 아픈 거야."

"피아노를 다시는 안 칠 생각이야?"

"못 쳐! 손이 아픈데 어떻게 쳐?"

레이는 몸을 부르르 떨었다.

칸은 레이가 자신을 믿어주고 환호하는 사람들을 우롱하는 패배자보다 피아노를 칠 때의 당당함을 보고 싶어 준비해 온 선물을 놓았다.

"이게 뭐야?"

"네가 날 위해 처음으로 연주했던 모습을 촬영한 테이프. 테일러의 연인으로 집에 왔을 때 아버지와 날 위해 연주한 곡이야. 음질이 안 좋아."

"그걸 여태 가지고 있었어?"

"네가 날 떠날 때 했던 말, 사랑한다면 놓아달라고 한 말…… 이 테이프를 보며 마음을 굳게 먹을 수 있었다. 넌 피아노가 싫을 때도 있지만 미치게 좋다고 했어. 피아노가 네 인생이라고 했었다. 기억해?"

레이는 어깨를 으쓱거리며 기억이 안 나는 척 연기를 했지만, 피아노는 말 그대로 그녀의 인생 그 자체였다. 그녀의 시선이 상자를 향했다. 리본장식을 한 상자에 담긴 감정이 고스란히 전해지는 것 같았다.

"이만 일어난다."

"테일러가 네 엔진 도면을 훔칠 거래."

"알아."

"아까 테일러하고 전화 통화를 했었어. 그 사람…… 새 엔진 도면을 구했다고 하더라."

칸은 자리에서 일어난 후 바지주머니에 양 손을 넣고 고개를 끄덕거렸다. 마치 일이 이렇게 될 거라는 걸 예감한 것처럼 무표정해 레이가 물었다.

"괜찮아?"

"난 걱정하지 마. 그리고 고맙다."

"뭐가……."

"암튼 이번 크리스마스 공연 기대하지. 베를린에서 한다면서? 아직 취소하지 않았고."

"알고 있었구나?"

"피아노는 네 인생이야. 레이 마사코. 네 인생에서 도망치지 마라."

칸은 레이의 어깨를 우정어린 손길로 토닥이고는 지나쳤다.

"칸……."

레이는 칸의 온기가 남아 있는 어깨에 손을 올리며 희미한 미소를 지었다.

"정말 못 당하겠어. 너란 남자한테는."

* * *

테일러는 비서 레온에게서 받은 사진을 보고 있었다. 칸의 집에 위장시켜 보낸 율리아가 찍은 사진을 출력한 것인데 이번에 새로 출시된다는 새 엔진의 도면이었다. 사진을 넘기는 손이 빨라졌다.

"이것 봐, 레온. 사진이 정말 잘 나오지 않았나?"

"예, 선명하군요."

"막심 이사한테 연락하게. 그리고 이걸 경쟁업체 어디에 팔아야 할지 상의를 하자고 전해. 아, 그곳으로 오라고 해. 회사에서 만나면 보는 눈이 많으니까."

테일러는 사진을 챙겨 일어나 사장 집무실을 나왔다. 코트 안주머니에 출력한 사진을 넣은 그는 손으로 왼쪽 가슴을 두드리며 세상을 얻은 양 만면 가득 미소를 짓고 있었다.

"차는 필요 없어. 걸어갈 거니까."

그곳이라는 건 인근의 호수를 말했다. 테일러의 슈마허 본사와 칸의 슈마허 모터스 사이에는 공원이 있었는데 그곳에는 인공 호수가 있었다. 겨울에는 인적이 뚝 끊겨 은밀한 대화를 나누기 최적의 장소였다.

슈마허 본사의 검은 대리석 현관을 나온 테일러가 막 횡단보도 앞에 설 때였다. 해주가 뒤에서 불쑥 나타나 그의 팔을 잡았다.

"엇! 이게 누구신가?"

"어디에 있어요?"

"뭘?"

"사진이요! 칸의 집에서 훔친 도면 사진!"

해주가 다려들 듯이 쏘아붙여 테일러는 아주 짧은 순간이지만 당황했다. 겁쟁이 동양인 해주가 맞나, 싶을 정도로 눈을 부라리고 자신을 보고 있었다. 까만 눈동자에는 제법 화기가 스며 있었다.

"칸한테 나쁜 짓을 하려는 거잖아요. 테일러, 그러지 마요. 칸은 당신 동생이잖아요."

"이거 놓지 그러나?"

"테일러, 당신은 지금 크게 잘못하고 있어요. 동생인 칸을 위험에 빠트린 걸 세상 사람들이 알면 뭐라고 생각하겠어요? 당신은 손가락질을 당할 거예요."

"이것 봐, 내 걱정하지 말고 당신 걱정이나 하지? 난 칸에게 이걸 당신이 준 거라고 말할 거야. 그럼 아마 불 같이 화를 내겠지. 너와 그 사이도 끝이 날 거고."

테일러는 이죽거리며 해주의 표정을 살폈다. 그녀의 성격대로 울상을 짓고 두 손을 모아 가슴에 대고 있었다. 마치 누군가를 위해 기도를 하는 것처럼 보여 이 때를 놓치지 않고 그가 조롱했다.

"기도해, 크리스마스도 얼마 안 남았는데 열심히 해 봐. 누가 아나? 산타클로스가 선물로 칸의 마음을 되돌려 줄지."

"테일러…… 당신은 칸이 행복한 게 싫어요?"

"당연하지!"

"왜요? 당신의 행복을 칸이 뭉갰다고 생각해서요?"

해주의 물음에 테일러의 표정이 싸늘하게 식었다.

"칸도 충분히 힘들었을 거예요. 그리고 당신도 외롭지 않아요? 누군가를 미워하는 것만큼 감정의 소모가 심한 것도 없어요."

"입 다물지 그러나? 난 아직 당신의 주인이야."

"아뇨, 당신은 내 주인이 아니에요."

"그럼 칸이 주인인가?"

"아뇨. 내가 내 자신의 주인이에요. 처음엔 나도 무서웠어요. 믿었던 사람이 내게 빚을 떠넘기고 자취를 감추었을 때는 당신이 너무 무서웠어요. 번은 말할 것도 없었고요. 그래서 당신들이

시키는 대로 할 수밖에 없었죠. 하지만 이제는 겁이 안 나요."

"칸 때문이겠지."

테일러의 대답에 해주는 고개를 저었다. 그녀는 고개를 똑바로 들고 당당하게 시선을 마주했다. 전처럼 테일러가 무섭지 않았다. 칸을 생각하면 뜨거운 열정이 생기고 그 어떤 것과도 맞설 수 있는 용기가 샘솟았다.

할 줄 아는 것이라고는 우는 것, 기다리는 것, 참는 것만 할 줄 알았던 해주를 변화시키는 원동력도 되었다. 그리고 지금 그녀는 칸에게 받은 사랑을 통해서 얻은 용기를 빌어 또릿또릿한 음성으로 제 생각을 말할 줄도 알았다.

"네. 칸이 있어서 저는 구원을 받았어요. 그렇게 생각해요. 그리고 당신에게 감사해요. 당신이 칸을 만나게 해주었잖아요."

해주의 말에 테일러는 조소를 지었다.

"칸의 속마음을 모르잖아. 넌 사람을 너무 믿는 것 같아. 한스라는 친구 말이야, 널 상당히 귀찮아했다더군. 네가 떨어지지 않아서 치가 떨린다고 했을 정도라니……."

"뭐라고요?"

"루텐부르크의 작은 마을에는 아주 유명한 소문이 있다는군. 한스에게는 동양인 약혼녀가 있지만, 그의 아이 엄마는 백인이라고 말이야. 아, 한스에게 아내와 곧 태어날 아이가 있다는 얘긴 처음 듣지?"

"그, 그게 무슨!"

"아직도 못 알아들어? 한스는 너와 다른 여자 사이에서 양다리를 걸치고 있었어. 아니, 정확히 말해서 너와 바람을 피웠다고 하는 게 맞겠지. 네게 빚을 모두 돌려놓은 것도 네가 멍청하게 사람을 잘 믿은 탓이었지!"

테일러의 말에 해주의 눈빛이 흔들리기 시작했다. 그녀는 지축이 흔들리는 듯한 충격에서 벗어나지 못해 입을 벌린 채 자신을 비웃고 있는 테일러에게 물었다.

"거짓말이죠?"

"아니, 내가 왜 거짓말을 하나?"

"한스에게 여자가 있었다고요?"

"아이도 있지. 물론 아직 뱃속에 있지만. 칸이라고 널 안 버릴 것 같아? 칸은 더 해. 칸에게는 레이가 있으니까. 그 녀석은 레이를 사랑했지. 지금 열심히 부정하고 있겠지만 지금도 여전할 거야. 레이 마사코는 칸 슈마허에게 가슴에 새긴 낙인 같은 사람이니까. 절대 잊을 수도, 떼어낼 수도 없는 그런 낙인."

"당신은요? 당신에게 레이 마사코는 어떤 사람이에요?"

"레이 마사코는 날 버리고 칸을 선택한 여자지."

"단지 그뿐이에요?"

"손을 다쳤다더군. 피아노를 칠 수 없다면 칸에게 돌아가라고 충고를 해주었는데, 실패한 모양이야. 하긴 예전에 비해 많이 늙었더군."

"겨우 그 정도의 여자라는 거예요?"

"물론 너도 그렇게 될 거다."

테일러는 고개를 쳐들었다. 오늘따라 그가 유독 더 작게 느껴져 해주는 가슴에 대고 있던 손으로 테일러의 손을 꼭 잡았다.

"테일러……. 당신 말대로 난 버려질지도 몰라요. 한스처럼 내가 지겹다고, 귀찮다면서 제발 떨어져 달라고 하는 날이 올지도 모르죠. 하지만 칸은 날 속이지 않을 거예요. 헤어지게 된다면 그건 사랑이 끝났기 때문이겠죠. 그런 날이 올까 봐 두렵지만 그렇다고 그와 함께 하는 지금을 포기하지 않을래요."

당당한 해주의 태도에 흠칫 놀란 테일러는 내내 제 팔을 붙들고 있는 그녀의 손을 보고 흘끗 본 후 불쾌한 표정을 지었다.

"이거 놓지? 사람들이 오해하겠어."

"테일러, 부탁할게요. 칸을 괴롭히지 마요. 칸에게 다정한 형이 되어 주세요."

"놓으라고 했어."

"형제라고는 단둘뿐이잖아요."

테일러는 해주가 형제애를 강조하며 손을 놓지 않아 뒷걸음을 쳤다. 그녀의 손을 뿌리쳐야 하는데 따뜻한 기운이 그리웠는지 몸이 움직여지지 않았다. 그는 어금니를 깨물고 분노하며 외쳤다.

"놓으라고 했어! 놓으라고! 당신이 뭘 안다고 떠드는 거야!"

"테일러…… 앗!"

테일러가 해주를 밀쳤다. 그는 불쾌한 듯 인상을 험악하게 구기고 해주를 죽일 듯이 노려보고 있었다.

"구역질이 나. 아버지가 바람을 피워서 태어난 아들이라니. 아버지에게 아들은 나 하나였는데 그 자식이 나타났지. 아버지는 늘 칸의 편만 들었어. 불쌍하고 가엽다면서 내게 형으로서 동생에게 사랑을 베풀어주라고 했어. 아버지가 그런 말을 할 때마다 나는 칸을 더 괴롭혔지. 이건 모두 아버지가 자초한 일이라고! 근데 왜 내가 아버지한테 나쁜 아들이 되어야 하지? 왜! 그 자식이 나타나서 나는 가족을 잃어버린 내가 왜 비난을 받아야 하느냐고. 사랑? 나에게 아픔과 고통만 준 그 자식을 어떻게 사랑하라는 거야!"

테일러는 자신의 고통 따위는 무시하고 무조건 칸을 사랑하라는 해주와 아버지의 얼굴을 겹쳐 치를 떨었다.

"도면을 훔친 게 너라고 말한다면, 칸은 널 의심할 거다. 실망하겠지. 배신감도 느낄 거야! 안 그런가?"

"당신의 바람처럼 되지 않을 거예요. 칸에게 의심받지 않을 거예요."

해주는 테일러가 자신의 코트 안주머니에 손을 댄 채 몸을 보호하는 듯한 인상을 받아 달려들었다.

"당신이 가지고 있죠? 줘요, 줘요!"

해주의 손이 정확하게 테일러의 팔을 낚아챘다. 사진이 안주머니에서 비죽 나와 바닥에 쏟아졌다. 사진이 바닥에 펼쳐지자

마자 해주가 몸을 숙였지만 테일러가 빨랐다.

"안 돼!"

테일러가 눈을 벌겋게 뜨거 사진을 쓸어 담으려다 해주의 방해로 몸이 밀쳐졌지만 완력의 차이로 사진은 다시 테일러의 품에 들어갔다.

"나는 칸을 망가트린다!"

"경찰에 신고할 거예요. 날 고용했다고. 당신은 산업 스파이를 고용한 거니까 세상으로부터 조롱을 당하게 될 거예요!"

"뭐? 날 신고해? 조롱을 당해? 하! 내가 가만히 당하고 있을 것 같아?"

테일러는 콧구멍을 씰룩거리며 해주의 어깨를 잡았다. 제정신이 아닌 사람처럼 이를 가는데 순간이지만 아주 섬뜩한 기분이 들어 해주는 자신도 모르게 뒷걸음질을 쳤다. 횡단보도 근처에 모여 있던 사람들이 두 사람의 실랑이를 걱정스럽게 바라보고 있었다.

"널 번에게 넘기면 그만이야. 네가 날 찾아온 걸 칸은 모르겠지?"

테일러는 주변 사람들의 시선이 부담스러운지 해주를 끌고 좁은 골목으로 들어갔다.

"내가 전화 한 통화만 하면 10분 이내로 번이 올 거다."

"이거 놔요. 놔줘요!"

"칸한테 무슨 말을 들었는지 모르겠지만 까불지 마라. 넌 못

나고 겁쟁이였어! 갑자기 당당하고 똑똑해진 양 내게 훈계하지 마!"

"봐요, 테일러……."

"하, 웃기지 않아? 단 며칠 사이에 사람이 바뀐 것처럼 보여. 근데 넌 여전히 멍청해. 칸이 널 보호해주고 있다고 해서 내 손아귀에서 벗어났다고 착각을 하다니. 그 아둔한 머리는 그저 장식에 불과하지. 안 그런가?"

테일러는 해주를 조롱하기 시작했다. 그녀의 어깨를 기분 나쁘게 털며 속삭였다.

"내가 번에게 전화를 걸 거야. 그리고 널 마음대로 요리하라고 하겠어. 경찰? 돈 몇 푼 찔러주면 그만이야. 누가 감히 날 처벌하겠나! 내가 바로 테일러 슈마허인데!"

해주는 테일러의 얼굴에서 광기에 지배된 악마를 본 듯했다. 저절로 뒷걸음이 쳐졌다.

도망쳐야해, 이 사람은 미쳤어!

"어딜 도망가, 도망갈 곳은 그 어디에도 없어. 차도에 뛰어들려고? 죽을 건데?"

해주는 곁눈으로 주변을 훑다가 잽싸게 피했지만 소용없었다. 테일러는 해주보다 더 뛰어난 운동신경의 소유자였다. 그녀의 팔을 잡으며 비웃었다.

"넌 내 손바닥 위에 있어."

경적소리가 요란한 도로가로 몸이 밀리고 있어 해주의 저항이 시작되었다. 그녀는 테일러에게 잡힌 어깨를 비틀기 시작했다.

"왜, 겁나나?"

"테일러!"

해주의 얼굴이 새하얗게 질렸지만 테일러는 아주 재미있는 구경거리라도 만난 듯이 익살스럽게 웃고 있었다. 그 잔인한 표정에 해주는 소름이 오소소 돋고 정신이 쏙 빠졌다. 유령을 만난다고 해도 지금 느끼는 공포심에 비할 수 없을 것 같았다.

"이제야 네가 누굴 상대로 헛소리를 나불거렸는지 이해했겠지? 이제야 네가 얼마나 겁쟁이에 멍청한 계집이라는 걸 깨닫게 됐겠지!"

테일러는 그저 겁만 줄 생각이었다. 어차피 해주는 겁이 많아서 차도 떠미는 듯한 인상만 심어주면 겁에 질려서 온순한 양처럼 고분고분해질 것 같았다.

"싫어, 하지 마요. 무서워요. 사, 사람 살려……. 테일러 당신 미쳤어요?"

역시. 생각했던 것처럼 해주가 바르르 떨며 울먹거렸다. 테일러는 즐기듯이 그녀를 차도 쪽으로 몰아세웠다.

"걱정하지 마. 죽이지는 않아."

아니야. 저 눈은 날 죽이려고 하고 있어. 완전히 미쳤어.

해주는 차도 위를 쌩쌩 달리는 트럭과 버스 세단이 경적을 울리며 뒤를 지나자 심장이 터질 것처럼 무서웠다. 이대로 있다가는 차에 치여 죽을 것 같았다. 해주는 있는 힘껏 테일러의 정강

이를 후려치고 상황을 모면하려 했다.

"악!"

테일러가 비명을 지르며 해주의 어깨를 잡고 있던 손에 힘을 풀었다. 그녀는 지금이다 싶어서 그의 손목을 비틀어 도망쳤지만 소용없었다.

"어딜 도망 가!"

"이거 놔요!"

"이게!"

테일러가 도망치려는 해주의 어깨를 잡아 눌렀지만 그게 실수였다.

"앗!"

해주의 몸이 붕 뜨더니 그대로 차도로 날아갔다. 시속 100km으로 달리던 택시의 범퍼에 해주의 가녀린 몸이 치였다. 범퍼가 움푹 들어가 싶더니 그녀를 공중으로 뱉어냈다. 종이처럼 가벼운 여체가 곡선을 그리더니 그대로 바닥에 추락했다.

그와 동시에 해주의 몸을 들이받은 택시가 미끄러져 한 바퀴를 돌았다. 우당탕탕! 뒤에서 따라 달리던 차와 버스가 연쇄적으로 충돌을 일으켰다.

"끼악!"

테일러의 뒤에 있던 여성이 비명을 지르기 시작했다. 택시에 치인 해주의 입과 코에서 피가 흐르기 시작했다.

"아, 안…… 안……."

테일러는 숨을 거칠게 내쉬는 해주가 자신을 바라보며 피를 토하는 모습에 얼어붙었다. 해주의 몸에서 피가 흘렀다. 그 피는 빠른 속도로 시커먼 아스팔트 도로를 붉게 물들이고 있었다.

해주의 긴 생머리도 점점 붉게 물들어갔다.

칸…….

–사장님, 지금 막심 이사와 루이스 부장이 외근을 핑계로 회사를 나갔습니다.

막심 이사의 비서 슈레이더의 보고를 받은 칸은 한숨을 내쉬며 손바닥으로 얼굴을 쓸었다. 그는 무척 피곤하고 지친 듯 연거푸 한숨을 내쉬고 있었다.

"슈레이더, 지금부터 막심 이사의 책상 서랍을 조사해주게. 수상한 점이 발견되면 즉시 사장실로 올라와."

칸은 그렇게 지시를 하고 수화기를 제자리에 돌려 놓았다. 그리고 의자의 등받이에 등을 깊이 파묻고 두 손을 깍지를 껴 배에 살포기 얹었다. 그의 시선은 막심이 조작한 불량 현황이라는 보고서에 머물러 있었다.

루이스에게 지시를 내려 조작했겠지만 그럴듯한 사인은 막심이 했다. 그 중에 불량품이 아님에도 불량품으로 처리해 회사에 손해를 끼친 금액의 계산도 산출되어 그래프로 통계를 낸 보고서도 올라와 있었다.

막심과 테일러를 어떻게 엮을까 고민하던 칸의 눈매가 깊어질 때였다.

칸의 휴대폰이 울렸다.

Rrrr Rrrrrr-

13
없어서는 안 될 사람

소독약 냄새가 뺨을 때리듯 강렬하게 풍기는 병원의 복도를 여러 개의 구둣발이 내달리고 있었다. 칸과 칸의 수행 비서인 미하엘이 그 주인이었다.

"사장님, 이쪽이랍니다!"

정신이 쏙 빠져 방향 감각을 잃은 칸의 팔을 잡은 미하엘이 미로 같이 어지럽게 이어진 길을 가리켰다.

"미하엘, 아니라고 말해. 해주에게 아무 일도 없을 거라고 말해 줘."

칸은 충격에서 벗어나지 못해 미하엘의 어깨를 잡고 재촉했다.

"테일러가 해주를 죽이려고 했다니, 믿을 수가 없어."

"사장님, 지금은 사장님께서 정신을 바짝 차리셔야 할 때입니다.”

미하엘은 칸이 이성을 잃고 흔들리는 모습을 단 한 번도 보지 못해 걱정스러웠다. 정신을 차려야 한다고 말했지만 형이 사랑하는 여자를 죽이려고 했으니 정신력이 강한 사람일지라도 그 충격에서 벗어나는 데 시간이 걸릴 것 같았다.

“젠장!”

칸은 집에 있어야 할 해주가 테일러를 만났다는 것도 놀라웠지만, 사고를 당했다는 소식 자체가 누군가의 조작된 거짓말이길 바라고 있었다. 해주가 아픈 것보다 회사를 빼앗기는 한이 있더라도 그 편이 나았다.

“오셨습니까?”

칸이 수술실 앞 복도에 도착하자 레온이 예의를 갖추었다.

“어떻게 된 건가?”

“테일러 사장님과 실랑이가 있었답니다. 근데…….”

레온은 차마 뒷말을 할 수 없겠는지 손으로 입을 가리고 숙연한 표정을 지었다.

“테일러가 해주를 밀었다는 게 사실인가!”

“……예. 목격자들의 진술로는 그렇습니다.”

“테일러가 왜 해주를 밀었지? 그 이유에 대해서는 아나? 아니, 해주가 왜 테일러를 만나러 나왔는지 그 이유를 알고 있나?”

칸은 질문을 던지면 던질수록 궁금증이 증폭해 속사포를 쏘아 올리듯이 레온을 압박했다.

"레온, 어서 대답해 봐!"

칸의 재촉에 레온은 준비해 온 사진을 가방에서 꺼냈다.

"테일러 사장님이 이 사진을 갖고 있었습니다. 막심 이사를 만나러 가는 도중에 해주 씨를 만난 것 같습니다. 목격자들의 말로는 사진을 두고 몸싸움이 있었다고 합니다."

"사진? 이 사진 때문에 해주가 저렇게 됐다는 건가!"

"네."

레온의 단답형의 대답에 칸은 정신이 혼미해져 휘청거렸다. 그는 벽에 몸을 기대고 눈을 감을 채 물었다.

"테일러는 어디에 있나."

"경찰서요. 조사를 받고 있습니다."

"뭐라고 하던가?"

"실수…… 였다고 합니다."

실수라고? 실수로 차도에 사람을 밀어?

칸은 자조적인 미소를 짓고는 손에 쥐고 있던 사진을 구겼다. 그의 눈이 새빨갛게 충혈이 되어 함부로 다가갈 수도 말을 걸 수도 없었다. 레온과 미하엘은 칸이 입술을 깨물고 분기를 다스리며 이성을 찾는 모습을 지켜보았다.

"해주의 상태는 어떻다고 하나?"

"머리 부상이 심하고 복강 내 출혈과 갈비뼈의 골절이 있답니다."

"뭐가…… 그렇게 많아. 뭐가 그렇게 많아, 왜 그렇게 많이 다쳤……!"

칸은 주먹으로 벽을 치며 비통한 표정을 지었다. 그러다 이내 스스로를 다스리듯 표정을 풀고 한참동안 말없이 호흡을 가다듬었다.

"긴 수술이 될 것 같아. 안 그런가?"

"예."

"미하엘, 자네는 여기에 남아주게. 난 테일러를 만나야겠어. 그 빌어먹을 자식의 얼굴을 봐야겠다!"

칸은 수술실 쪽으로는 시선을 주지 않고 돌아섰다. 수술실에 해주가 있다는 걸 믿을 수가 없었다.

해주, 그 겁쟁이가 많이 놀랐겠지. 죽을 만큼 아팠겠지. 정신을 잃기 전까지 너무 무서워서 눈물을 흘렸겠지.

굳이 묻지 않아도, 눈으로 확인하지 않아도 해주가 느꼈을 공포와 통증을 피부로 느낄 수 있었다. 그리고 테일러에게 향한 미움은 점차 강해져 칼이라도 뽑아들고 싶은 심정이었다.

칸 슈마허의 심장을 망가트리겠다며 선언한 사람의 선택답다는 생각도 들었다. 사랑하는 여자 해주를 다치게 하면, 만일 그녀가 죽게 된다면 칸도 심장이 터질지 모르니 말이다.

테일러가 내 심장을 터트리려고 해주를 죽이려고 했다면, 내 심장만 터지지 않아.

테일러, 네 심장부터 받겠다. 더는 날 괴롭히지 못하도록 그 심장부터 내가 도려내주지!

* * *

“저 사람이 그 젊은 처자를 밀었다니까요? 실수로 민 게 절대로 아니에요. 이 두 눈으로 봤어요.”

테일러는 옆에 앉아 있는 목격자의 수다스러운 음색이 듣기 싫었지만 그저 묵묵히 들을 수밖에 없었다. 손목에 수갑을 차고 앉아 형사의 따가운 눈초리를 받아야 하는 살인미수 용의자이지 않은가.

“저 사람 테일러 슈마허가 아닌가?”

경찰서를 기웃거리던 기자 한 명이 테일러를 알아보고 가까이 다가왔다. 그리고 책상 건너편에 앉아 테일러와 목격자를 구경하듯 바라보고 있던 형사과장에게 다가가 물었다.

“과장님, 저 남자 테일러 슈마허 맞죠?”

“맞네.”

“저명하신 분이 왜 저러고 있어요?”

“살인미수야. 본인은 실수로 밀었다고 하지만 수십 명의 목격자는 젊은 여성을 차도로 미는 걸 봤다고 진술하고 있지.”

형사과장은 기가 찬다는 듯이 한숨을 푹 쉬더니 덧붙였다.

“세상이 말세야, 말세.”

“그래서 밀쳐진 여자는 어떤 상태랍니까?”

“수술 중이라는군. 그 여자가 살아도, 죽어도 테일러 슈마허는 산송장 신세가 되겠지."

형사과장의 말에 기자는 회심의 미소를 짓더니 옆구리에 끼고 있던 노트북을 펼쳤다. 그리고 아무 자리에 앉아 기사의 내용을 쓰기 시작했다. 날개를 단 것처럼 키보드 위를 날아다니던 손가락이 노트북에 끼었다. 누군가 노트북의 화면을 억지로 닫은 것이다.

"뭐하는 거야, 당……!"

기자는 불같이 화를 내다가 칸의 차가운 시선에 그만 입을 다물었다.

"이 사건에 대해 단 한 줄의 기사도 낼 수 없을 거요."

"기사를 막겠다는 겁니까?"

"내 명예를 걸고."

칸은 짧게 대꾸하고는 테일러에게 향했다. 테일러의 사건을 담당하던 형사는 키가 훤칠하고 잘생긴 남자가 앞을 막고 설 때야 관심을 주었다.

"칸 슈마허입니다. 슈마허 모터스의 사장, 그리고 테일러 슈마허의 동생입니다."

칸이 자신을 밝히며 명함을 꺼내 내밀자, 담당 형사가 자리에서 일어났다.

"이번 사건을 담당하는 미르히 쿠퍼입니다."

"네."

"형님을 뵈러 오셨습니까. 지금은 조사 중이라 면회가 어려울 것 같습니다만?"

"그렇습니까? 음, 사실 사고를 당한 여자는 제 애인입니다."

칸의 설명에 미르히 형사는 물론 기자도 놀랐다.

"그럼…… 동생의 약혼녀를 밀어트린 겁니까?"

"그렇게 되겠죠."

칸의 대답에 형사를 고개를 숙인 채 눈을 감고 있는 테일러를 흘끗 보았다. 그리고 자리를 피하듯이 담배를 입에 물고 말했다.

"잠시 화장실에 좀 다녀오겠습니다."

"고맙습니다."

칸은 예의 바르게 인사를 하고 테일러의 옆에 앉아 있던 목격자에게 감미로운 미소를 지으며 말했다.

"형과 얘기를 하고 싶은데, 자리를 피해주시겠습니까?"

"예, 예."

목격자는 잘생긴 남성의 미소에 홀린 듯 고개를 연방 흔들며 자리에서 일어났다.

칸은 그녀가 앉았던 의자에 앉았지만 테일러에게 시선을 주거나 다정하게 행동하지 않았다. 다만 지나치게 조용하고 차분한 모습으로 제일 궁금한 사항에 대한 질문을 던졌다.

"죽일 작정이었나."

"아니. 내가 바보도 아닌데 사람들 앞에서 살인을 저지르겠나?"

"그런데 왜 밀었지?"

"겁을 주려고 했던 것뿐이다."

"너란 인간은 잔인해. 기억하나? 넌 어릴 적에도 그런 식으로 날 겁주고는 했었어. 자기보다 훨씬 어리고 약한 동생의 멱살을 잡아 난간에 밀치며 협박했지. 떨어트릴 수 있으니 고분고분하게 말을 잘 들어야 한다고 말이야."

테일러는 기억이 나는지 히죽 웃었다.

"네가 겁에 질려서 잘못했다고 할 때마다 짜릿한 쾌감을 느꼈다. 그래서 멈출 수가 없었어."

"겁먹은 해주의 얼굴을 보면서도 같은 생각을 했었나? 짜릿…… 했어?"

칸의 표정이 살짝 일그러졌다. 그것을 놓치지 않은 테일러가 피식 웃었다.

"그 당시에는 잘 몰랐는데, 네가 그런 표정을 짓고 있어서 그런지 짜릿해. 난 두 가지를 모두 가졌어. 네가 망가트리려고 했던 내 가슴은 해주를 통해서 더더욱 단단해졌고, 아버지의 꿈이었던 명차 생산은 내가 이루게 됐지. 네 회사가 곧 내 소유가 될 테니까! 날 망가트리려고 했던 네 기획은 실패를 했고 오히려 넌 과욕을 부린 탓에 내게 다 빼앗긴 거다."

칸은 테일러의 목소리가 가볍고 나른하게 들려 고개를 홱 돌려 악마의 얼굴을 마주했다.

"다 뺏었다고? 지금 그게 할 소리야?"

"후후. 왜? 난 아주 적재적소에 말을 한 것 같은데."

"진심이 아니었어도 사과를 했다면 네 인생이 불쌍해서 조용히 넘어갈 수도 있었다. 내 회사를 탐낸 것? 네가 막심 이사와 짜고 날 궁지에 몰아넣으려고 한 것? 그런 것쯤은 다 묻어둘 수 있었어."

"아니. 넌 그럴 수 없어. 해주가 깨어나도, 넌 날 용서하지 않을걸?"

"맞아. 지금은…… 앞으로는 더 이상은 널 그냥 두고 보지 않을 거다. 마지막이니 한 가지 가르쳐줄까?"

테일러가 눈썹을 꿈틀거렸다.

"네가 가진 이 사진의 도면은 실패작이었다. 가짜, 라고나 할까."

칸은 레온에게서 받은 사진을 주머니에서 꺼내 책상에 뿌리듯 던졌다.

"도면이 가짜라고?"

"그럼 내가 조용히 당할 줄 알았나?"

칸은 자리에서 일어나며 테일러만 들리게 속삭였다.

"너만 내 회사를 노린 건 아니야. 나도 네 회사를 집어삼킬 준비를 하고 있었다고. 다만…… 일이 이렇게까지 되길 바라지 않았다. 그리고…… 해주는 꼭 이겨낼 거다. 그러니 넌 그 어느 것도 나에게서 빼앗지 못했어."

"풋."

테일러는 수갑을 찬 손을 들어 이마를 짚으며 헛웃음을 쳤다.

"네 말대로 해주가 살아난다면 나에게도 기회를 있겠군. 살인 미수가 아니라, 과실치사였다고 우기면 되니까 말이야."

"미안하지만 그렇겐 안 될 거야. 나에겐 아주 유능한 변호사는 있거든. 너같이 비열하고 양심도 없는 인간을 사장자리에 앉힐 수가 없다는 내 의견에 동조할 네 회사의 이사진들과 주주들도 있고 말이야."

칸은 일소를 던져 테일러의 기를 죽였다. 테일러의 안색이 하얗게 질리더니 미간에 주름이 생길 만큼 험악하게 일그러졌다.

"널 지옥 끝까지 떨어뜨려주겠어. 그리고 다음에 네가 날 보게 된다면 그땐 당신이 이복동생이자 '슈마허 모터스'의 사장 칸이 아니라 '슈마허'의 회장 칸으로 불러야 할 거다."

* * *

수술 중이라는 안내판의 조명등이 꺼지면서 16시간의 대수술도 끝이 나면서 수술복을 입은 의사가 제일 먼저수술실의 밖으로 나왔다.

칸은 의사가 두건을 풀자, 기다렸다는 듯이 물었다.

"어떻게 됐습니까?"

"수술은 잘됐습니다만, 머리를 심하게 다쳐서요."

"의식을 못 찾을 수도 있다는 말씀입니까?"

"지금은 지켜보는 것 외에는 따로 말씀을 드릴 수가 없습니다. 그럼……."

16시간 동안 집도를 한 터라 피곤이 몰렸는지, 의사는 몹시 지친 음색으로 제 할 말만 하고 칸을 지나쳤다. 칸은 지켜보자는 말이 아닌 좀 더 희망적인 말을 듣고 싶어 의사의 팔을 잡았지만, 곧 수술실의 문이 열리면서 해주를 실은 이동침대가 모습을 드러내자 얼른 다가갔다.

까만 머리카락 대신 붕대를 머리에 친친 감고, 산소마스크를 쓰고 있는 해주의 모습은 처참했다. 감은 눈 밑에 생긴 찰과상, 시퍼렇게 멍이 든 턱을 보고 있으려니 사고의 상황이 생각보다 심각했음을 짐작할 수 있었다.

칸은 침대가 중환자실의 입구에 멈췄을 때 간호사에게 물었다.

"의식이 돌아오겠죠?"

"수술은 잘 끝났습니다."

"압니다. 수술은 잘 끝났다는 말을 들었습니다. 하지만 난 그런 말을 듣고 싶은 게 아니에요. 의식이 돌아올 수 있다는 말을 듣고 싶습니다."

흐느낌이 섞인 말에 간호사는 칸을 애처롭게 바라보며 말했다.

"이렇게 걱정해주시고 기다려주시는 분이 계신 걸 아시면, 분명히 의식을 찾으실 거예요."

"감사합니다."

"저, 그런데…… 중환자실의 출입이 불가능하시니까 이만 가주시겠어요? 오늘 밤은 저희가 지켜보고 내일 일반실로 옮기니 내일 와주세요."

간호사는 친절하게 설명하고는 해주의 침대를 끌고 중환자실에 들어갔다.

칸은 머리에 붕대를 감고 호흡기를 쓴 채 시트보다 더 하얗게 질려 있는 해주에게서 시선을 놓지 못했다. 중환자실 문이 닫혔어도 내부를 들여다볼 수 있는 유리벽에 두 손을 대고 한없이 바라보았다.

칸은 제 자신이 너무나도 한심스러워 애간장이 타 죽을 것 같았다. 해주한테 해줄 수 있는 일이 아무것도 없었다. 여태까지 살아오면서 자신이 무기력하게 느껴진 건 이번이 처음이었다.

언제든 마음먹은 일은 모두 이룰 수 있는 힘이 있다고 과언했었는데, 해주로 하여금 욕심과 자심심이 높은 인간에 불과하다는 걸 확인받고 말았다.

집에 돌아가기 싫었다. 해주가 없는 집에서 잠을 자야 한다는 게 이상하게 느껴질 정도라 그는 병원에서 나와 회사로 향했다.

경찰서에서 테일러의 과실과 해주를 들이받은 택시 기사의 과실을 놓고 의견이 분분하다는 보고를 받았다. 물론 이 두 사람의 운명은 해주에게 달려 있었다. 해주가 이대로 깨어나지 않고 칸의 곁을 떠난다면, 그녀는 세 사람을 지옥에 떨어트리게 될 터였다.

운전 기사, 테일러, 그리고 칸…….

칸은 얼굴을 쓸다가 턱에 돋은 수염의 따끔거리는 촉감에 정신을 번쩍 차렸다. 그러고 보니 새벽이다. 그는 곧장 회사로 향했다. 한숨도 못 자고 병원에서 수술이 끝나길 기다려 피곤했지만 정신만큼은 맑았다.

그는 분주히 걸었다. 가만히 있으면 나쁜 생각만 머릿속을 꽉 채워 조바심만 들게 했다. 걸으면서 나쁜 생각을 몰아내야 했기에 황량한 새벽의 거리를 홀로 걸었다.

살을 에는 추위가 오늘따라 유독 눈시울을 자극해 난감했다.

* * *

"이사님, 우리는 이제 어떻게 되는 겁니까?"

루이스는 출근하자마자 막심의 집무실을 찾았다.

"그걸 나한테 물어서야 되겠나! 테일러 사장이 그리 됐는데……. 지금은 칸이 얼마나 알고 있는가가 중요해."

막심은 그동안 잠잠했던 편두통이 시작된 양 관자놀이를 지그시 누르며 중얼거렸다. 칸의 성격이라면 결코 조용히 넘어갈 것 같지 않았다. 권고사직의 문제가 아니었다. 칸은 충분히 증거를 모아 자신을 재판장에 세울 게 자명했다.

테일러의 달콤한 말에 넘어가 지금까지 쌓아올린 명성을 제 손으로 무너트리고 말았으니, 죽고 싶은 심정이었다.

"클레인의 말로는 작년과 올해에 생산된 부품의 양품과 불량품의 수량을 일일이 대조하고 있다고 합니다."

"젠장!"

"우리가 부품을 빼돌려 테일러에게 판 것도 다 들통이 날 것 같습니다."

"그만! 자네는 그 입 때문에 망할 거야. 지금은 각별히 주의를 해야 한다고."

막심은 루이스에게 주의를 주다가 집무실의 문이 열려 있어 움찔했다. 열린 문틈으로 젊은 남성의 뒷모습이 드러났다. 막심은 심장이 떨어질 정도로 놀라 문을 활짝 열었다.

"사, 사장님!"

"몰래 엿듣는 것도 재밌네요. 막심 이사, 루이스 개발부장."

칸은 사색이 된 막심과 루이스와 달리 여유가 넘치고 다감한 미소를 짓고 있었는데, 오히려 그런 표정이 두 사람을 두려움에 떨게 했다.

"빼돌린 부품의 총액이 30만 유로. 정말 많이 해 드셨군요, 막심 이사님."

칸은 들고 있던 보고서를 막심의 책상 위에 내던지며 이죽거렸다. 그리고 보고서를 손으로 밀치며 책상에 앉아 두 손을 맞잡고 막심과 루이스를 번갈아보았다.

"테일러는 성능이 좋은 자동차 부품을 막심 이사님한테 개인적으로 사서 슈마허에서 생산하고 있는 차에 달았습니다. 시가는 30만 유로지만, 실질적으로 10만 유로 정도에 팔았겠죠? 테일러는 20만 유로라는 부당 이득을 챙겼고요. 아! 이게 그 계약서라는군요."

칸은 막심 이사가 직접 사인한 거래 계약서를 파일에서 꺼내 흔들었다.

"아주 위험한 계약을 하셨더군요."

막심의 안색이 하얗게 질렸다.

"테, 테일러 사장이 토설하던가?"

"천만에요, 테일러는 유능한 변호사를 내세우겠다고 했습니다. 하지만 쉽지 않을 겁니다. 아니, 절대 날 이길 수는 없을 겁니다. 그의 비리와 온갖 악행을 증명해줄 그의 비서가 제 편에 있거든요."

"그의 비서라면…… 레온을 말하나?"

막심의 물음에 칸은 고개를 끄덕거리며 겁을 잔뜩 집어먹은 루이스에게 시선을 돌렸다. 그리고 사랑스러운 강아지를 다루듯이 물었다.

"루이스 개발 부장님, 기분이 이상하지 않습니까?"

"예, 예."

"제가 어떤 결정을 내릴 것 같습니까?"

"모르겠습니다."

루이스는 거의 울먹이고 있었다.

"막심 이사님의 생각은 어떤가요? 어떤 결과가 나올 것 같습니까?"

"자네가 우릴 용서해주는 일은 없겠지."

"잘 아시는군요. 당신들은 이 방을 나가는 즉시 밖에서 대기 중인 형사와 사이 좋게 경찰서로 향하게 될 겁니다. 그리고 우리 세 사람은 법원에서 재회하게 될 겁니다. 공금 횡령과 장부 조작, 산업 스파이라는 죄명으로 받게 될 형량은 과연 얼마나 될까요?"

"그, 그건……!"

"천천히 생각하셔도 됩니다. 어차피 가택연금을 당하면 할 일이라곤 멍하니 천정을 바라보면서 형량을 계산하는 것밖에는 없을 테니까요."

칸의 입가에 머물러 있던 미소가 말끔하게 지워졌다. 그는 턱을 당기고 막심과 루이스를 죽일 것처럼 노려보았다.

"막심, 노후를 휴양지가 아닌 감옥에서 보내게 되다니. 생각만으로도 끔찍할 것 같소."

"……."

"내 명예를 걸고 당신을 감옥에서 죽을 때까지 썩게 할 거요."

칸의 쌀쌀맞은 다그침을 들은 막심은 눈을 질끈 감았다가 떴다. 그리고 우습게 여겼던 어린 사장의 계산적이고 냉정한 눈빛을 응수하듯 빙그레 미소를 지었다. 물론 그 미소는 씁쓸하기 그지없었고 보는 이의 안타까움을 살 정도로 후회가 짙었다.

칸은 막심이 열린 문을 흘끗 보고 몸을 돌리자, 시선을 창밖으로 던졌다.

때마침 칸을 위로하듯 부슬비가 내리기 시작했다.

* * *

해주가 교통사고를 당해 수술을 받은 다음날 레이는 테일러를 찾았다. 고급 슈트에 깔끔하게 쓸어넘긴 머리와 윤기가 흐르던 피부가 깔끔한 인상을 주었던 평소에 반해 레이의 앞에 있는 테일러는 노숙자처럼 볼품이 없고 초췌했다.

"당신 곧 검찰에 송치가 된다고 해요."

"알아."

"테일러…… 칸에게 용서를 구하는 건 어때요?"

"그 자식 가슴 속엔 나에 대한 원망으로 가득 차 있어. 내가 용서를 구해봤자 녀석은 조롱할 거야."

테일러의 대답에 대꾸하지 않고 무표정으로 앉아 있던 레이는 한참 후에야 고개를 끄덕이며 자리에서 일어났다.

"이만 갈게요."

"넌 이제 어떻게 할 거지?"

"난 공연해야죠."

"손은?"

테일러의 물음에 레이는 손가락을 꼼지락거리며 미안한 듯 미소를 지었다.

"손, 다친 거 거짓말이었어요."

"그랬군."

"칸이 알아버렸어요. 내가 거짓말을 하고 있다는 걸. 피아노가 싫어 도망치고 싶어서 한 말이라는 것도 다. 그 사람은 못 당할 것 같아요."

"칸은 널 잘 아니까."

"아무튼, 피아노는 내 인생이라는 걸 상기시켜줬어요. 그래서 난 이제 새로운 인생을 살러 가요."

새로운 인생이라…….

테일러는 고개를 숙였다. 검찰에 송치가 되고 여러 가지 비리가 드러나면 테일러 슈마허의 인생은 끝이 날 것이다. 제 2의 인생 같은 건 꿈도 못 꾸겠지.

이대로 끝인가?

고개를 팍 숙이고 어두워진 얼굴을 손으로 쓰는데 레이가 물었다.

"테일러, 당신은 언제 가장 행복했어요?"

"……언제?"

"응."

"레이 넌 언제인데?"

"내 인생에서 가장 행복했던 순간은…… 테일러 오빠의 손을 잡고, 칸을 처음 만난 날."

"아버지한테 널 인사시키던 날을 말하는구나."

"맞아요. 그때 내가 피아노 쳤잖아. 난 그때 칸 앞에서 피아노를 치며 너무나도 행복한 표정을 짓고 있었어요. 잊고 있었어요. 행복은 누가 만들어주는 게 아니라, 나 자신이 만드는 거라는 걸."

레이는 해주의 얼굴을 떠올렸다. 자신이 원하는 것에 주저함이 없고 당당한 모습. 칸이 해주를 사랑할 수밖에 없다는 걸 깨달았다. 겉으로만 강한 레이 마사코보다 보호해 주어야 할 것 같은 사명감이 드는 겉모습 속에 숨은 강인함을 지닌 해주를 더 오랫동안 기억할 것 같았다.

"테일러, 다음에는 우리 행복한 사람으로서 만나요."

"행복해 보인다. 그때처럼……."

"어쩌면, 조금은."

레이는 싱긋 웃으며 돌아섰다.

테일러는 멀어지는 레이를 우두커니 바라보다가 이맛살이 구겨질 만큼 눈을 크게 떴다. 상실감이 커서 그런지 가슴 시린 공허함마저 느껴졌다.

제 2의 인생이라……. 행복…… 멋지네.

3일 전에 의사는 수술의 결과가 좋다고 말했지만, 해주는 깨어날 기미가 안 보였다. 심장 박동이 규칙적으로 뛰어도 눈썹 한 번 까딱하지 않고 깊은 수면에 빠져 있었다.

칸은 매일 저녁 퇴근 후 곧바로 해주의 병실을 찾았다. 옷장에 제 코트와 슈트의 재킷을 걸어놓고 욕실에 들어가 샤워를 했다. 집처럼 느긋하게 즐길 수 없었지만 생활하는 데 지장은 없었다. 설마 지장이 있은들 어떠랴. 매일같이 해주를 볼 수 없는 것보다 더 견딜 수 없는 건 없었다.

그는 얼굴에 남성용 스킨을 꼼꼼하게 바르고 나서 미지근하게 데운 물수건을 들고 욕실을 나왔다. 그리고 해주가 누워 있는 침대에 가서 빙그레 웃으며 말했다.

"해주, 나의 베이비. 오늘은 심심하지 않았나?"

칸은 들고 있던 물수건으로 해주의 얼굴을 닦으며 주절거렸다.

"기다리는 거 싫은데, 어서 눈을 좀 뜨지 그래? 롤 캐비지가 먹고 싶어서 아까 낮에 아주 유명한 롤 캐비지 식당에 갔는데, 맛이 없더라고. 아니, 음식을 왜 그렇게 못하나 몰라."

얼굴과 턱 밑, 귀 뒤를 다 닦은 칸은 해주의 뺨에 입을 맞추었다.

"부드럽고 따뜻해. 너무 편하게 자고 있는 것 같은데, 흔들어서 깨우고 싶어. 무슨 잠을 그렇게 오래 자나? 내가 보고 싶지도 않은 거야?"

칸은 해주의 손등을 물수건으로 닦은 다음 꼭 쥐었다. 그리고 손등에 입을 맞추었다.

"크리스마스에는 커다란 트리를 만들어서 크리스마스 볼을 주렁주렁 달고 싶었어. 대형 트리 밑에서 와인을 마시며 내가 네게 말하는 거지. 나와 결혼해줄래? 그럼 너는 감격해서 우는 거야. 그런 널 말이야, 나는 울보라고 놀리는 거야. 그리고…….”

칸은 눈을 감았다가 뜨며 주머니에서 반지를 꺼내 해주의 약지에 끼웠다.

“그리고…… 나는 이렇게 네게 프러포즈 반지를 주는 거야. 눈두덩이 빨갛게 부은 너는 울다가 웃으며 예쁘다고, 너무 좋다고 말해. 그렇게…… 말하고 싶지 않니?”

칸은 반지 낀 손가락을 꼭 쥐며 신호를 보내듯이 속삭였다.

“네 입으로, 입술로, 네 목소리로 듣고 싶어. 결혼해준다는 말.”

결혼해준다는 말…….

칸의 음성이 점점 또릿또릿하게 들렸다. 교통사고가 난 그 당시에서 필름이 끊어진 것처럼 아무 기억이 없었다. 눈을 뜨고 몸을 움직이려고 해도 마음 같이 않았다. 전신에 힘이 들어가지 않아서 신음소리조차도 낼 수 없었다.

또 누군가 가까이 다가와 뭐라고 말하는 것 같았지만 뭐라고 하는지 알아듣지 못할 정도로 아주 작게 들려 답답했었다. 그리고 외롭고 추워서 울고 싶었지만 평소에는 지나치게 많이 흐르던 눈물도 말라버렸는지 눈이 뻑뻑한 느낌이었다.

어제부터 귀가 열리는 것 같았다. 그리고 칸의 목소리에 이끌린 것처럼 몸에 기운이 들어가고 있었다. 그가 뺨에 입을 맞추면 심장이 벌렁벌렁 널을 뛰고 손가락과 발가락이 짜릿했다.

"해주…… 날 기다리게 하지 마. 난 기다리는 건 정말 싫어. 네가 해주는 밥도 먹고 싶고 네가 들려주는 이야기를 듣고 싶다."

칸이 하는 말은 모두 주문 같았고 따뜻한 기운에 이끌려 어둠이 아닌 환한 빛이 쏟아지는 곳에 안착하는 기분이 들었다. 그녀는 눈과 손가락을 깜빡거렸다.

칸이 불러, 가야해. 칸을 기다리게 하면 안 돼…….

해주는 사력을 다해 손가락에 온 정신을 집중하고 움직여보았다.

"해주!"

"……."

"해주, 정신이 들어?"

"……으으으음."

"해주, 기운을 내. 정신을 차려! 나야. 나 여기에 있다."

칸은 해주의 손을 꼭 잡고 응원하듯 이름을 불렀다.

"해주, 해주!"

"카, 칸……."

굳게 닫혀 있던 눈꺼풀이 스르르 들렸다. 초점을 잃고 방황하던 눈동자가 칸을 찾듯이 분주하게 움직거렸다가 곧 목표점을 찾아 고정됐다.

"칸……."

칸의 얼굴이 흐리게 보이다가 시간이 지나고 빛에 익숙해진 동공에 생김새가 명확하게 새겨졌다.

"하느님, 감사합니다."

칸은 두 손을 꼭 잡고 눈을 질끈 감았다.

"해주, 정말 그리웠다."

칸은 해주의 뺨을 커다란 손으로 감싸고 이마를 맞대며 같은 말을 몇 번이고 고백했다.

"네가 너무 그리웠어."

14

밤하늘을 밝히는 별처럼

색깔과 무늬도 다양한 볼이 응접실의 천장까지 닿을 만큼 큰 전나무에 주렁주렁 달렸다. 12월 23일에 종무식을 하고 8일 간의 휴가를 보내게 된 칸은 24일 아침부터 일찍 일어나 어제 사 놓은 크리스마스트리를 손수 장식하고 있었다.

"별이 더 컸으면 웃겼을 것 같아요."

전나무 꼭대기에 별을 다는 걸 지켜보던 해주의 말에 칸은 움찔했다.

"웃겼겠다니?"

"너무 크잖아요."

"큰 게 왜? 우리들의 별인데."

"당신 말뜻은 알아듣겠는데요, 별이라는 건 작아서 의미가 있지 않냐는 거예요. 항시 멀리 있고 작기 때문에 주의 깊게 찾아보게 되고 더 예쁘고 소중하게 느껴지잖아요."

해주는 이불을 가슴까지 올린 채 누워 있었다. 갈비뼈가 부러져 앉아 있는 게 힘든 그녀를 위해 칸은 응접실과 거실에도 침대를 놓았다. 덕분에 해주는 방안에만 갇혀 있지 않아도 되어 답답하지 않을 수 있었다. 물론 그때마다 칸이 옮겨주지 않으면 안 되지만.

"그건 하늘에 뜬 별이고, 우리 집에 있는 별은 가까이 있었으면 해서 말이지."

칸은 별을 달아놓고 사다리에서 내려와 해주에게 다가갔다. 그리고 해주의 옆에 누워 반지를 낀 손가락을 어루만졌다.

"우리 집에 있는 건 다 가까워야 해. 이렇게 언제든지 만질 수 있게."

"칸."

"응?"

"테일러는 어떻게 돼요?"

칸은 테일러에 대한 얘기를 하려고도, 들으려고도 하지 않았지만 해주로서는 꼭 듣고 싶었다.

차에 치였을 때 테일러는 울 것 같은 얼굴을 하고 그녀를 바라보았다. 어쩔 줄 몰라 하고 있었다. 일부러 밀친 게 아닌데 자신의 뜻과 상관없이 참혹한 사고로 이어져 놀라고 두려워 몸을 떠는 게 해주의 눈에는 다 보였다.

테일러에게 죄를 묻기보다 고의가 아니었음을 알고 있다, 괜찮다는 말을 해주고 싶었지만, 칸은 해주와 생각이 달랐다. 무슨 일이 있어도 죗값을 치르게 하겠다며 이를 갈고 있었다. 또 테일러에 관한 얘기는 아예 들으려고 하지 않아 해주를 섭섭하게 하기도 했다.

지금도 테일러에 대해 물어 심기가 불편한지 칸은 딴청을 피웠다.

"칸."

"테일러는 널 죽이려고 했어. 날 망가트리겠다는 일념 때문에 말이야."

"실수였어요. 테일러하고 몸싸움이 있었지만, 고의가 아니었고 그도 많이 놀랐단 말이에요."

"화가 안 나? 테일러가 밉지 않나?"

"내가 만약에 죽었다면, 그래서 당신을 만나지 못했더라면…… 많이 미웠을 것 같아요. 하지만 난 이렇게 살아 있잖아요."

해주는 칸의 얼굴에 왼손으로 대며 사랑스러운 미소를 지었다.

"이렇게 당신을 느낄 수 있다는 게 너무 좋아. 다행스럽고."

"착해. 천사 같아. 그런데 난 아니다. 난 그렇게 생각할 수 없어. 지금 용서한다고 해도 달라지는 건 없을 거다. 틈을 봐서 언젠가 또 해코지를 하려고 할 거야."

"칸은 테일러가 많이 밉죠?"

해주의 물음에 칸은 대꾸하지 않았다. 밉냐고? 밉다는 표현으로는 형용할 수 없을 만큼 테일러를 증오하고 있었다. 어렸을 때 괴롭힘을 당한 건 깨끗하게 잊을 수 있었지만 해주를 해하려 한 건 절대로 용서할 수 없을 만큼 분노하게 했다.

"칸, 테일러를 용서하는 건 어때요?"

"내가 왜 그래야 하지?"

"테일러는 불쌍하잖아요."

"그가 불쌍하다고? 말도 안 되는 소리."

"그 사람은 지금 혼자잖아요. 당신 곁에는 내가 있지만…… 그 사람은 아무도 없어요. 그래서 많이 외로울 거예요."

해주는 고개를 숙이고 칸이 준 프러포즈 반지를 돌렸다.

"당신은 내게 롤 캐비지 요리를 해달라고 부탁할 수 있지만, 테일러는 그런 걸 부탁할 사람이 없어요. 외로운 사람이니까요. 나요, 한스가 무척 미웠어요. 그 사람이 죽었으면 했어요. 그런데요, 이제는 그렇게 생각하지 않아요. 난…… 이제 그 누구도 싫어하지 않을 거예요. 한스도 더 이상은 생각하지 않을 거예요."

"억울하지 않아? 복수하고 싶지 않냐고."

"그런 거에 연연하고 싶지 않아요. 칸이 있으니까. 내 마음, 머리에는 칸이 꽉 차 있어요. 내가 좋아하는 사람을 꽉 채운 마음에 부정한 마음을 어떻게 담겠어요? 사랑하기에도 난 벅차다고요."

"부정한 마음?"

해주는 고개를 끄덕거리며 칸의 손을 제 가슴에 댔다.

"내가 당신의 곁에 건강하게 살아 있다는 게 느껴져요?"

"응. 느껴져. 뛰고 있어."

"당신을 다시 만날 수 있어서 난 무척 행복해 하고 있어요."

"나도 그래."

해주는 고개를 옆으로 숙이고 칸의 손끝으로 전해지는 온기를 느꼈다.

"나는요, 칸에게 예쁜 아이들을 낳아주고 싶어요."

"아이들?"

"물론 예쁜 결혼식도 올리고 싶어요."

"그러려면 얼른 건강해져야 해. 밥도 잘 먹고 재활치료도 잘 받고."

"그리고 하나 더 소원이 있어요."

"뭔데?"

해주는 잠시 뜸을 들이듯 소매 끝을 만지작거리다 입을 열었다.

"난 우리의 아이들에게 삼촌을 소개하고 싶어요. 삼촌이 주는 용돈도 받고 선물도 많이 받게 하고요. 아빠보다 삼촌이 좋다는 말을 해서 칸을 삐치게도 하는 그런 가정을 만들고 싶어요. 분명히 우리의 아이들이 물을 거예요. 아빠는 왜 형하고 사이가 나쁘냐고. 그럼 그때 뭐라고 할 거예요? 엄마를 죽이려고 해서 상종

하지 않는다고 할 거예요?"

해주의 말에 칸은 둘러댈 말을 찾지 못하고 눈동자만 좌우로 굴렸다.

"테일러가 한 일을 모두 용서하라는 건 아니에요. 다만, 언젠가 그를 용서할 마음을 가질 수 있도록 조금만 너그러워졌으면 해요. 테일러가 죄값을 치르고 나면, 우리가 맞아줘야죠. 우리가 유일한 가족이잖아요."

"이해할 수 없어."

"내 생각만 강요하는 건 아니에요. 당신의 기분도 이해해요. 충분히 이해하니까, 부탁하는 거예요. 마음을 조금만 열어 달라고요. 당신의 형이 아닌 우리를 위해서. 우리의 행복을 위해서."

"생각은 해볼게. 자, 자. 오늘은 크리스마스이브야. 복잡한 생각은 뒤로 미루고 트리를 완성해야지. 케이크도 구울 거야."

"칸이 직접?"

"물론 클라란스의 도움을 받아야겠지만."

"칸이 굽는 케이크는 어떤 맛일까요? 기대하고 있을게요."

해주는 엄지손가락을 올려 응원의 메시지를 전하며 칸이 트리에 전구를 다는 걸 지켜보았다. 단둘을 위한 크리스마스도 좋겠지만 내년에는 가족이 두 사람 이상은 늘었으면 하는 바람이 피어나 피를 뜨겁게 데웠다.

해주는 내년에 지내게 될 크리스마스를 상상하며 눈을 감았다.

칸과 해주, 테일러가 꾸릴 새로운 가족. 물론 그전에 제대로 된 연애부터 해야겠지만.

* * *

22일.

테일러는 집에 돌아올 수 있었다. 그가 해주를 죽이려 했다는 살인 미수에 대한 판결은 거액의 벌금형으로 났다.

형을 살지 않게 된 데에는 해주의 힘이 가장 컸다. 해주를 차도에 밀어트려 교통사고를 당하게 한 것은 고의적인 행동이 아니었다고 해주 스스로가 증언을 해준 것이다.

테일러의 고문 변호사는 해주의 증언이 아니었다면 어려웠을 거라고 말하며, 칸과의 재판에서는 신중하게 대처하자고 귀띔을 해주었지만 승소할 가능성은 희박하다고 했다.

부정경쟁방지법 위반, 업무방해죄, 명예훼손으로 고소를 당한 데다 막심과 루이스의 죄까지 들통이 나, 칸이 고소를 취하하지 않은 이상 희망이 없었다.

만일 운이 좋아서 재판에서 이긴다고 해도, 두 사건이 언론에 공개되어 집중적으로 비난을 받는다면 경영권을 내놓아야 할 것이다. 사람들은 테일러를 보며 손가락질을 할 것이고 그때마다 숨으려고 할 거다. 그렇게 구석으로 내몰리다가 갈 곳을 잃을 것 같았다.

결국에는 어느 조용한 시골에서 재기할 날만 꿈꾸면서 세월이

나 낚아야 할지 몰랐다.

테일러는 불도 켜지 않은 방의 구석에 쪼그리고 앉아 머리카락을 쥐어뜯고 신음했다.

"젠장. 내가 이런 꼴로 크리스마스를 보내게 되다니. 꼼짝 못하고 집에 갇힌 채……."

칸이 테일러에 대한 고소장을 법원에 제출한 건 해주가 눈을 뜨고 난 직후였지만 재판까지는 오래 시간이 걸리고 공방도 치열할 것을 예상한 법원에서는 테일러를 가택에 연금했다. 도주의 위험이 있다는 게 법원 측의 설명이었다.

작년 이맘때에는 테일러의 휴대폰은 불이 날 정도로 연락이 많이 왔었다. 테일러 슈마허에게 잘 보이려는 사람들이 연말 모임에 초대를 하겠다며 너도나도 앞 다퉈 모시기 전쟁을 치른 탓이었다.

그러나 올해는 그를 초대하기는커녕 안부를 묻는 전화 한 통이 없어 그동안 뭘 하고 살았나 싶었다.

"나야말로 제 2의 인생을 찾아야 하려나."

테일러는 몸이 뻣뻣해질 때까지 몸을 말고 있다가 목이 말라서 굽은 등을 일으켰다. 뼈마디가 우두둑, 하고 어긋났다가 맞춰지는 소리를 냈는데 그 소리가 제법 을씨년스러웠다.

그는 어기적어기적 맥없이 걸어 주방에 가서 냉장고 문을 열었다. 맥주와 생수가 눈에 들어왔다.

물보다 술이 낫겠지?

그는 주저 없이 맥주를 꺼내 뚜껑을 돌려서 땄다.

맥주를 들고 소파에 대충 널브러져 앉아 있던 테일러는 문득 레이의 말이 떠올랐다.

"맞아요. 그때 내가 피아노 쳤잖아. 난 그때 간 앞에서 피아노를 치며 너무나도 행복한 표정을 짓고 있었어요. 잊고 있었어요. 행복은 누가 만들어주는 게 아니라, 나 자신이 만드는 거라는 걸."

"젠장, 행복은 자신이 만든다? 그런 것 같군. 그 누구 하나 날 위로해주는 사람이 없으니……."

테일러는 자조적인 표정을 지으며 맥주를 마셨다. 꿀꺽꿀꺽 타들어가는 목을 축이는데 전화벨이 울려 깜짝 놀라 입에서 맥주병을 뗐다.

"누구지?"

의심이 드는 반면 반가운 마음이 들어 주저하지 않고 수화기를 들어 귀에 댔다.

"네, 테일러 슈마허……."

–혹시나 해서 전화를 걸었는데.

"해……주?"

테일러는 해주의 목소리에 심장이 철렁 내려앉아 입술을 깨물었다.

"진술, 고마웠다."

-정말 고마워요?

해주의 물음에 테일러는 한숨을 푹 쉬었다. 제 마음을 솔직하게 드러내는데 재주가 없을뿐더러 쑥스러워하는 성격 탓에 얼굴이 붉어졌다.

-고맙지 않아요? 어, 억울해지네요?

"고마웠어. 그리고 미안하다. 그렇게까지 몰아붙여서는 안됐어. 내가 나빴다."

-테일러, 내가 용서한 거니까 나한테 빚진 거죠?

"빚?"

-아니에요?

"맞아. 무겁고 평생 갚아야 할 빚을 졌군."

-평생 갚을래요? 가능하겠어요?

"칸은? 옆에 없나?"

-부엌에 있어요. 크리스마스 케이크를 굽고 있거든요.

"부럽군. 칸은 좋겠어."

-테일러. 올해는 힘들겠지만 내년에는 우리 집에서 크리스마스를 보내지 않겠어요? 그리고 칸을 용서해줘요. 칸의 존재 자체가 거슬리겠지만 형제잖아요.

테일러는 해주의 진심어린 부탁에 기운이 빠져 헛웃음을 짓고 말았다.

"날 걱정하는 거라면……."

-아뇨, 그런 게 아니에요. 난 칸을 걱정하는 거예요. 당신은

어쨌든 그의 형이고, 칸의 마음에 무거운 짐으로 남아 그를 괴롭힐까 봐 그래요. 그리고 내 아이들에게 나쁜 삼촌이 아니라 착한 삼촌을 만들어주고 싶어요. 그래서 하는 말이에요. 내게 진 빚을 갚으려면 만만치 않을 거예요.

"칸은 좋겠어."

-사랑하는 사람이 생겨서요?

"응."

-부러우면 테일러도 마음을 잘 고쳐먹고 착한 일을 많이 하세요. 누가 알아요? 나 같은 여자를 만나게 될지.

해주의 농담에 테일러의 표정이 한결 부드러워졌다. 그는 들고 있던 맥주를 홀짝홀짝 마시며 처음으로 악의를 지운 미소를 보였다. 그리고 진심으로 해주를 걱정하며 말했다.

"몸조리 잘해. 재판 결과에 따라…… 문병을 갈 수도 있을 것 같아. 질 것은 확실하겠지만 말이야. 이만 끊지. 화장실에 가야 할 것 같아."

테일러는 눈시울이 뜨거워 제 할 말만 하고 전화를 끊었다. 그리고 허공을 향해 혼잣말을 했다.

"칸…… 너 이 자식, 나한테 감사해야 해. 해주를 만나게 해주었으니 말이야."

•

"누구하고 통화를 했어?"

침대에서 손을 뻗으면 닿을 수 있는 거리에 놓았던 수화기를 제자리에 놓을 때에 맞춰 칸이 물었다. 그는 앞치마를 허리에 묶고 있었는데 제법 가정적인 남편처럼 보였다.

해주는 칸에게 손짓을 했다. 손목을 살랑살랑 흔들어 꼬맹이를 부르듯 화사한 미소도 첨가했다.

"왜?"

"키스하고 싶어서요."

"하하하, 키스가 하고 싶었어?"

"앞치마를 두른 남자도 이렇게 섹시할 수 있구나, 생각이 들어서…… 참을 수가 없었어요."

해주는 두 팔을 쭉 뻗어 칸을 안았다.

"칸."

"응?"

"메리 크리스마스."

"다른 말은?"

"사랑해요."

칸은 해주의 달콤함 고백에 가슴이 터질 듯한 충만감을 느꼈다. 그 역시 그녀를 조심스럽게 안아 등을 토닥이며 응답했다.

"해주, 사랑해. 나만의 별."

"칸……."

"응?"

"테일러의 일은 생각해 봤어요?"

해주의 물음에 칸은 한숨을 푹 내쉬며 울상을 지었다.

"분위기 좋았잖아. 테일러의 얘기는 하고 싶지 않아."

"칸……."

"테일러한테는……."

"난 아이를 세 명 낳을 거예요. 아니 네 명도 낳을 수 있어요."

해주의 대답에 칸은 아이들의 웃음소리가 들리는 화목한 가정을 상상하며 지그시 미소를 지었지만 해주의 뒷말에 곧 입매를 굳혔다.

"우리 아이들에게 삼촌이 있으면 정말 좋을 것 같아요."

"해주."

"아니, 아니. 이건 강요하는 게 아닌 걸. 그저 칸이 행복해야지, 나도 행복하다는 생각에서 한 말이에요. 내가 행복해야…… 칸도 행복한 거 맞죠?"

"……."

"칸?"

"……."

"날 사랑하다면, 그래서 날 행복하게 해주고 싶다면, 테일러 용서해줘요."

"……."

"응? 카안."

칸은 해주가 애원하듯이 불렀지만 대꾸하지 않고 시선을 내리깐 채 뒤로 물러났다. 그리고 곤란한 질문의 답을 피하듯 서둘러 도망치기 시작했다.

머리 수술을 하고 나서 해주가 변한 느낌이 들었다. 멍청한 이미지를 벗고 똑똑하고 여우 같은 여자가 되었다고 할까?

칸은 고개를 갸웃거리며 주방으로 들어갔다가 뒷걸음을 쳐 뒤를 슥 돌아보았다. 해주가 그를 응원하듯이 엄지손가락을 치켜들고 있었다. 눈동자를 삼킨 눈매가 반달 모양으로 감겼다. 입술 끝은 귀까지 올라갈 만큼 웃음꽃을 피우고 있었다.

칸은 케이크의 시트가 고소하게 구워지고 있는 오븐 앞에 서서 고심하며 혼잣말로 중얼거렸다.

"용서를 하는 게 맞는 걸까, 용서를 구하는 게 맞는 걸까?"

에잇, 그런 건 시간에 맡겨두자. 오늘은 크리스마스이브니까.

칸은 클라란스에게 배운 대로 생크림을 만들기 시작했다. 생크림을 휘저을 때마다 하얀 액체가 뭉글뭉글하게 뭉치더니 단단하게 굳는 느낌이 들었다. 그는 생크림을 만들어 냉장고에 넣었다.

잠시 후에 오븐에서 띵! 하는 소리가 났다. 오븐용 장갑을 끼고 케이스 시트를 꺼낸 그는 부채질을 하며 열기를 식히기 시작했다.

클라란스에게 배운 대로 잘되고 있었다. 한 김을 뺀 시트를 조리대에 놓고 음식을 만들기 시작했다. 그가 선택한 요리는 롤 캐비지였다. 해주만큼 맛있게 만들 수는 없겠지만, 자신이 직접 만들어서 대접하고 싶은 마음에서 클라란스에게 비법을 전수 받았다.

해주가 자신이 만든 롤 캐비지를 먹고 빨리 완쾌해서 결혼식을 올렸으면 하는 마음을 담고 있었다. 난생 처음으로 자신의 입을 즐겁게 하기 위함이 아닌, 사랑하는 여인을 위해 음식을 만들고 있었다.

기분이 좋은 건 물론이고 가슴이 벅차올라 두 뺨이 빨갛게 상기가 되었다.

"좋아, 오늘은 2인분이지만 내년에는 더 많은 사람들이 롤 캐비지를 먹을 수 있기를."

해주가 먹어서 행복한 음식, 해주가 느끼기에 행복한 일상, 해주가 되돌아보았을 때엔 행복하지 않은 적이 없었다고 회고할 수 있도록 사랑하며 살자.

칸은 그렇게 생각하며 앞치마에 젖은 손을 닦고 주방을 나왔다. 그리고 분주한 걸음으로 해주에게 다가갔다. 그를 기다리는 동안 책을 읽다 잠이 들었는지 어느새 곤하게 자고 있었다.

칸은 해주의 손에서 책을 조심스레 빼고는 이마와 양 뺨, 그리고 입술에 입맞춤을 하고 속삭였다.

"해주…… 내년에는 슈마허 부인으로서, 슈마허의 가족과 함께 보낼 수 있을 거야. 약속할게."

칸의 약속에 응답하듯 해주의 입가에 달콤한 미소가 스몄다.

마치 그의 말에 화답하는 것 같았다.

에필로그

6년 후 크리스마스 이브.

아침부터 음식을 준비하느라 부엌에서 나오지 않는 해주를 대신해 아이 셋을 돌보던 칸은 이제나 저제나 초인종 소리가 들리기를 손꼽아 기다리고 있었다.

털털하고 개구진 사내 둘에 그들 못지않게 과격하게 노는 걸 좋아하는 딸 하나. 6년 동안 그들이 이룬 가장 큰 업적이었다.

그들을 볼 때마다 흐뭇한 미소를 거두지 못하고 해주에게 넷째를 보챘지만 그 순간만은 그 마음을 접어야 하는 거 아닐까 하는 생각이 잠시 들었다. 그러나 이내 고개를 휘휘 내저으며 넷째에게 향하고 있는 욕심 주머니를 부풀렸다.

아니지, 안 되지. 그러면 기껏 준비한 선물을 날려야 하는데.

그건 안 될 말이지.

해주가 아이 셋을 낳고 이만큼 기르는 동안 칸은 무척이나 바빴다. '슈마허'의 회장으로 취임된 뒤 말 그대로 눈코 뜰 새가 없었다. 하여 아이들과 오랜 시간 놀아준 적이 드물었는데 휴일이라고 종일 집에 있어도 아이 셋을 온전히 혼자 돌볼 수 없었다.

그래서 크리스마스이브를 맞아 모처럼 아이들과 놀아주기로 마음을 먹었지만, 생각처럼 쉽지 않았다. 아내가 아이들과 놀아주는 모습만 생각하고 세상에서 제일 잘 놀아주는 아빠! 라고 큰소리를 땅땅 쳤지만 아이들이 아니라 괴물들을 상대하는 것 같았다.

단 하루만에 10년은 늙어버린 것처럼 피곤한 기색이 완연한 시선으로 장남 시리우스와 차남 프로키온을 번갈아보는데 두 악동이 씩 웃었다.

"좀 쉬었다가 하자, 얘들아."

칸은 천하무적이 아니란다, 라고 말하고 싶은 마음이 굴뚝같았다. 그저 앉아서 동화책을 읽어주고 싶었지만, 아빠의 마음을 모르는 아이들은 여전히 쌩쌩하고 씩씩한 모습으로 그에게 달려들었다.

"다 쉬었지? 아빠! 나 목마 태워줘요!"

시리우스가 칸의 목에 두 팔을 걸며 깡충깡충 뛰자, 프로키온도 뒤질세라 품에 안겼다.

"난 비행기!"

"안 돼, 안 돼. 말 타기 해요. 말 타기!"

생긴 건 어디에 놓아도 절대 잊어버리지 않을 것처럼 진한 형제의 피를 과시하듯 닮았지만, 취향은 극과 극이었다.

"목마, 목마, 모옥마!"

"위잉, 위잉. 비행기이!"

"프로키온, 넌 비켜! 내가 먼저야!"

시리우스가 팔꿈치로 동생 프로키온의 얼굴을 밀치며 완력을 과시했다. 1살 터울의 형제는 키도 고만고만하고 서로 지기 싫어하는 성격이라 절대 서로 아빠를 차지하겠다며 욕심을 부렸다.

"그만. 목마도 비행기도 다음에!"

"다음이 어디에 있어, 아빠는 회장님이라서 바쁘잖아!"

"어허, 이 녀석들이!"

"아빠는 내꺼야!"

"아니야, 내꺼야!"

저마다 칸의 팔과 다리를 붙들고 서로 자신이 소유권을 주장하고 있어 칸은 두 아이들의 상대를 포기하고 두 손을 번쩍 들었다.

"여보, 여보! 대체 언제 오는 거야!"

아이들의 목소리와 칸의 울부짖음이 자그맣게 들려오자 부엌에서 롤 캐비지를 만들던 해주가 클라란스와 시선을 마주치며 웃었다.

"후후. 이제는 한계인가 봐요."

"호호호. 그러게요. 생각보다 오래 버티셨어요."

"그런데 정말 늦네. 항상 약속시간보다 일찍 오셨는데."

"그러게요. 차가 많이 막히나."

주방의 벽에 걸린 시계를 바라보며 이야기를 나누던 두 사람은 다시 요리에 열중했다.

부엌 가득히 울려 퍼지는 라디오에선 잔잔한 피아노 연주곡이 흘러나왔다. DJ는 레이 마사코의 세계 투어 공연 실황 중 한 곡이라고 소개를 해주었다. 하지만 곡이 익숙한데다 요리에 열중하고 있어 두 사람 모두 멘트까지는 듣지 못했다.

잠시 후, 초인종 소리가 들려왔다.

딩동딩동.

"지금 왔나 봐요."

해주는 기름기가 묻어난 손을 재빨리 씻고 앞치마에 물기를 닦아내며 부엌을 나섰다. 세상에서 제일 반가운 손님을 맞는 것처럼 해주는 함박웃음을 짓고 있었다. 긴 복도를 지나 아이들과 칸이 있는 거실로 향하는데, 이미 네 사람은 벌써 현관 앞에서 왁자지껄 떠들고 야단도 아니었다.

"까악!"

짧고 통통한 집게손가락으로 터질 듯이 팽팽하고 포동포동한 양 뺨을 누른 베텔이 좋아서 비명을 질렀다.

"까악!"

"삼쫀!"

프로테온이 제자리에서 방방 뛰며 인디언처럼 '아바바바바'
하고 손바닥으로 입을 가렸다. 요즘 인디언 관련 애니메이션을
보더니 집에 손님이 올 때마다 정신을 쏙 빼 해주는 어색한 미
소만 지었다.

"테일러 삼쫀!"

"어, 그래. 우리 별님들, 잘 지냈어? 시리우스는 많이 컸구
나?"

테일러는 무릎을 구부리고 앉아 아이들과 눈높이는 맞추며 일
일이 인사를 나누었다.

"프로키온은 또 형한테 덤볐나 보네? 요녀석, 장난기가 눈에
자글자글해."

"시리우스 형아가 나는 동생인데, 막 안 챙겨주잖아! 베텔이
랑 나랑 한편 먹고 시리우스 형은 외로워."

뭐라는 건지. 성격이 급한 프로테온은 생각하는 바를 정리해
서 말하기엔 좀 부족해 해주와 칸을 당황하게 했다. 테일러도 무
슨 말인지 이해가 안 가는지 사뿐사뿐 걸어 현관에 도착한 해주
에게 물었다.

"프로테온이 뭐라는 겁니까?"

"한 마디로 형은 독재자라는 거예요."

눈웃음을 치며 상큼하게 대답한 해주의 옆구리를 칸이 팔꿈치
로 찔렀다.

"애들이 들어. 교육에 안 좋아."

"걱정하지 마요, 우리 애들은 그런 말 모르거든요."

"형, 요즘 이 사람이 이래. 시리우스 때만 해도 예쁜 말만 쓰더니 아이를 셋을 낳더니 거칠어졌어."

칸의 푸념에 테일러는 베텔의 머리를 쓰다듬는 걸 끝으로 인사를 마쳤다.

"거칠기는, 내 보기에는 여전히 천사표인데."

"그렇게 말하면 내가 뭐가 되나?"

"아빠가 되겠죠?"

해주의 대답에 칸은 입을 벌린 채 시리우스를 내려다보았다. 그러자 익살스러운 표정을 짓고 있던 시리우스가 칸에게만 들리게 속삭였다.

"엄마는 독재자야."

"너……."

"쉬."

시리우스는 손가락으로 입을 막으며 키득키득 웃었다. 요거 아주 물건이라니까? 일부러 못 알아듣는 척하면서 해주의 기분을 살렸다가 놓는 재주가 있어 앞으로 시리우스를 돌보기가 더 만만치 않을 것 같았다.

"프로테온한테는 그런 거 가르치지 마."

"어차피 프로테온은 멍청해서 못 알아들어."

"……어, 그래."

칸은 고개를 뒤로 젖히며 눈을 감았다.

"정말 딱 맞춰 오셨네요. 안 그래도 이제 막 요리가 끝나가던 참이었어요."

"삼쭌은 시리우스 형아가 보고 싶었어, 내가 더 보고 싶었어?"

"모두 보고 싶었지?"

"난 삼쭌이 많이 좋은데……."

프로테온이 테일러의 손을 잡고 흔들었다. 그러자 시리우스가 눈에서 불을 뿜으며 테일러의 다른 손을 잡았다.

"삼촌, 오늘 자고 가?"

"아니."

"왜? 우리 집에 방 많은데?"

"삼촌은 집에 가야지."

테일러의 대답에 시리우스가 울먹이기 시작했다.

"그럼 우리는? 우앙, 가지 마. 오늘은 크리스마스 이브인데. 삼촌 나빠!"

"삼쭌 나빠!"

프로테온도 시리우스를 따라 눈물을 글썽이자, 테일러가 얼른 베텔의 표정을 살폈다. 베텔은 고개를 팍 숙이고 손가락을 꼼지락거리고 있었는데 곧 닭똥 같은 눈물이 뚝뚝 떨어져 테일러는 얼른 외쳤다.

"아니야, 아니야! 오늘 삼촌은 우리 별님들하고 있을 거야!"

테일러가 세 아이들을 품에 안고 다독거리자, 마치 짠 것처럼 세 아이들이 동시에 베시시 웃기 시작했다.

종일 칸의 곁에서 떠날 줄 모르던 아이들은 테일러의 방문에 일순간 칸을 없는 사람 취급했다. 누가 보면 테일러가 그들의 아빠고 칸이 손님이라고 오해할 정도였다.

칸은 해주와 팔짱을 끼고 앙탈을 부렸다.

"우리 아이들이 아빠한테 관심이 없어."

"만날 가지고 노는 장난감보다 가끔 만지게 되는 장난감이 소중한 법이죠."

"자, 잠깐. 내가 만날 가지고 노는 장난감이라는 말이야?"

"응."

"서운한걸? 당신까지 그런 말을 할 줄은 몰랐어."

"정말 서운해요? 아이들 불러줄까요?"

해주의 농담에 칸은 고개를 저었다.

"아니, 아니야. 가끔 만지는 저 늙은 장난감하고 시간을 보내라고 해야지."

아이들에게 해방됐다는 기쁨에 도취되어 칸은 그저 고생한 어깨를 돌려대며 안도의 한숨을 쉬며 앞장서서 집안으로 들어갔다. 곧이어 테일러와 아이들이 커다란 크리스마스트리가 있는 응접실로 향했고, 테일러의 운전수가 양손과 겨드랑이까지 이용하여 한아름 선물가방을 들고 뒤를 따랐다.

그런 그를 돌아보며 테일러가 주위를 주는 것도 잊지 않았다.

"조심하게. 깨지는 것도 있으니까."

집안에 들어서도 해주와 칸이 테일러에게 안부 인사조차 건네며 간단히 이야기를 나눌 틈도 없게 세 아이는 삼촌 곁을 떠나지 않았다. 특히 베텔은 테일러의 허벅지 위에 앉아 그의 목에 팔을 두르고 그를 독점하다시피 했다.

"삼쭌, 삼쭌 왜 이렇게 늦게 왔어요?"

"오는 길에 사고가 나서 차가 많이 막혔지 뭐야. 삼촌 많이 기다렸어, 베텔?"

"그럼요. 삼쭌 오기만을 얼마나 기다렸는데요."

베텔은 테일러가 가장 아끼는 조카였다. 딸이라서 애교도 많은 데다가 눈이 보이지 않을 정도로 찡그리며 환하게 웃는 모습을 흡사 천사를 보는 것 같아 제 마음이 정화되는 것 같다나. 산더미 같은 선물 중에서도 아마 베텔의 것이 제일 크거나, 종류가 제일 많을 것이었다.

어린 나이이지만 그걸 알기에 베텔이 테일러에게 더 애교를 부리는 걸지도 몰랐다. 그것을 테일러라고 모를까.

"후후. 우리 베텔, 삼촌이 아니라 삼촌이 가져온 선물 기다린 거 아냐?"

뜨끔한 베텔이 손가락을 입술 사이에 끼고 난처해하다 테일러에게 안겼다. 수세에 몰리거나 잘못했다 싶으면 무조건 엉겨 붙으며 매달리는 것이 그녀의 특기였다.

"어이구, 하하하! 우리 베텔, 진짜 삼촌 기다렸구나?"

다 알면서도 테일러는 베텔의 행동을 보기 좋게 포장하며 좋아했다.

그 모습을 지켜보던 시리우스와 프로키온은 익숙한 풍경이라는 듯 앞인 놓인 선물 상자에만 빤히 바라보았다. 그리고 슬금슬금 손을 가져갔다.

"시리우스! 프로키온!"

존재를 잊고 있었던 제 아빠의 부름에 두 아이가 뒤를 돌아보았다. 칸이 허리 춤에 손을 올리고 엄한 얼굴로 바라보고 있었다.

"선물은 언제 끌러본다?"

"밥 먹고 후식 먹으면서요!"

"그래. 맞아, 시리우스. 그러니까 선물은 조금만 더 기다려. 프로키온도 알았지?"

아쉬웠지만 별수 없었다. 두 아이들은 이내 테일러에게 바짝 붙어 종일 칸에게 하듯 놀아달라고 보챘다.

"인사는 저녁 먹으면서 해야 될 것 같네요. 준비 다 되면 부를게요, 조금만 기다려요."

결국 제대로 얘기 한 번 하지 못하고 해주가 부엌으로 들어갔다. 그런 그녀의 뒤를 칸이 따랐다.

"왜요?"

부엌에 들어서야 칸의 기척을 느끼고 해주가 뒤돌아보았다. 칸은 어깨를 한 번 으쓱하더니 조리대 위에 소스를 만들고 남은 반쪽짜리 사과를 베어 물었다.

"아이들에게 해방된 기분을 만끽 중이랄까?"

칸의 대답에 도우미가 소리 없이 웃고는 두 사람에게 등을 보이며 일부러 시선을 피해주었다. 해주는 장갑을 끼고 오븐에서 직접 구운 머핀을 꺼내며 미소를 보였다.

"종일 아이들 보는 게 쉬운 줄 알았어요?"

"주말에 보듯이 하면 되는 줄 알았지."

"주말에야 나도 있고 아주머니도 있고 그리고 손님들도 끊이지 않는데 당신이 돌보긴 뭘 돌봐요? 기껏해야 한두 시간이지."

"그러게 말이야. 모처럼 점수 좀 따려고 머리 굴리다 된통 당한 기분이야."

"된통 당하는 건 이제부터일 텐데?"

한 입 더 베어 물고 연신 오물거리던 칸이 눈빛으로 그게 무슨 소리냐, 물었다.

해주는 머핀을 크리스마스트리 장식이 되어 있는 아기자기한 바구니에 예쁘게 담으며 말했다.

"테일러요, 선물 사온 거 못 봤어요?"

"그게 뭐? 나도 어제 한아름 안겨줬잖아."

"당신 말대로 당신이 선물 준 건 어제잖아요. 아이들은 기억력이 그리 오래가지 않아요. 당장 눈앞의 일만 기억하기도 버겁다고요. 아무리 종일 놀아줘도 결국 마지막에 잘해주는 사람한테 넘어가게 되어 있단 말이에요. 거기다 뇌물까지 주는 사람이라면 뭐, 말 다했죠."

"아…… 그런가?"

아직 실감을 못하는 듯 칸의 대답이 영 시큰둥했다. 그것을 해주뿐 아니라 도우미도 의아하게 생각했는지 뒤돌아보았다. 그러다 이내 앞으로 칸에게 닥칠 고난과 역경을 예감한 듯 피식 웃으며 마저 일을 했다.

하지만 해주는 달랐다. 그의 등을 떠밀며 부엌에서 내보내려 했다.

"얼른 나가서 테일러랑 같이 아이들 보고 있어요. 괜히 나중에 테일러한테 질투하고 애들한테 삐치지 말고. 응?"

테일러가 집에 드나들게 된 건 일 년도 채 되지 않아, 오늘이 함께 맞이하는 첫 크리스마스였다. 그간은 주말에 가끔씩 와서 아이들과 놀아주던 게 전부였지만 오늘은 달랐다. 오늘은 크리스마스이브였고 처음으로 가족들이 모두 모인 거니 늦게까지 함께 이야기꽃을 피우고 같은 집에서 함께 잘 예정이었다.

그러니 테일러에게 아이들의 사랑을 빼앗겨 내일까지 잔뜩 부어 있을 칸이 걱정되어 해주는 마음이 조급했다. 언젠가 결혼 전에 자신이 바라던 대로 아이들이 삼촌을 너무 좋아해 아빠보다 좋다는 말이 나올까 봐 걱정이 된 것이다.

삼촌을 좋아하는 거야 누가 싫어하겠냐마는 철없는 아이들의 즉흥적이고 단편적인 생각을 두고 서운해 할 사람이 딱 한 사람 있지 않겠는가.

하지만 칸은 아이들과의 전쟁에서 지쳐 나가려 하지 않았다. 부엌이 피난처이고 휴식처인 양 그곳에서 떠나려 하지 않았다. 물론, 해주와 함께 있고 싶은 마음도 없지 않았지만.

몇 번의 실랑이 끝에 저녁 준비해야 하는데 옆에 있으면 성가시다고까지 하는 해주로 인해 부엌을 나왔다. 칸은 아쉬움에 입맛을 다시다 입가에 묻어 있는 달달한 사과즙을 혀로 핥았다.

부엌을 나와서야 집안 가득 아이들의 웃음소리가 가득한 것을 알았다. 거실로 가보니 아주 가관이었다. 테일러가 시리우스는 등에 업고 프로키온은 팔뚝에 매단 채 빙빙 돌리고 있었고 다리 하나를 들었다 내렸다 하며 그의 발등에 올라탄 베텔이 놀이기구를 타는 것마냥 느끼게 해주고 있었다.

"헐."

칸은 절로 입이 벌어졌다. 자신보다 나이도 훨씬 많고, 마른데다 근육이 없어 힘이 달릴 텐데 테일러는 힘들어 하는 기색도 없고, 씩씩대는 거친 호흡도 없었다.

저 초인적인 힘은 대체 어디서 나오는 걸까.

칸은 흐뭇하면서도 지난날을 회고하듯 테일러를 바라보았다. 밉기만 한 형이 아니라, 진정한 가족이 되어 준 고마운 사람.

해주가 시리우스를 임신했을 때, 만삭인 배를 보며 형에 대한 마음을 고쳐먹고 먼저 용서를 청했다. 아이들에게 좋은 삼촌을 선물하고 싶다는 그녀의 소원을 들어준 것인데, 지금은 잘했다는 생각이 들었다.

칸이 먼저 용서를 구하자 테일러는 눈물을 보였다. 그리고 냉정하고 못된 성질머리에서 벗어나 어딜 가도 따뜻하고 인상이 좋다는 말을 듣는다고 한다.

욕심을 버리고 가식과 거짓을 벗어던져 마음이 편안해진데다 가족의 참된 의미와 사랑을 알아가면서 기쁨을 표정을 보여주고 있었다.

자기가 더 신났네.

칸은 시리우스와 프로테온을 양 팔에 매달고 제자리에서 뱅글뱅글 도는 테일러를 흐뭇하게 바라보다가 카메라를 들고 제 아이들과 신나게 놀아주고 있는 테일러를 찍었다. 아이들보다 더 신나게 웃고 장난을 치는 모습이 카메라 렌즈를 통해 칸의 마음속에도 따스하게 스며들었다.

오랜만에, 아니 어쩌면 생전 처음 그가 진심으로 행복해하고 있다는 생각이 들었다.

"칸, 한 명만 맡아라!"

"왜? 한 번에 셋은 데리고 못 놀겠어?"

"다칠까 봐 그러지."

"핑계는. 기운이 떨어진 건 아니고?"

"내기할까?"

테일러는 이제야 땀이 흐르는지 이마를 손등으로 쓸었다.

"무슨 내기를 하자는 건데?"

"누가, 누가 더 잘 놀아주나."

"까아!"

베델이 제자리에서 방방 뛰기 시작했다.

아빠의 파워를 보일 때가 온 것 같았다. 두 팔을 걷어붙인 칸은 팽팽한 근육을 자랑하듯이 두 팔을 들었다.

"그럼 무슨 놀이부터 할까?"

"꼬리잡기!"

프로키온이 손을 번쩍 들더니 테일러의 뒤에 숨어버렸다. 뒤이어 시리우스가 베델의 손을 잡고 역시 테일러의 뒤에 숨었다.

"오, 이 녀석들…… 아빠 전갈한테 잡혀 봐야겠어."

칸이 두 팔을 쭉 뻗어 잡는 시늉을 하자 아이들이 일제히 반대방향으로 도망치며 까르르 웃어젖혔다. 테일러는 아이들을 보호하는 방패가 되어 칸과 손장난을 쳤고 시간이 흘렀을 때는 아이들보다 더 신난 듯 테일러와 칸이 뒤엉켜 있었다.

"식사……."

해주는 식사 준비를 마치고 응접실에 들어섰다가 땀범벅이 된 칸과 테일러를 발견하고 의아한 표정을 짓다가 곧 따뜻하고 사랑스러운 미소를 지었다.

칸과 테일러는 오늘 처음으로 함께 어울려 놀았을 거라는 생각이 들어 그녀는 흥을 깨지 않게 잠시 뒤로 물러나 있었다.

저녁을 먹은 후 아이들은 우유와 함께 머핀을, 그리고 어른들은 햄과 치즈를 곁들여 와인을 마시며 이야기꽃을 피웠다.

평소에도 저녁을 먹으며 와인을 마셔 버릇하던 칸과 해주였지만 좋은 날, 좋은 사람들과 함께 하며 제법 홀짝인 까닭에 주량을 넘기고 기분 좋게 취해 있었다. 아이들도 종일 노느라 지쳐 선물 개봉은 내일 아침으로 미루었다.

해주가 아이들을 데리고 막 재우러 가려던 참이었다. 테일러와 칸이 동시에 일어났다.

"내가 재울게."

"아니야, 내가 재울게. 아이들은 아빠가 재워야지."

두 남자의 도움이 싫지 않았지만 둘은 필요가 없었다. 해주는 잠시 고민하다 아이들에게 물었다.

"시리우스, 프로키온, 베텔, 너희들이 선택해. 누가 너희들에게 동화책을 읽어주며 재워줬으면 좋겠는지."

해주의 말에 칸은 의기양양하게 고개를 쳐들었다. 자신은 아이들의 아빠이니 당연히 자신을 선택할 거라는 근본도 없는 자만이었다. 그와 달리 테일러는 제 패배를 예감하듯 머리를 긁적이며 작게 웃어보였다.

하지만 아이들은 언제나 어른들의 예상을 뛰어넘었다.

세 아이들이 망설임 없이 가리키고, 말하고, 향한 건…… 칸이 아닌 테일러였다.

시리우스는 "삼촌!"이라고 외쳤고 프로키온은 테일러를 손가락으로 가리켰으며 베텔은 아예 테일러에게 달려가 그의 다리에 매달렸다. 그리고 까르르 웃으며 너무도 다정한 모습으로 테일러와 2층으로 향했다. 해주와 칸에게는 잘 자라고 손을 흔들어 주기까지 하면서.

그 모습을 지켜보는 해주는 흐뭇한 미소를, 칸은 멍한 표정을 지었다.

그릇들을 정리하던 해주가 뒤늦게 칸의 마음을 파악하고 웃음을 참으며 말했다.

"그러게, 아까 내 말을 들었어야죠. 밥 먹는 내내도 테일러에게 애들 다 맡기고 혼자 연신 먹어대고, 거실로 나와서도 와인 자랑이나 하면서 음미하기 바쁘더니."

한국 속담에 있다고 했나. 때리는 시어머니보다 말리는 시누이가 밉다고. 책으로만 봐선 그런가 보다 이해하고 넘어갔었는데 지금처럼 가슴 깊이 쏙쏙 박힐 수가 없었다. 해주를 보는 칸의 시선이 곱지 않았다.

"뭐야, 당신. 지금 고소해하는 거 같은데?"

해주가 흠칫했다. 여전히 순수하고 거짓말을 못하는 그녀의 성격상, 필시 저 몸짓은 이런 뜻이다.

"어머, 그걸 어떻게 알았어요? 난 절대 티 안 냈는데."

칸은 눈을 게슴츠레하게 뜨고 해주를 흘겨보며 말했다.

"남편이 자식들에게 외면당하고 슬퍼하는데 아내란 사람이 어떻게 상황을 즐기고 있어?"

"즈, 즐기다뇨. 난 그냥, 내가 미리 경고했는데 당신이 안 들어서……."

"안 들어서 고소하다 이거잖아."

"고, 고소는 무슨. 고소가 아니라…… 아! 안타까워서. 안타까워서 그래요."

재빨리 핑계를 찾는 것이 해주도 이젠 제법 둘러댈 줄도 알았다. 결혼 전 같으면 "솔직히 고소해요. 그러게 내가 뭐랬어요? 내 말 들으랬죠?" 이러면서 발끈했을 게 분명했다. 칸의 아내가 되어 세 아이의 엄마로 가정을 꾸리고 '슈마허' 회장의 부인으로 살면서 터득한 삶의 지혜라고 해야 할까.

후후, 누구 부인인지 아주 훌륭하군.

하지만 요리조리 잘 빠져나가는 그녀를 계속 놀려주고 싶어 칸은 계속 언짢은 척했다.

"안타까워? 정말?"

"그럼요."

"안타까우면 나 위로 좀 해줘."

"위로요? 어떻게?"

아무것도 모르겠다는 듯 순진한 얼굴을 하고 해주가 눈을 반짝였다. 칸이 주위를 살피더니 해주에게 바짝 다가왔다. 그리고 귀에 대고 속삭였다.

"진하게. 몸으로. 그리고…… 밤새."

"헙!"

민망함에 해주가 시선을 어디에 둬야 할지 몰라 연신 눈동자를 굴렸다. 그러다 부엌으로 가져가려던 쟁반을 바라다보며 말했다.

"아! 그릇들 좀 치워야겠어요."

걸음을 옮기려던 해주를 칸이 가로막아 섰다. 그리고 쟁반을 빼앗다시피 들고는 다시 테이블에 내려놓았다.

"왜, 왜요."

칸은 대답 대신 음흉한 미소를 지었다. 그리고 깍지를 끼며 그녀의 손을 꼭 잡았다.

그의 의도를 알아차린 해주는 잠시 머뭇거렸지만 이내 그의 뒤를 따랐다. 그들이 도착한 곳은 해주도 예상한 침실이었다.

침실 앞에 다다르자 칸이 잠시 망설이듯 문 앞에 섰다. 그리고 해주를 돌아보며 물었다.

"준비됐어?"

"네?"

"준비됐냐고."

"무슨……. 그냥 평소처럼 하면, 안 돼요?"

"안 되지, 평소처럼은."

해주는 생각했다. 오늘은 크리스마스 이브. 특별한 날이라고 칸이 뭔가 색다른 밤을 원하는구나. 하지만 대체 뭘 원하는 걸까? 자신은 뭘 해야 하는 걸까.

그런 생각을 읽어내기라도 한 듯 칸은 터져 나오려는 웃음을 참았다.

삐거덕, 문이 열렸다. 해주는 본능적으로 평소의 침실과 다르다는 걸 직감했다.

그리고 보았다. 방 한쪽 통유리 베란다 밖으로 무언가 커다란 것이 세워져 있음을.

“저게 뭐예요?”

“직접 확인해 봐.”

그렇게 한 마디만 하고 칸은 뒷짐을 진 채 해주의 동선에 따라 시선을 움직일 뿐이었다.

가까이서 본 그것은 망원경이었다. TV난 영화에서 별을 관측할 때나 사용한다는 그것.

“이건…….”

“뭔지 알겠어?”

“네. 그런데 이걸 왜.”

“들여다 봐.”

해주는 얼떨떨해 하면서도 칸이 시키는 대로 망원경 렌즈에 눈을 댔다. 그리고 잠시 후, 렌즈의 한가운데, 시커먼 하늘에 작지만 빛을 내고 있는 별 하나가 보였다.

“별이, 보여요.”

“보여?”

“네. 이제 막 생긴 아기별처럼 작고 희미한데 너무 예뻐요.”

“잘 봤어. 이제 막 생긴 거야.”

“정말요? 저건 이름이 뭐예요?”

“리브.”

"리브?"

해주가 렌즈에서 눈을 떼고 칸을 바라보았다. 칸은 흐뭇한 미소를 연신 짓고 있었다.

"응. 리브. 사랑."

"사랑……. 무슨 이유로 그 이름을 붙였을까요?"

"앞으로 태어날 자신의 아이 이름이래."

"아, 그래요? 로맨틱하다."

"당신도 받고 싶어?"

칸의 물음에 해주는 대답을 하려고 입을 열었다가 이내 다물었다. 그의 질문이, 질문의 뉘앙스가 뭔가를 말해주고 있었기 때문이었다.

"설마…… 저건 아니죠?"

"뭐가?"

"크리스마스 선물."

"후후."

칸이 미소를 지으며 해주에게 다가와 그녀의 머리를 쓰다듬어 주고는 정수리에 입을 맞추었다.

"우리 해주, 하루가 다르게 똑똑해져."

처녀적 자신을 대하듯 장난스러운 칸의 말투가 설레기도 했지만 제 예상이 맞는 것 같아 해주는 가슴이 두근거렸다.

칸이 걸음을 옮겨 화장대 서랍에서 무언가를 꺼냈다. 둘둘 말려 붉은 리본이 메어 있는 누런 종이였다. 칸이 말없이 그것을 해주에게 내밀었다.

어리둥절해하며 그것을 받아든 해주는 리본을 풀어 종이를 펼쳤다. 그리고 종이 위의 글자를 읽어내려 갈수록 그녀의 눈이 휘둥그레졌다.

"……신성을 리브라 명하고 민해주의 소유임을 인정합니다?"

"거창하지만 사실 아무런 효력은 없는 거야. 그냥…… 기분내기라고 할까?"

해주가 예상보다 너무 감격해 하자 머쓱해진 칸이 덧붙였다. 하지만 이미 해주의 귀에 다른 말은 들어오지 않았다.

그저 칸이 자신을 생각해 이런 이벤트를 준비했다는 것 자체가 너무 고맙고 행복했다.

그렁그렁한 눈물방울이 볼을 타고 흘렀다. 다소 당황한 칸은 볼을 감싸며 눈물을 훔쳐냈다.

"이렇게까지 감동할 거라는 생각은 못했는데……. 그래도 울지 마. 우는 건 싫어."

"훌쩍! 알았어요. 안 울게요."

말은 그렇게 하면서도 해주는 그 후로도 한참동안 눈물을 닦아야 했다.

베란다에 서서 서로의 체온을 나누며 하늘을 올려다보는 두 사람은 살을 에는 듯한 강한 바람도 포근하게 느껴질 정도였다.

"사랑해요."

"응."

"선물 너무 고마워요. 난 선물 준비 못했는데……."

"뭐야, 똑똑해진 줄 알았더니 아니었어?"

"네? 그게 무슨 소리예요?"

"내가 별 이름을 리브로 지었댔지? 그건 앞으로 태어날 아이 이름이고."

"그, 그랬죠."

"내가 왜 아직 생기지도 않은 아이 이름을 지어놨겠어?"

멍하던 해주의 눈이 점점 커졌다. 그리고 '정말?' 이냐 묻는 듯 칸을 빤히 바라보았다.

칸은 음흉한 미소를 지으며 해주의 허리를 끌어안았다. 그리고 속삭였다.

"아까 말했잖아. 진하게. 몸으로. 그리고…… 밤새 위로해달라고."

"아, 아니 그…… 읍!"

해주는 하려던 말을 시작도 하지 못하고 입을 다물어야 했다. 삼켜버릴 듯 칸이 제 입술을 마구 헤집으며 그녀의 정신을 아득하게 만들었다.

칸은 해주와 달콤한 키스를 나누며 조명등을 껐다.

-The end

작가 후기

첫 출간작인 개런티를 내놓고 10개월만입니다.

오랜만의 출간이라 완결을 내고 작가 후기를 쓰는 지금 많이 긴장이 되네요. 손에서 자꾸 식은땀이 나는 게 신선하기도 하고 당혹스럽기도 하답니다.^^

앞으로도 제가 키보드를 두드릴 수 있는 한 저에 대한, 혹은 제 머릿속에 있는 생각을 보여드리고 싶습니다. 많이, 아주 많이 느릴지도 모르지만 조금씩 나아가겠습니다.

글을 읽어주시고 응원해주시는 모든 분들과 출간의 기회를 주신 뿔미디어에 감사의 마음을 전합니다.

- 9월의 어느 늦은 오후, 지윤

Scarlet

스칼렛

Scarlet
스칼렛